观看与观念

1990年以来的汉语风景诗研究

纪 梅 著

商务印书馆
The Commercial Press

序
我们时代的风景启蒙

一行[*]

古代中国有一个非常悠远的山水诗传统。自新诗于20世纪创生后,"风景诗"就接过了古典山水诗的位置,成为新诗的重要类型。从1990年代开始,新诗中的风景书写在"叙事"的缝隙间蓄势,通过引入知觉具体性和新的修辞技艺,不断打磨自身的语言表现力,终于在21世纪迎来了风景诗的井喷式爆发(或泛滥)。几乎每一位当代重要诗人都有大量的风景诗作品,其中也出现了一些创造性的杰作。令人惊讶的是,新世纪的许多风景诗往往打着"新山水诗"的旗号,似乎诗人们想要复兴古典的诗意和诗境,继而复兴整个古典传统——于是,新世纪风景诗的兴盛被某些人称为当代新诗的"自然转向"或"山水转向"。然而,这一"转向"内部是否具有一些异质性的精神取向,并不能简单地被"古典主义"或"保守主义"

---

[*] 一行:著名诗歌批评家,云南大学副教授。

所涵盖？当代诗的"山水转向"的意义和得失究竟如何？这一"转向"的观念根源、社会成因和内在诗学机制是什么？它带来了哪些诗艺成果，又包含着何种困境和诗学局限？在"新山水诗"之外，是否还有、还可以设想其他更有效、更切合时代处境的风景书写方式？对于这些重要的诗学问题而言，纪梅的《观看与观念——1990年以来的汉语风景诗研究》是一部及时之作，它不仅对上述问题进行了清晰、严谨、富有洞见且不乏锋芒的回答，而且在探究这些问题的过程中，让我们领略了当代风景诗部分杰作的精妙和真切之处，并构建出了一个具有文本解释力和理论发展潜力的诗学系统。

作为一位有幸读过本书初稿、中间版本和定稿的读者，我首先要说，纪梅这本书是反复修改、精益求精的产物，更是博采众长、融汇诸论的著作。它所呈现出的视野的广阔性和方法的综合性，是在不断消化、吸收各种理论方法并调适它们与诗歌经验的匹配度的过程中获得的。要对一个诗学问题的来龙去脉、成因机制进行详细分析，要对不同写法、不同诗学取向的诗歌做出有效阐释，仅仅依靠某种单一的诗学理论是不够的——批评家需要像一个漩涡那样汇聚来自不同源泉的水流，并形成自身的节奏和旋速。这本书充分吸纳了中国古典的山水精神和西方现代以来的风景思想，交叉运用了经典美学、文化地理学、艺术史论、精神分析和生态诗学的方法，将它们聚合为一种当代的风景诗学。从体例来看，它也综合了诗学观念史、诗歌类型学、文化批判诗学和诗歌文本细读等主流的诗学著述写法。而使得所有这些分析方法和著述写法统一为一个整体的，是贯穿于全书的问题意识："山水"与"风景"之间的关系问题是本书的纵轴,而对"观看"与"观念"的具体辨析则是本书的横轴。"从山水到风景"固然构成了中国古诗到新诗的古今之变,但在新诗中,"山水"的幽魂魅影并未消散,它总是作为一种怀古情调、一种集体无意识和审美惯习萦绕着新诗作者,因此,"为山水招魂"的现象在新诗历史中屡见不鲜、不绝如缕。如何恰切地评判"山水"在当代风景诗中的重现?这构成了本书的关键之一。而"观看"和"观念"的区分在于,"观看"一词更注重经验的当下发生性,"观念"则是在"观看"之先就已预存的"前理解"、概念图式和审美惯习——在通常的"观看"中,"观念"起着规定或支配作用,这一支配作用可以在许多风景诗的感知套路和写作套路中清楚地发现;但真正的、严格意义上的诗,恰好发生于看到了"从未想到的真实"或陌异之物的时刻,此时"观看"成为新经验的发生之所,并突破了之前"观念"的支配。对纪梅来说,无论是"山水"还是"风景",多数时候都是被一些文化-地域想象模式和审美套路规定的"观念",只是在诗人直面生存处境中的问题时,诗的"观看"潜能才被激活。

阅读诗学批评著作时,我总会暗暗地持有两个评判标准:(1)它是否具有对诗歌语言和经验的敏感?它的批评文体是否能恰当地承载这种敏感,并具有从敏感而来的生命气息?(2)在严肃的问题辨析的基础上,它是否敢于质疑一些有话语权势的人物、作品和主流意见?是否敢于"下判断"或做出明确的诗学评判?前一尺度可以衡量一位批评家的文章是否与"诗的内在感知"真正相关,是否具备进入诗歌幽微处的能力;而后一尺度则可以衡量批评家的勇气和决心,这是"见识"转变为"胆识"的时刻,它决定了一位批评家是否只是一位"表扬家",一位暧昧的、想要左右逢源的投机者,或擅长"和稀泥"的滥好人。在这两个方面,《观看与观念》都体现出了"批评的素质"。下面这一段对沈苇《金色旅行》的细读可以表明本书对诗的感知力:

> "金色"统摄了整首诗的质地和声调,响亮、华丽、铿锵、决然,闪耀着夺目的光芒。"金色"同时是一份纲领、一个框架、一个主题,将辽阔的准噶尔盆地之上所有的凌乱芜杂的纷纷物象团结起来,使其成为具有向心力的整体。"统治"一词的使用,使"金色"君主般的权势和威严立现,"白杨部落""胡杨部落"和"白桦部落"纷纷成为其座下忠诚的子民。当"金色"成为"秋天的可汗"这一极具实体化、历史性和地域性的形象,准噶尔盆地随之成为一处特具英雄气概的辉煌风景,散发着放纵的豪情。(第73页)

这段话包含着对诗的强度经验的感知,它将诗的力量传导到诗歌批评之中。它不仅是纪梅试图以"对自然-世界的观看"来突破"风景或山水的文化观念"的立论前提,也是书中所有文本细读的基础。我们能在字里行间觉察到一种诗性感受力,它显现为对众多当代诗歌文本进行解读时的体贴入微,显现为贯通于全书文句的生命气息、情绪色调和情感温度。于是,这本书不只是一部研究性的学术著作，同时也饱含着对诗歌创造的同感，和对自然、生命本身的热爱。

在《观看与观念》中，纪梅的语气、语调以及谈论问题时的姿态，总体来说是温和、审慎而克制的。但在一些关键性的段落中，她也显示出她的锋芒。例如以下段落：

> 对古代诗学中的"超越"观念的迷恋，使我们丧失了观察当下世界纵横的冲突、矛盾等问题的能力。古典山水思想产生的"过剩"，而今正滋养着部分诗人贫乏的想象与才情，使他们写下各式各样的拟古诗——通过隐藏自我经验而追求所谓的"寂静"与"精致"。因为几乎不加入实际经验——因为大多数现代经验无法被融合进古典性的境界之中，这样的书写是"过度"的：过度虚构而显得虚假，过度美化自身而显得虚伪。在"强大的死者"的阴影下，观光玩乐被视作隐逸修身，放弃思考被理解为自足超越。（第199页）

> 当工业发展带来的各种污染问题随处可见，继续沿用陶渊明、李白和王维的语言和意象来赞美21世纪的自然，在现实逻辑层面很难避免难以自圆其说的困境。诗人的应对之策是寻找巨变中的不变：大海虽已污秽，明亮的月光却千年不变；只要明月按时升起，"人间"就依然可以被视为"亘古如斯"——虽然"人间"与"大海"的关系不可

> 能弱于与"月亮"的关系。这种忽略生活逻辑的"诗歌逻辑",或可以理解诗人对纯净、稳定和秩序化的审美空间的执着需求?(第210—211页)

批判的锋芒来自于勇气,而批判性的洞见来自于对我们时代的真实问题的持久关注和深思。正如前文所说,《观看与观念》是一部"及时之作"。所谓"及时",意味着它直面了时代并且深入其中。它的视线不仅投向诗歌和风景之美,而且投向作为诗歌诞生场所的"当下世界",始终受到从"世界"而来的反思力的牵引、调校。此处所说的"时代"可作两层解释:从观念史层面来说,"我们时代"属于福柯在《什么是启蒙》(1984年)中重新界定过的"启蒙时代",这一时代的基本特征,是关注"人与当下的关系、人的历史存在形态和作为一个自治主体的自我的构成"等问题,因此"我们时代"仍然是一个"批判和启蒙的时代",当代人对"风景"的观看和书写都要被置于这一历史境遇之中得到反思、打量;从更具体的社会史层面来说,"我们时代"是指1990年以来由市场经济、技术-媒介变革(主要是互联网技术)和城市化进程所塑造的"当代中国"的社会现实,它带来了新的时空感知、人造物种类和道德秩序,造成了阶层分化、利益斗争、观念冲突和情感纠缠的空前复杂性,使得中国人与自然-世界的关系,特别是诗人对风景的感知、理解和想象,与以往时代相比有许多深刻变化。

《观看与观念》对"时代"的这两个层面都做出了回应:它对中国当代诗中的"风景话语"进行了福柯意义上的"谱系学"和"考

古学"的分析；同时，它也对当代诗的风景书写背后的社会现实处境和想象生成机制做出了详尽阐释。这本书最具批判性的部分是第四章和第五章——第四章借助对时代处境的洞察批判了许多风景诗的虚妄性，让我们看到了审美惯习对这些风景诗的支配、限定作用；第五章又借助真实的风景诗批判了时代，揭示出"自然的终结"和现代经验核心处的精神创伤。如果"启蒙"意味着自治主体的生成和对新的可能性、新的"出口"的寻求，那么，这本书对当代风景诗进行批判性审视的真正旨趣，是向我们呈现诗人如何突破审美惯习的限定，以有效的方式书写"真实风景"或真实生命的风景经验，以及诗如何克服时代在人身上造成的创伤，让人与自然、与世界和解，特别是与我们生活于其间的"城市"和解。这些"出口"和"可能性"，有一些已经在当代诗的"真实风景"书写中得到了显示，另一些仍然隐匿在未来和未知之中，等待着将来的诗人发掘。风景诗学的使命，就是在人身上培育一种"穿透风景的内部眼光"，让人看到隐匿的可能性。它是知觉与解释行为的综合，是诗人、地理学家、历史学家和考古学家的视角的综合——"只有这样的视角，才能更切实地整合一个地方的历史记忆和当下生活，在追求真实的记录与诗歌这种充满想象的语言艺术之间获得完美的兼顾与平衡。"（第154页）在这一意义上，这本书可被视为"我们时代的风景启蒙"。

目 录

绪　论　从"山水诗"到"风景诗"　/ 1

　　第一节　汉语传统中的"山水""风景"之辨　/ 2

　　第二节　"山水"之变与"风景"之现　/ 17

　　第三节　比较文化视野中的风景观念与表达　/ 34

第一章　风景与审美感知　/ 48

　　第一节　优美：自然的守护与安慰　/ 50

　　第二节　崇高：自然的壮烈与活力　/ 64

　　第三节　自然与存在的复魅　/ 82

第二章　风景的观看与表现　/ 88

　　第一节　广阔风景与整体性表现　/ 89

　　第二节　微观风景与有限性书写　/ 100

　　第三节　流动风景与碎片化认知　/ 110

第三章　文化地理与地方想象　/ 118

　　第一节　风景的地方属性　/ 121

第二节　主体身份与地方想象　/　129

第三节　风景的传记性与个人性　/　145

第四章　"模山范水"与文化想象　/　155

第一节　山水思想的回潮　/　158

第二节　当代风景的山水化书写　/　165

第三节　当代语境中的古典意趣　/　185

第五章　环境问题与"风景即我"　/　212

第一节　自然的终结与风景的消失　/　214

第二节　时代境遇中的风景和自我意识　/　224

第三节　故乡的消失与无可寄托的乡愁　/　231

第六章　城市景观的诞生　/　237

第一节　城市风景的前世今生　/　239

第二节　城市景观与自我认同　/　253

第三节　作为城市风景的人们　/　277

结　语　后山水时代的风景、审美与想象　/　302

参考文献　/　310

绪论 从『山水诗』到『风景诗』

> 君子之所以渴慕林泉者，正谓此佳处故也。故画者当以此意造，而鉴者又当以此意穷之，此之谓不失其本意。
>
> ——［宋］郭熙《林泉高致》

中国拥有悠久的山水诗传统，今天我们讨论"风景诗"，首先需要廓清其与"山水诗"概念的差异和分野。两者在内涵和范畴上多有交叠，却又存在着本质差异。源于现代性的发展进程，以及政治、经济制度等层面的变化，自然的面貌与地位在20世纪发生了巨大改变。特别在1990年之后，随着生活环境和感物认知方式的转变，诗人和艺术家逐渐以"风景"和"风景诗"取代了古典性的"山水"和"山水诗"概念。本章将分析二者的差别，并重点探讨人们在语言习惯上逐步放弃"山水诗"而转向使用"风景诗"的诸多原因。

第一节　汉语传统中的"山水""风景"之辨

一、"风景"的源起与嬗变

"风"与"景"本义都是指自然现象。"风"为空气流动,"景"为光。作为独立文字的"风"在甲骨文中已出现（用"凤"为"风"）,"景"字出现稍晚。《说文解字》曰:"景,光也。"（七篇上）清代段玉裁补充了一个"日"字,遂为"日光也。从日,京声"。[1]在《诗经》里,"景"主要出现在"雅"和"颂"中。除通假"影"字外[2],多引申为"高、大"之义。[3]《诗经》之后,除偶通同音异形字"影"之外,"景"一般指日光,偶尔也表示月光。

因"风""景"所指皆为自然气象,经常对仗性地出现在骈体文和对仗句中:"虎啸而谷风至兮,龙举而景云往"（《楚辞》）;"惊风飘白日,光景驰西流"（曹植《野田黄雀行》）;"凉风起将夕,夜景

1　[东汉]许慎撰,[清]段玉裁注:《说文解字》,中国戏剧出版社,2008年版,第844—845页。

2　见《国风·邶风·二子乘舟》"二子乘舟,泛泛其景"和《大雅·公刘》"既景乃冈,相其阴阳,观其流泉"。

3　如在《国风·墉风·定之方中》《商颂·殷武》《商颂·玄鸟》中出现的"景山",意为"大山";另外,《商颂·玄鸟》中"景员维河",《大雅·既醉》中"君子万年,景命有仆",《小雅·车舝》中"高山仰止,景行行止"等句,"景"也作"大"义。再者,出现在祈祝祭祀活动的描述中,也作"大"解,表示祈愿神灵或祖灵大降洪福之意,如《小雅·小明》和《大雅·既醉》中的"介尔景福",《小雅·楚茨》《小雅·大田》《大雅·旱麓》《大雅·行苇》《周颂·潜》等诗中的"以介景福"等。日本汉学家家井真则认为,《周颂·潜》是一篇有关春季的预祭仪式的乐歌,人们在宗庙供奉鱼类,以祈求谷物丰饶,所以这里的"景福"具体是指"谷物的丰饶"。参见[日]家井真:《〈诗经〉原意研究》,陆越译,江苏人民出版社,2012年版,第137页。

绪 论 从"山水诗"到"风景诗" 3

湛虚明"(陶渊明《辛丑岁七月赴假还江陵夜行涂口》)……在这些早期诗文中,"风"和"景"一般停留于对自然气象客观的指称,并未与诗人的情感建立互喻性关联。

"风景"作为词组最早出现于南朝宋刘义庆(403—约443)的《世说新语·言语》中:

> 过江诸人,每至美日,辄相邀新亭,藉卉饮宴。周侯中坐而叹曰:"风景不殊,正自有山河之异!"皆相视流泪。唯王丞相愀然变色曰:"当共戮力王室,克复神州,何至作楚囚相对?"[1]

其时,西晋覆亡,国都洛阳陷落,大量士族衣冠南渡,在王导的影响下支持琅琊王司马睿,助其在建邺(位于今南京)重建晋廷,是为东晋。彼时,世族子弟常于天气晴好时相聚于新亭(位于今南京西南)饮宴。新亭不仅依山临水风光秀丽,更与旧都洛阳相似,这种风景的"不殊"强化了观赏者对王朝覆灭和家国之异的感慨和悲伤。"新亭对泣"和"风景不殊"也因此经常作为典故出现在后人的诗词中,以表达家国覆灭之殇,如"新亭举目风景切,茂陵著书消渴长"(杜甫《十二月一日三首》);"满目江山异洛阳,昔人何必重悲伤。倘能戮力扶王室,当自新亭复故乡"(朱存《新亭》)。特别是在身负亡国之痛的南宋诗人笔下,"新亭对泣"之典愈能凸显

---

[1] [南朝宋]刘义庆:《世说新语》,上海古籍出版社,2012年版,第19页。

亡国之人的忧愁、悲痛和报国无门的愤恨，如"山河举目虽异，风景非殊"（辛弃疾《汉宫春·会稽秋风亭观雨》）；"老子犹堪绝大漠，诸君何至泣新亭"（陆游《夜泊水村》）；"山河风景元无异，城郭人民半已非"（文天祥《金陵驿》）。

《世说新语》之后，南朝宋鲍照（415—470）的诗歌《绍古辞·之七》和刘勰（约465—约520）的《文心雕龙·物色》也分别出现了"风景"一词："怨咽对风景，闷愲守闺闼"；"窥情风景之上，钻貌草木之中"[1]。从其对应的词语"闺闼"和"草木"可以判断，这两处"风景"指的都是供主体观看和体验的客观风光。这也是"风景"在很长时间里的基本含义。除了在宋朝之后偶尔被引申为"情景"和"景况"之意[2]，"风景"在大多时候都表示客观风光与景色。这种单纯和稳定性，或许是因为与其内涵相近的一个词——"山水"——早在诸子时代就被赋予丰富的内涵和寓意。

"风景"和"山水"同时滥觞于东晋，拥有相似的含义，在某些语境中可以互通换用。如晚明时期抗清失败落发为僧的昆山知县杨永言曾感慨："见山水依旧，时事日非，相对欷歔，不胜今昔之感。"他所言的"山水"与东晋诸人相聚新亭时看到的"风景"一般无二，也与南宋万俟绍之所言的物理意义上的"江山"相近："风景不殊

---

1 ［南朝梁］刘勰著，王运熙、周锋译注：《文心雕龙》，上海古籍出版社，2010年版，第225页。
2 如南宋蒋捷《女冠子》："吴笺银粉砑，待把旧家风景写成闲话。"清代顾炎武《与李子德书》："汾州米价每石二两八钱，大同至五两外，人多相食，在此日用之费，三倍华下。至此间风景，大非昨年。"

江山在,况是英雄未老。"(《贺新郎·秣陵怀古》)不变的风光和山河,加重了遗民丧国的唏嘘伤痛。不过,这两个词在内涵的侧重和概念的外延上仍存在着细微和深刻的差别,正是这种差异,使得中国古人更为青睐"山水"而少用"风景",也是同样的原因,导致20世纪之后特别是1990年以来,诗人、艺术家和批评家在审美意识、写作习惯等方面,逐渐重"风景"而弃"山水"。

二、"山水"思想的主要内涵

与"风""景"一样,"山""水"皆为自然界中的客观存在物。不同之处在于,"风""景"皆无实体,飘逸流散,不易把握,而"山""水"作为物质形态更为具象和实在;另外,山耸拔于大地之上,水流淌于山谷之间,显得高深、宽广、浩瀚而富有活力,因而更适宜用来比拟抽象的观念和道义。在先秦诸子时代,拥有形而上思考和总结能力的思想家们开始赋予"山""水"以精神内涵,或比以德行和修养,或喻以高深、阔大或柔韧。"山"与"水"在先秦时代的寓言化和人格化,为后来具备独特内涵的合成词"山水"的出现奠定了观念基础。

《论语·雍也》将"山""水"相对并列,道出"知者乐水,仁者乐山"[1],孔子无疑注意到并强调了"山"与"水"在形态和属性上的相反、相对和互补性:它们一动一静、一阴一阳、一刚一柔、一高一低、一清一浊、一固体一液态,如阴阳一样居于两极。当

---

1 [宋]朱熹:《论语集注》,齐鲁书社,1992年版,第57页。

它们并置合成时，间距和张力使"山水"不仅承袭了原本分属于"山""水"的内涵和属性，更凝聚吸纳了更为广阔的意义和力量。作为合成词的"山水"，可视为"世界""宇宙"等具有深广内涵概念的一个形象化指称、一个代理词。相比而言，"风""景"之间则不能形成足够的反差和对比，"风景"的组合不免显得缺乏势能和动力。

在文学作品中，"山水"并称可能最早见于《墨子》中的"山水鬼神"[1]，以及无名氏作《三秦民谣》："山水险阻，黄金子午。蛇盘鸟栊，势与天通。"[2]这两处文献中，"山水"都是作为自然事物的山与水的并称。西晋左思的《招隐诗》中出现了"山水有清音"，不过此"山水"或为偏正结构，指山之流水。东晋孙统的诗歌也出现了"地主观山水，仰寻幽人踪"之句，其中的"山水"从对应的"人踪"来判断，也属偏正结构，意为山之水。孙统之后，谢灵运的诗中，作为合成词的"山水"开始融观念内涵和美学内涵于一体："昏旦变气候，山水含清晖。"（《石壁精舍还湖中作》）随后，南朝诸人笔下随处可见"乐山水""游山水""爱山水""好山水""咏山水"等用法。在之后一千余年中，"山水"所指多不出其右。

---

1 ［先秦］墨子：《墨子》，徐翠兰、王涛译注，山西古籍出版社，2003年版，第153页。
2 《三秦民谣》传为先秦时代作品。"三秦"为今天的陕西省一带。该诗全文为："武功太白，去天三百。孤云两角，去天一握。山水险阻，黄金子午。蛇盘鸟栊，势与天通。"其中武功、太白、孤云、两角皆为山名。原诗参见君宝编著：《中国山水田园诗词选》，上海书局有限公司，1977年版，第19页。

绪 论 从"山水诗"到"风景诗"

在山水诗兴起的南朝,并未见到以"山水诗"为名的门类,如南朝梁昭明太子萧统《文选》中有"纪行""游览""物色""游仙""行旅"等分类,却不见"山水"或"风景",反而是该时期的画论屡以"山水"为题,如宗炳的《画山水序》、梁元帝的《山水松石格》等。其后,随着山水画的发展,更有唐王维的《山水诀》《山水论》、五代荆浩的《山水诀》、宋初李成的《山水诀》、郭熙的《林泉高致》中的"山水训"、韩纯全的《山水纯全集》、元黄公望的《论山水树石》等关于山水画的理论著作。这种情况不禁使有关学者推断所谓"山水诗"范畴"在很大程度上是现代学术根据画史中山水终成大宗而做的推演"。[1]此论虽有待明证,但中国山水诗与山水画的密切关系确属公论,王维、苏轼等诗人同时也是出色的文人画家。因而,结合两者一起分析将有助我们更加理解中国古代山水思想的主要内涵,继而明晰现代性的风景概念于19世纪末得以凸显的必然性趋势。

魏晋南北朝时期,山水画逐渐脱离人物画而成为一种独立品类,并逐渐成为中国古典绘画中的重要类型。该时期出现了最早的山水画论:东晋顾恺之(346—407)的《画云台山记》、南朝宋宗炳(375—443)的《画山水序》,以及南朝宋王微(415—443)的《叙画》。其中,《画云台山记》主要是对山水画的布局和技法进行探讨,集中在技巧层面;其余两篇则是就"山水"的文化内涵进行讨

---

[1] 萧驰:《诗与它的山河:中古山水美感的生长》,生活・读书・新知三联书店,2018年版,第3—4页。

论，对后人的审美意识影响深远，值得在此重点分析。[1]

首先，两篇画论都散发着浓厚的道家思想。在《画山水序》这篇对后世影响深远的画论中，宗炳相信，以道心观物，方能窥得道于物上显现。宗炳之"道"，上承老子的"有物混成，先天地生"[2]，强调万物运行的规律；而《叙画》甫一开篇也为"图画"正名，将其提升至和"易"同等的高度："以图画非止艺行，成当与易象同体。""易"为群经之首，其以卦爻符号系统与象数表达方式进行演绎和释道的方式，确与王微所言的"图画"类同，都是在符号与世界之间建构了象征和同构的关系。这种绘画宇宙观的确立，正是诉诸画中山水的"灵"和"理"。

其次，宗炳和王微都探讨了形与神（或道、灵）的主从关系。宗、王二人皆认为，形的塑造应服务于神的显现，因此绘画之关键不在于摹绘山水的真实形状，而是要按照"器以类聚"和"物以状分"的规律来布局（王微）。《叙画》强调对"灵"的体味和传递不依赖所见，而更依靠心灵所悟，"目有所及，故所见不周"。宗炳甚至说，观赏者在室内观画时对自然法则的理解和领悟是游览真实山水所不能比拟的。这种对"卧游"的推崇对后世影响甚深，甚至成为中国艺术史的重要命题。从苏轼推崇"常理"[3]，及至董其昌划

---

1 ［南朝宋］宗炳、王微著：《画山水序　叙画》，人民美术出版社，1985年版。本节所引《画山水序》与《叙画》之内容，皆出自该书，不再一一标注。
2 ［春秋］老子著，陈鼓应注译：《老子今注今译》，商务印书馆，2003年版，第169页。
3 ［宋］苏轼：《净因院画记》∥［宋］苏轼著，孙育华评注：《苏轼文学散文选》，山西高校联合出版社，1991年版，第82页。

分"南北宗"并扬南抑北,到石涛将山川之"质"理解为"得乾坤之理"[1],皆与宗、王一脉相承。我们观察南朝至清的大部分山水画家可以发现,他们一般对"形似"保持不甚在意的态度,而普遍追求"象外"和"神似"。他们不太信赖,或者说不太依赖视觉,认为绘画应"度物象而取其真"——"真"者,本质也,不在形似,而在"气质具盛"也。[2]

再则,《画山水序》在道、创作者、作品以及观赏者之间建立了相应、相和、循环往复的关联,这种关联凸显并强化了模山范水的地位。在宗炳看来,能够显现"神"的载体只能是理想化的和模范化的山水。宗炳之后,人们也多将山水诗和山水画的品级与创作者的人品相关联,这种观念催生了宋代的文人诗画,并最终发展到将"人品"作为绘事之核心要素:"古今画家,无论轩冕岩穴,其人之品质必高。"[3]因此文人画又称"心画",即所谓"夫画者,从于心者也"[4]。这个"心"可以从两方面理解:其一,创作者心目中的山水;其二,反映了创作者心灵志趣和个人修养的山水。

接下来,我们对应性地分析一下山水诗的特征。

首先,山水诗同样以老庄思想为精神内核。山水诗出现于魏晋南北朝时期,与时人具备了审美的自觉意识有关,也与人们在当时

---

1 [清]石涛著,周元斌点校:《苦瓜和尚画语录》,山东画报出版社,2007年版,第3、33页。
2 [五代]荆浩:《笔法记》,人民美术出版社,1963年版,第3页。
3 [清]唐岱:《绘事发微》,山东画报出版社,2012年版,第38页。
4 [清]石涛:《苦瓜和尚画语录》,山东画报出版社,2007年版,第3页。

朝不保夕的恐惧心理有着莫大关系。彼时群雄混战，政权频迭，士子为避祸远嫌，消极入仕，转向标榜老庄、宗法自然。魏晋南北朝时期的代表文人，如王羲之、谢灵运、谢朓等人，虽属勋贵阶层，有强烈的入世之心和建功立业之志，但政治生态复杂、王朝频迭等局面令他们颇难应对，醉心老庄、寄情山水遂成为无奈之选。可以说，在古典社会，山水和庙堂构成了对应互补共存的平行空间，隐逸与报国构成古代士子的一体两面。诗人走进山水，多为表达远离庙堂的心志（如陶渊明和王维），或作为谋求出仕的"曲线"向当政者释放信号，或是入世不得志而不得不后撤的结果——这一动机往往被诗人巧妙地掩盖了（如谢灵运）。《文心雕龙·明诗》有言："老庄告退，而山水方滋。"[1]事实上，在山水诗中，"老庄"从未彻底退场，而是浮现于山水之间或隐匿其后。士子外儒内道（或外道内儒）的精神风貌，隐逸超然的道家精神，贯穿了东晋至清末的整个文学史、诗歌史和绘画史。

以山水诗鼻祖谢灵运为例。[2]谢灵运出身陈郡谢氏，为东晋名将谢玄之孙，于晋安帝元兴二年（403）承袭祖父爵位，封康乐公，本

---

1 ［南朝梁］刘勰著，王运熙、周锋译注：《文心雕龙译注》，上海古籍出版社，2010年版，第23页。

2 清代王士禛曾在《带经堂诗话》（卷五）"序论"中写道："诗三百五篇，于兴观群怨之旨，下逮鸟兽草木之名，无弗备矣，独无刻画山水者；间亦有之，亦不过数篇，篇不过数语，如'汉之广矣''终南何有'之类而已。汉魏间诗人之作，亦与山水了不相及。迨元嘉间，谢康乐出，始创为刻画山水之词，务穷幽极渺，抉山谷水泉之情状，昔人所云'庄老告退，而山水方滋'者也。宋齐以下，率以康乐为宗。……若其溢觞于康乐，则一而已矣。"见［清］王士禛著，张宗柟纂集：《带经堂诗话（卷五）》，同治癸酉年，第3页。

应仕途平顺,然身处乱世,终在刘宋代晋后(420)被降为康乐侯。谢愤恨不平,屡出悖言,又被降任外放永嘉太守。谢离京时,曾作《永初三年七月十六日之郡,初发都》一诗,抒发对京都的留恋和受排挤的愤懑,其山水诗《过始宁墅》《富春渚》《晚出西射堂》《登永嘉绿嶂山》等皆为此次赴任途中和就职后所作,可谓仕途受挫的自然反应。宋景平元年(423)秋,谢托病辞去永嘉太守职务,返回故乡会稽始宁庄园,继续放逐山水,以缓释愤恨与不甘。

白居易曾在一首追慕谢灵运的诗作中总结山水诗隐逸避世的特质:"谢公才廓落,与世不相遇。壮志郁不用,须有所泄处。泄为山水诗,逸韵谐奇趣。"(《读谢灵运诗》)谢诗确实为中国山水诗树立了一种颇具代表性的诗学范式和抒情模式,即有意识地将山水描绘为清幽惬意之所和令人忘忧之境。虽然与兰亭诸人相比,谢灵运与自然有了更为亲身性的接触,诗作也颇有写实倾向,然而其中透露的赏趣意味与前人并无本质区别。这种明显带有贵族风流气的逸趣态度奠定了山水诗的审美模式:诗人抛却尘俗走向山水,以山水和山水象征的玄道释禅平衡自我心灵。[1]这种观念和模式,也能从山水诗刻意回避尘世因素得窥一二。[2]这种有意恰恰反映了诗人内心的牵扯和矛盾。包括谢灵运、谢朓、王维、孟浩然等在内的山水诗人,

---

[1] 中国古代山水诗人有不同程度的接近释道的经验。如谢灵运在任职永嘉时曾与大批有名的僧人如法勖、僧维、慧琳、法纲等相往来,经常一起邀游山水,探究佛理。

[2] 《宋书·列传第二十七〈谢灵运传〉》中描述谢灵运为登山而自造登山履并伐木开径:"尝自始宁南山伐木开径直至临海,从者数百人。"这些为诗人观赏风景创造条件的劳动者从未能进入诗人笔下。参见[南朝梁]沈约撰:《百衲本二十四史 宋书26》,商务印书馆,1944年版,第76页。

诗文中无不闪烁着既渴望兼济天下又想隐逸山水的矛盾心理。

其次，山水诗逐渐发展为将"神似"和造境作为表现山水精神的要旨。山水诗诞生之时，正是中国诗文具有写实意识之时。如刘勰言："自近代以来，文贵形似"。[1]南朝诗文颇重摹景状形，钟嵘就曾评价谢灵运"尚巧形"[2]；到了唐代，诗人开始普遍追求形神兼备，至晚唐司空图提出"超以象外，得其环中"[3]，形象的地位已被超越；受苏轼等人影响，宋代创作者更加强调神似而轻视形似；至清代，"文贵内心"已成为创作山水诗的至高规律。[4]

再则，追求超越性的山水诗同样表现出对模山范水的青睐。这从"山水诗"一词的较早出处——王昌龄的《诗格》中可见一斑："欲为山水诗，则张泉石云峰之境，极丽绝秀者，神之于心。处身于境，视境于心，莹然掌中，然后用思。了然境象，故得形似。"[5]可以发现，王昌龄对山水之"神"和"境象"的看重与宗、王一脉相承。为了造境，诗人需选择"极丽绝秀"之山水并全盘控制其表现形式，

---

1 [南朝梁]刘勰著，王运熙、周锋译注：《文心雕龙译注》，上海古籍出版社，2010年版，第224页。
2 [南朝梁]钟嵘：《诗品·宋临川太守谢灵运诗》//[南朝梁]钟嵘、[唐]司空图：《白话诗品 白话二十四诗品》，岳麓书社，1997年版，第48页。
3 [唐]司空图：《二十四诗品·雄浑》//[南朝梁]钟嵘、[唐]司空图：《白话诗品 白话二十四诗品》，岳麓书社，1997年版，第1页。
4 [清]朱庭珍《筱园诗话（卷一）》有言："夫文贵有内心，诗家亦然，而于山水诗尤要。盖有内心，则不惟写山水之形胜，并传山水之性情，兼得山水之精神。"转引自丁成泉：《中国山水诗史》，文津出版社，1995年版，第13页。
5 [唐]王昌龄著，胡问涛、罗琴校注：《王昌龄集编年校注》，巴蜀书社，2000年版，第316页。

这在无形中凸显了名山大川的文化地位。

在致谢安的一封信中，王羲之曾谈到古今遁世者的区别："古之辞世者被发阳狂，或污身秽迹，可谓艰亦。今仆坐而获逸，遂其宿心，其为庆幸，岂非天赐！"[1]可见，魏晋名流所热衷的隐世之所与汉代《招隐士》中的荒野存在着本质差别。这一时期，文人隐逸或雅集的"自然"，事实上并非自然的存在，而是免除了山野猛兽，远离了社会和世俗的喧嚣，同时也屏蔽了大地上的劳动者的优雅之境：适宜的天气、秀丽的山水、优美的环境，以及志趣相投的文友……其特征概括起来，便是安全、宁静、舒适和雅致。达到这种标准的空间装置，才是魏晋名流所追慕的山水之境。在门阀制度盛行的魏晋南北朝，或许只有出身显贵的士子才有条件欣赏和书写山水与风景，这在客观上形成了观赏的本质属于"衣食之余""颐养闲暇"之意趣[2]。

综上所述，对道家思想的追求，心物感应的艺术观和天人合一的文化观等，为山水诗画的融合奠定了理念基础。"山水诗"和"山水画"，一道承载和表现着中国古代士子最为重视的山水思想。

三、"山水"与"风景"之辨

虽然从物质形态和内容上看，"山水"的所指小于"风景"——山水的物质形态构成了风景的主要内容，但在古人的观念和行文习

---

1 ［唐］房玄龄等撰：《晋书》，吉林人民出版社，1995年版，第1260页。
2 ［唐］房玄龄等撰：《晋书》，吉林人民出版社，1995年版，第1260页。

惯中,"山水"的内涵明显大于"风景"。《晋书·羊祜传》中出现了两词的并置,可以让我们理解它们的细微差异:

> 祜乐山水,每风景,必造岘山,置酒言咏,终日不倦。[1]

首先,在"祜乐山水"这个主谓宾结构中,"乐山水"作为谓宾部分,反映和充实着主体羊祜的精神状态和存在方式。"乐"作为动词,反映了主体在面对山水时是主观且能动的。也因此,"山水"经常与"乐""好""爱""游""忆"等表示主体情志的谓语动词相连。

另外,"山水"往往指向归隐、隐逸等道家主题,所以常接"幽""趣""清""佳"等符合道家意境又见自然妙趣的形容词。中国古代诗文中常有"山水间"或"山水之间"的说法[2],同样证明了"山水"是一种具有道家思想的整体性场域和哲思性存在,因而人才能"乐"在其中,像接受道谕一样领悟其深邃神韵。对于这种宗教性甚至不乏仪式性的存在场域,"美"并非是其首要属性,具有澄怀观道的氛围感才是。

再者,因"山水"寄托了主体的理想与品格,只有类似岘山这样的名山大川才能令人流连忘返、乐在其间。羊祜的态度代表了古

---

[1] [唐]房玄龄等撰:《晋书》,吉林人民出版社,1995年版,第584页。
[2] 如韩愈《柳子厚墓志铭》:"而自肆于山水间";文同《斗碧亭》:"朝暮山水间,年华不知老";张养浩《西番经》:"休嗟叹,只不如山水间";曾巩《墨池记》:"出沧海,以娱其意于山水之间";欧阳修《醉翁亭记》:"醉翁之意不在酒,在乎山水之间也";苏辙《黄州快哉亭记》:"今张君不以谪为患,窃会计之余功,而自放山水之间,此其中宜有以过人者"等。

代中国的主流山水观念:"山水"不仅可望、可游,更重要的是可居、可乐、可徜徉其间,以及可寄托情怀和安放理想,用郭熙的话说:"君子之所以渴慕林泉者,正谓此佳处故也。故画者当以此意造,而鉴者又当以此意穷之,此之谓不失其本意。"[1]

以上特性,奠基了古代文人书写山水的主要模式:选取模山范水进行造境,且不必实际观看,而可以仅仅出于想象和"卧游";不执着于刻形写实,而是追求"一山而兼数十百山之意态"[2]的典型性。只有这样的山水,才能呈现出一个看上去既属于某个特定时空,同时也适用于无数时空的诗意场境,才能提供更多妙趣,甚至比拟创作者的品格与境界。所谓"意在笔先"[3],"布置穿插,先有成见,然后落笔"[4]等论,皆源于古代山水思想不追求形似而强调神似和造境之故。

而"每风景"句省略了类似"逢""遇"之类的客观性动词。我们从中可以发现,"风景"的存在是客观性和实体性的。具体而言:

首先,"风景"与主体的观看行为有关,具有瞬时性、局部性和地理性等特质,所以经常与"对""登临""举目""开帘"等表示看和望的动词相连。[5]与"山水之间"相比,风景往往是处于我们的

---

[1] [宋]郭熙:《林泉高致》,江苏凤凰文艺出版社,2015年版,第13页。
[2] [宋]郭熙:《林泉高致》,江苏凤凰文艺出版社,2015年版,第34、38页。
[3] [唐]王维撰,王森然标点注译:《山水诀 山水论》,人民美术出版社,2016年版,第1页。
[4] [清]唐岱:《绘事发微》,山东画报出版社,2012年版,第45页。
[5] 如"开帘候风景"(谢朓《新治北窗和何从事诗》),"举目依然风景"(丘窑《水调歌头·秋日登浮远堂作》),"溢目看风景"(薛能《西县途中二十韵》)等。

眼睛"之前",我们用眼睛观看风景。

其次,因"风景"所指往往是某一处由山水、花草、树木、建筑物及自然现象构成的供人观赏的客观景色,因此优美宜人成为风景的首要特质。在古代诗文中,"风景"多与时间和地方名词关联,其后多接"好""美""新""清""融""和""旷""暖""晏""丽""妍""阑珊""奇""媚""鲜"等表示清丽雅净意蕴的形容词。[1]不过,因为风景的客观性与地理性特征,与其相关的描述需在一定程度上遵循当地当时的客观气候和天气情况,所以"风景"所接形容词同时有"冷""凉""寒""凄凄"等阴冷气息的词,[2]这就使"风景"在向度和情调上较"山水"更为复杂和全面。[3]

再者,"风景"的使用范围也大于"山水"。古代诗文中不乏描写城市风光的诗句用到"风景",如"常忆洛阳风景媚"(欧阳修《玉楼春》),"长安风景古今奇"(丘处机《诉衷情·风景》)等。南宋时评选产生的"西湖十景"和明人李濂编写的"汴京八景"等,

---

[1] 如"江南好,风景旧曾谙"(白居易《忆江南》),"钱塘风景古来奇"(苏轼《诉衷情》),"桂林风景异"(宋之问《始安秋日》)等。

[2] 如"近水风景冷,晴明犹寂寥"(白居易《渭村雨归》),"霁后江城风景凉"(戎昱《江城秋霁》),"落日荒郊外,风景正凄凄"(李峤《送李邕》),"白日变幽晦,萧萧风景寒"(韩愈《谢自然诗》)等。

[3] 中国古人很早就将四时气候变化以"八风"指代。"八风"涵盖了八个方位,以及每个方位所象征的特性,所涵盖内容广泛而全面。《吕氏春秋》称东北曰炎风,东方曰滔风,东南曰熏风,南方曰巨风,西南曰凄风,西方曰飂风,西北曰厉风,北方曰寒风。《淮南子·天文训》将八风与节气相关联,分别是:条风(立春)、明庶风(春分)、清明风(立夏)、景风(夏至)、凉风(立秋)、阊阖风(秋分)、不周风(立冬)和广漠风(冬至)。见[西汉]刘安编,陈惟直译注:《淮南子》,重庆出版社,2007年版,第49页。

也多涉及城市景观，此类景致难以为"山水"所容纳。而这些风景就处于人们生活之中，可见，与"山水"相比，"风景"更具生活性、随身性和切近性。

虽然一般指涉客观风光和景色，但风景颇能影响观赏者的心情，所以钟嵘有言"气之动物，物之感人"[1]。在追求情景交融、景为情生的古典诗词中，风景往往与诗人的心境形成同构和相互映衬的关系。在这方面范仲淹的《岳阳楼记》颇具代表性，该文中风景的差异与诗人的"览物之情"形成了紧密的互文性关联。

第二节 "山水"之变与"风景"之现

一、山水的式微和现代风景的凸显

鉴于"山水"的强大影响力和覆盖力，在古代文化语境中，"风景"和"风景诗"从未能作为一种独立的概念和诗歌范式为人所探讨。这种状况一直持续到19世纪末的晚清时期，源于时局变幻、"西风东渐"等原因，"风景"一词开始在人们的审美意识、观念、创作和文论中凸显出来，为越来越多的人所注意。

首先，由于国家处于外忧内患之中，表现逍遥和疏淡风格的传统山水思想显得十分不合时宜。

在国家危急存亡之际，出于实用救国的责任心和功利目的，关

---

1 [南朝梁]钟嵘：《诗品序》//[南朝梁]钟嵘、[唐]司空图：《白话诗品 白话二十四诗品》，岳麓书社，1997年版，第1页。

心国家命运的思想者越来越对西学和西方艺术持欢迎态度，而对中国传统思想（特别是山水思想）持怀疑态度。作为山水思想的主要载体，山水画（以占据主流的文人画为代表）遭受了强烈批判和否定。如康有为认为中国六朝和唐宋时期的绘画与西欧的画法画理相通，而自王维起，后人在"拔弃形似、倡为士气"的错误道路上越走越远，以至"衰败极矣"；[1]陈独秀则将倪（云林）黄（公望）文（徵明）沈（周）一派的作品斥为"恶画"，认为改良中国画"首先要革王画的命"和"采用洋画写实的精神"；[2]徐悲鸿通过对比中国山水画和西方风景画的技法差异，提出中国山水画不直接取自真实自然而产生的诸种问题；[3]于是，中国艺术史的书写出现了一个不容忽视的细节：在1926年发表于《东方杂志》的《东西艺术之前途》一文中，林风眠用"风景"取代了"山水"一词——"中国的风景画，因晋代之南渡，为发达的动机。"[4]

其次，西方风景画、绘画技法与摄影术等现代技术的引进，在技术和物质层面革新了国人的审美习惯。

西方风景画的引进开启了观察、描绘风景的新视角。据有关学

---

[1] ［清］康有为：《万木草堂藏画目·序》（原文作于1917年，载于康有为《万木草堂藏画目》，上海长兴书局，1918年）。载殷双喜主编：《20世纪中国美术批评文选》，河北美术出版社，2017年版，第71页。

[2] 陈独秀：《答吕澂（美术革命）》（原载《新青年》第6卷第1号，1919年1月15日）。载殷双喜主编：《20世纪中国美术批评文选》，河北美术出版社，2017年版，第75页。

[3] 徐悲鸿：《中国画改良之方法》（原载《北京大学日刊》1918年5月23、25日）。载殷双喜主编：《20世纪中国美术批评文选》，河北美术出版社，2017年版，第76—79页。

[4] 林风眠：《东西艺术之前途》，载朱朴编：《现代艺术大家随笔　林风眠艺术随笔》，上海文艺出版社，2012年版，第14页。

者考证，晚明时期进入中国南部的传教士带来的彩绘圣像画最早给国人展示了西方绘画的构图和透视方式。至18世纪末，已经有400多本有关基督教绘画、插图的书籍和各类版画在国内出版；与此同时，苏州地区版画"姑苏版"开始成为西式风景画样式的滥觞，并出现了多幅以"风景"为名的作品；[1]广州、上海等开埠城市制造出售的"外销画"（Chinese export painting）普遍采用西式风景画的透视画法和绘画技巧，内容也超越传统山水画范畴，更多关注市民生活、作坊生产、城市风光等信息性内容[2]。不过，当时的士大夫阶层和文人画家出于传统的审美习惯，普遍对舶来的艺术持鄙夷态度，这些作品的影响力并未超出通商口岸之外。[3]在清末出版的英汉辞典和汉英辞典中，"landscape"也依然被译为"山水"和"山水画"，1908年颜惠庆编的《英华大辞典》可能是最早将"风景画"收录并与"山水画"并列释义"landscape"的。[4]

---

1 参见莫小也：《17—18世纪传教士与西画东渐》，中国美术学院出版社，2001年版。

2 如作品《南湾》《冬景》《渔村》《珠江景色》《澳门南湾全景》《上海外滩》《印度风景速写》等。上述作品曾于2015年8月8日至2018年1月14日在银川当代美术馆做名为《"文明的维度"之"视觉的调适"——中国早期洋风画展》的展览，策展人为吕澎。

3 画家邹一桂（1686—1772）在著作《小山画谱》中曾如此评价西方绘画："西洋人善勾股法，故其绘画于阴阳远近，不差锱铢，所画人物屋树，皆有日影，其所用颜色与笔与中华绝异。布景由阔而狭，以三角量之。画宫室于墙壁，令人几欲走进。学者能参用一二，亦著体法，但笔法全无，虽工亦匠，故不能入画品。"见邹一桂：《小山画谱》，山东画报出版社，2009年版，第3页。

4 如1883年上海基督教长老会出版的《汕头英文辞典》中，只有"山水画"而没有"风景"或"风景画"；英国人赫伯特·贾尔斯（Herbert Giles）编的1892年和1912年版的《汉英辞典》中，也只有"山水画"而没有"风景画"；群益书社1909年版的《新译英汉辞典》中，"landscape"的释义为：（1）山川之景、山水；（2）山水画；（3）景色、风景。

照相机的出现和彩色印刷的普及使事实风景和日常生活得到更多关注和摄取。1840年第一次鸦片战争之后，西方冒险家和传教士开始携带照相机进入中国，以便记录这个东方国度的面貌和日常生活信息。新的物质文明必然影响到人们的审美意识，进而生发新的审美方式。摄影技术的出现凸显了感官中的视觉功能，以及对图像的透视性观察，使人们对事实风景的欣赏和关注变得主动和有意。

科举制的结束和新式教育机构的兴办为广大青年带来了学习西洋绘画的机会。1918年，蔡元培倡导成立国立北京美术学校，被视为中国现代美术教育的开端。1923年，该校更名国立北京美术专门学校，设中国画、西洋画、图案三系，曾留学西欧和日美的一批艺术英才汇集于此传播新知。1928年，蔡元培又于杭州创立国立艺术院，邀林风眠任校长，设国画、西画、雕塑等专业。林风眠锐意革新艺术教育，倡导新艺术运动，并聘请法国画家克罗多等人讲授西画。

西方艺术史专著的引介和出版进一步推动了西式风景画的普及。1929年，鲁迅译自日本学者板垣鹰穗的《近代美术史潮论》（上海北新书局）曾用一章"从罗曼谛克到印象派的风景画"介绍西方风景画；同年，梁得所编译的《西洋美术大纲》（良友图书）也有一章为"风景画之兴盛"。此后国内编译和撰写的西方绘画史书籍接连出版，对西式风景画多有推介。如1931年丰子恺著《西洋美术史》（开明书局）简要介绍了荷兰画家雅各布·凡·罗伊斯塔尔（Jacob van Ruysdael, 1625—1682）、梅因德特·霍贝玛（Meindert Hobbema, 1638—1709）、菲利普·科宁克（Philip Koninck, 1619—1688）等人作品，以及印象派画家的风景写生。1931年，板垣鹰穗所著《法兰西近代画史》经许达翻译,由文华美术图书印刷公司出版,其目次六为"一八三〇年的风景画";同年7月,鸥洋编著《水粉画写生技法》(岭南美术出版社)中有一节为"风景写生";11月,周继善著《野外写生论》(民智书局)第四编为"西方风景画发达迟缓的原因"。1932年,上海中华书局出版有傅雷编《刘海粟》和刘海粟编《特朗》画集,分别收录刘海粟和法国画家安特莱·特朗(Andre Derain)的人物及风景画20幅。次年,该书店又接连出版了《梵高》《雷诺阿》《塞尚》等画集,收录各位画家人物、风景、静物画20幅。1933年,板垣鹰穗著《近世美术史概论》经赵世铭翻译,由女子书店出版,分"近世美术史上的'时代'与'思潮'""风景画的新运动"等9节。1933年,倪贻德著《西洋画概论》(现代书局)介绍了素描、水彩画、风景画等绘画类型的基础知识和画法。1935年,刘海粟著《十九世纪法兰西的美术》(中华书局),第四章为"一八三〇年代之风景画"。"风景"和"风景画"的流行也波及文学创作领域:1934年5月,穆木天文集《秋日风景画》(千秋出版社)出版,书内收录同名散文描绘了"九·一八"事变前后的多幅生活场景,空间上涉及乡野和都市。其中使用的"风景画"一词,既有原义之自然风景,更包含了引申义、隐喻义和扩充义。

20世纪30年代末至40年代末的战争在某种程度上影响了文艺的发展。自1949年新中国成立到"文革"结束,出于政治原因,国内翻译和介绍的外国艺术史著作主要集中于苏联等社会主义国家,欧美艺术的输入则要到"文革"行将结束时才逐渐恢复:1975年,"澳大利亚风景画展览(1802—1975)"在北京、南京展出了85幅风景画。1977年，北京和上海两地迎来了一次高水平国际画展——19世纪法国农村风景画。此次画展共展出法国48个博物馆收藏的88幅精品，包括柯罗的《春天树下的小道》、勒帕热的《垛草》等，吸引了各大美术院校教师、美协会员和艺术爱好者前往；次年9月，上海人民美术出版社选择38幅画作，出版了活页画册《十九世纪法国农村风景画》。1980年以后，大量西方绘画作品及相关文献开始传入国内，西画教育课程也于大学课堂陆续重开。90年代之后，风景画开始更多在市场上流通并广受消费者喜爱。在当代的多种英汉词典中，编撰者已普遍将"landscape"翻译为"风景"和"风景画"，并去掉了"山水"和"山水画"的义项。[1]

再者，国家的经济制度和主流意识形态改变了自然的地位以及人与自然的关系，使得"山水"观念日益疏离于事实自然。

19世纪后期开始的工商业发展逐渐改变了自然的形态和地位，使其沦为被开发利用的资源。在广州和上海等最早开放的城市，商业化进程则在本质上改变了人们的生活环境，人们行走的是现代化的马路而非山村小道，抬头仰望的是现代化的楼厦、广告牌而非日月星辰。自然的沦落，古典意境与现实生活的疏离，使得现代诗人越来越难以使用具有整体性和泛宗教性的"山水"指称自然。相比而言，凸显瞬间性和偶然性并可包罗万象的"风景"，更适宜用来

---

[1] 如《牛津高阶英汉双解词典（第7版）》对landscape作名词时的义项分别有：1.（陆上，尤指乡村）风景，景色；2.乡村风景画，乡村风景画的风格；3.（文件的）横向打印格式。参见〔英〕A S Hornby（霍恩比）：《牛津高阶英汉双解词典（第7版）》，王玉章等译，商务印书馆，2009年版，第1133页。

表达目之所见。

20世纪20年代之后,关注社会问题的诗人开始对现代工商业发展造成的负面问题进行批判,使得反风景的自然阴暗面开始出现在新诗中——这在古典诗词中是无法想象和寻觅的。自然开始以更复杂的形象进入诗歌,如王亚平《黄浦江》(1934)一诗将流经上海的黄浦江描述为藏污纳垢之地,其"混浊的波浪"与"污秽的垃圾""腥臭的晚风""嘈杂的声响""枪炮的血腥"相交融,与传统观念认为负载着德性、仁和等道德内涵的"水"的形象大相径庭。

最后,山水诗向风景诗的转变,也与诗人的身份和地位发生本质变化有关。

古代诗人与"士"的身份往往是一体两面的,"穷则独善其身,达则兼济天下"是他们信奉的处事准则。这种儒释道合一的观念,使得"山水"成为闻达庙堂之外的后撤性备选——无论是出于积极还是被动。当代诗人在很大程度上丧失了进阶庙堂的可能(也有部分诗人主动放弃了这条路径),而成为普通工作岗位上的职能性工作者。很多诗人所从事的甚至是与思想和写作毫无关系的技术事务。此外,普遍居于现代化城市这一日常现实,也使人们与山水的距离越来越远。于是,更为日常化的自然风景、微观风景,以及城市风景,开始作为写作素材进入当代诗人的视野。

二、"风景诗"的现代性内涵

在中国语境中提出现代性的"风景诗"概念(作为诗学概念而非时间概念),显然是在区别于古代"山水诗"概念的基础上进行

的。前文已就此问题论述良多,这里仅就"风景诗"的现代性内涵和相关概念作简要概述:

(一)诗人与自然的关系由心物一元论转向了主客二元论,作品中的视觉功能与客观写实特征大大凸显。

在古典时代,"山水"构成了中国古人的文化宗教和生命镜像,人与山水相融一体,山水诗的写作可视为文人品格和心象的对应物——石涛即有"代山川而言"的表达,在《山川章第八》中,石涛写道:"此予五十年前未脱胎于山川也。亦非糟粕其山川而使山川自私也。山川使予代山川而言也,山川脱胎于予也,予脱胎于山川也。搜尽奇峰打草稿也。山川与予神遇而迹化也,所以终归于大涤也。"可见,诗人与山川的关系不是观察与模仿性的,而是互为骨肉、互相代言的"神遇"之交。[1]自然的真实形态并不重要,实地的观看也随之无关紧要。进入20世纪以来,自然逐渐沦落为工商业和农业的开发资源,诗人与自然的关系逐渐由相融交汇转变为主客二元结构,西方风景画、静物画、肖像画等传统艺术的主要构图方式和观看视角——焦点透视,逐渐成为人们欣赏自然和艺术品的常用视角,对客观真实对象的模仿也随之成为诗人和艺术家的技能要求。

早在20世纪20年代,在国内思想界和艺术界否定中国传统思想和艺术的潮流中,林风眠就在对比中西绘画形式和思想的基础上提出了两者互补长短的中和方案。他认为,中国风景画(即山水画)

---

[1] 参见[清]石涛著,周远斌点校:《苦瓜和尚画语录》,山东画报出版社,2007年版,第33页。

"以表现情绪为主",是"印象的重现",倾向于主观"想象"和"写意",而西方艺术"以摹仿自然为中心",更重"写实"和"客观"。林风眠对东方艺术的现代没落的反思至今有效:"形式过于不发达,反而不能表现情绪上之所需求,把艺术陷于无聊时消倦的戏笔。"由此,他建言艺术家"短长相补"以促发"世界新艺术之产生"。[1]

随着科技发展,现代世界越发影像化、图片化、即时化、碎片化,人对外部世界景象的认知越来越依赖于视觉摄取。在人与自然的现代性结构中,主体的视觉功能尤为突出。照相机作为旅行的必备设备,相当于为人增设一双眼睛,而且是可以记录回放的眼睛。这正是本书强调"观看"的原因所在。

(二)受西方科学主义和逻各斯的普适性影响,国人看待自然和世界的方式日趋概念化和理性化,当代诗人的情志表达也由古典性的感物兴发、凝神造境,转变为基于客观现状(即事实风景)的反思和思辨,部分诗人的语气也从淡泊、悠远、超然的"言有尽而意无穷"转变为无止境的追问和反讽。

1990年以来,生态环境的概念在国内语境中凸现出来,诗人与自然的关系进一步转变为对环境问题的关切和反思。在2011年出版的《当代风景诗选》中,编者虽未就"风景诗"的概念做出界定,但着意指出了自然性质的变化带给诗人感物抒情方式的影响:进入当代,特别是21世纪以后,风景诗写作在内容和形式上发生了"根

---

[1] 林风眠:《东西艺术之前途》//朱朴编:《林风眠艺术随笔》,上海文艺出版社,2012年版,第15—16页。

本性的变化",主要体现在"人们对自然生存环境的审视和反思"。[1]

（三）语言形式的转变也使现代风景诗强化了说理的成分。古典山水诗一般篇短意湛，常以散列或对仗典型景色的方式呈现难以言尽的美妙意蕴和无限诗意。现代诗的体例和形式比较自由，不再局限于押韵、对仗等形式限制。加之西方理性主义的影响，诗人在描述风景的同时往往阐发自我的价值观念与思辨性内容，如借自然美景讽喻尘世污浊的价值批判，借自然的破败反思现代性发展进程的知识分子立场和人道主义关怀等。这也是本书标题强调"观念"一词的原因所在。

（四）当代风景诗不乏对古典山水思想的继承和发展。除了借鉴和学习西方的风景文化和观念，当代诗人、艺术家和批评家并未完全摒弃中国传统山水思想。在阅读时，我们需要区分当代诗人对古典文化的汲取是否经过必要的技术更新和现代性转化，如若不然，古典山水思想的当代挪用将不幸呈现为程式化的观念道白与情调表演。青年批评家一行曾在文章《风景与物语》中颇有见地地指出：对于真正的艺术家而言，传统"首先指向一种精神"，艺术家能够从中看到"对具体事物的热爱"，以及"细节的微妙与活力，整体的坚实与平衡"。[2] 华裔美籍学者吴欣长期关注山水、景观、视觉艺术等问题，于2011年汇编出版《山水之境：中国文化中的风景园林》（生活·读书·新知三联书店，2015年）一书，收录有柯律格、朱利

---

[1] 王韵华主编：《中国当代风景诗选》，阳光出版社，2011年版，第1页。值得一提的是，在前言中，编选者称，该书"填补了中国当代风景诗歌选集的空白"。

[2] 一行：《风景与物语——试论邹昆凌的诗》//一行著：《论诗教》，北京师范大学出版社，2010年版，第207页。

安等十余位中外学者的12篇论文。在前言中,吴欣也谈到,该书致力于以新视角思考中国的传统山水文化,努力探索出一条"有本土历史文化感的当代景观文化艺术新路"。[1]

将"山水"作为凝固而永恒的思想传统无疑是危险的。部分当代诗人和艺术家在使用"山水"时有意识地进行了改写,以表达审美自觉和诗学理念的更新,如孙文波的诗歌《新山水诗》(2010)以及同名诗集(人民文学出版社,2012年),诗人雷平阳的散文集《旧山水》(广西师范大学出版社,2016年)等。诗人添加各种定语以显示古典山水概念的过时、破败和失效,如诗人飞廉在新近创作的诗中痛陈"几乎所有/山水都戴上了镣铐"(飞廉《山水》)。艺术领域同样如此:诗人杨键2014年于深圳举办《冷山水》画展;画家尚扬于2017—2018年创作了《坏山水》主题系列绘画,并在其中一幅作品上用硕大的英文单词"DECATING"(腐坏、腐烂、衰败)悬浮铺满整幅画面,就像一把重剑终于落在了底部的山峦之上。

简而言之,1990年之后,风景诗写作不仅涉及传统的自然风光和景色描写,同时吸收了景观、场景、地方、土地、可视性空间等社会性内涵和人造性因素。在今天,"风景"已成为一个看似单纯实则复杂,难以界定和诠释意涵的词汇和领域。它涉及各种介质和主题,可以归纳为几个主要范畴:自然风景(包括山、水、天空、大地、沙漠、植物、动物等)和人文风景,后者又包括由人类创造的

---

[1] 〔美〕吴欣主编:《山水之境:中国文化中的风景园林》,生活·读书·新知三联书店,2015年版,第4页。

乡村风景、城市风景、现代化的机械工业风景。风景涉及的观看视角有辽远、深远、高远，整体性欣赏、局部聚焦的近观、对流动风景的扫视等；又可以根据地域、生活方式和文化差异分为边疆风景和内陆风景、南方风景和北方风景、西部风景和江南风景等；还可以根据观赏者与地方的归属关系区分为原住民眼中的风景、归来者眼中的风景和旅行者眼中的风景；另外，一起特殊的事件也可以造成某一个地方风景在人们眼中的巨大转变。可见，风景不单与主题、地理、气候有关，也与社会、政治、经济、文化观念、意识形态、语言习俗等有关。源于此，学界在进行风景研究时，往往不追求形成一个稳固的概念，而是将其作为发展和活动的状态来理解："风景，作为自然的物质形态的肖像，也可以行使将抽象概念实体化的功能，它也许会将自己作为一个乡村的片段、一个框架中的副本、一个地志记录，但它也是（或可能是）一个理想世界的象征性形态。"[1]

就本书而言，现代性的风景概念主要分为两大类：自然景观和有人力参与的非自然景观。值得说明的是，现代性的风景除了涵盖优美的风景，还容纳了古代山水诗所不能涵盖的样态，譬如遭到污染和破坏的自然。非自然景观需要细加说明：

（一）人文景观

人文景观又称为文化景观，是指人类在自然的基础上创造的能够反映文化内涵的独特景观，包括服饰、建筑、音乐等。在1990年

---

[1]〔英〕马尔科姆·安德鲁斯：《风景与西方艺术》，张翔译，上海人民出版社，2014年版，第18页。

以来的风景诗中，诗人不仅参观故宫、鹳雀楼、岳阳楼等历史文化古迹，同时也关注了城市广场、公园、街道等现代景观。

（二）生活即景

指的是有人的活动参与的场景和情境。比如我们熟悉的乡村风景、现代性的城市景观，以及人的日常活动。

中国古代诗歌虽有"田园诗"一类，但其抒情向度较为单一，倾向于对乡村生活进行田园牧歌式的表现，以抒发诗人的闲适心境。现代性的风景诗概念在范畴和抒情向度上不限于一端，方便摄取当代乡村出现的种种问题。

城市景观是古代山水诗难以容纳的题材。在1991年出版的《中国山水诗选》（李文初等著，广东高等教育出版社）的导论中，编写者曾论及三类情况造成了"山水诗"义界的复杂和困难：其一是山水与哲理，其二是山水与田园，其三是描写城市山水的诗篇难以判定与归类。编者认为，描写城市山水的诗篇里，以"表现山水之美为主"的作品方可算作山水诗。[1] 以此标准，古代诗词中能够符合其标准的实在寥寥。张曙光在1997年发表于《阵地》的诗歌《致——》中即注意到，由全球化的商业符号（"巨大的可口可乐罐子"）构成的景观和象征，正成为我们时代"最为时髦的风景"。

值得说明的是"人的活动"。在日常经验中，当他人的姿态、活动进入到诗人的审美观照并形成一定的观赏价值时，也可称为风景。最具代表性的例子当属卞之琳的《断章》，"站在桥上看风景"

---

[1] 李文初等著：《中国山水诗史》，广东高等教育出版社，1991年版，第2—3页。

的"你"作为风景"装饰了别人的梦"。1990年以来,诗歌进一步从崇高书写、文化书写转向日常书写,"他人"开始大量涌入诗人的观看和审美视野。如在《还有什么值得我去激动》一诗中,诗人韩文戈列举了大量的物象和场景:除了传统的自然风景,诗中还出现了大量非叙事性的人物和生活场景:"来来往往变幻的脸""渐渐走远的养母""女人回眸一笑和深夜火车上的交谈""一枚硬币对于乞丐的怜悯"……

在文化想象中,历史人物和他们的生命经验也能作为诗人的审美风景。比如明代著名律学家朱载堉之于高春林:"他调试着世界的声音,世界在调试着／他的弦。"(高春林《神农山诗篇·12》)或者理学大家朱熹和王阳明之于孙文波:"我欣赏把战士／和书生集于一生的人。说到风景,他们永远是。"(孙文波《长途汽车上的笔记之一》)他们鼓舞着当代诗人"再造一个高世界的乐音"以及再现"心性的宽阔"。

(三)工业文明和机械风景

这是一种完全现代性的审美资源。不论中外,"自然"的基础含义都是与"技术"相对立的。[1]至20世纪上半叶,随着审美观念的

---

[1] 在中国古典语境中,"自然"是自然而然之意,指宇宙的原始样态,无疑是排斥技术和其他人工手段的;西方语境中的"自然"本意也是基于技术的对立物。这种观念曾使19世纪的西方主流学者批评擅长造园艺术的中国人不仅对自然"冷酷无情",而且还与自然进行对抗:"中国园匠的特点在于征服自然:他的目的是改变他在自然中发现的一切。"劳顿(J.C.Loudon):《园艺百科》(1824),参见〔英〕柯律格:《西方对中国园林描述中的自然与意识形态》//〔美〕吴欣:《山水之境:中国文化中的风景园林》,傅凡、薛晓飞译,生活·读书·新知三联书店,2015年版,第4页。

转向，以技术甚至是现代工业为审美主题的艺术品开始大量出现。此类风景表现为两个截然相反的向度，一种是审美性的，一种是审丑性的。美国摄影师和画家查尔斯·希勒（Charles Sheeler，1883—1965）无疑是前者的著名代表。他创作了大量以现代工业文明产物为主题的绘画作品，如描绘现代工厂和发电机设备的画作《工业系列，第1号》(1928)、《水》(1945)，描绘城市中的高楼大厦，以及烟囱、厂房、机械的作品《摩天楼》(1922)、《美国风景》(1930)、《窗户》(1952)等。做摄影师的经历无疑影响了希勒的构图形式与审美风格：精确，客观，突出几何形的硬边和流线。虽然希勒对工业时代的解读有理想化之嫌——画面中没有工人，只有闪亮的、没有任何污垢和烟雾的机器——但希勒对科技文明的现代性的积极理解和情感却是十分值得我们重视和尊敬的："每个时代都通过一些外部的证据来表现自己。在我们这样一个似乎只有少数人信奉宗教的时代，……我们的工厂是我们宗教表达的替代品。"[1]中国艺术家和诗人对工业和机械风景的态度更多是审丑性的、消极或批判性的。1994—1995年，画家冷军创作了《世纪风景》系列，以破布、工业废料、钢筋水泥和医疗用具等质料组成的几幅世界地图，构成了对世界种种问题的隐喻；诗歌作品涉及工业与机械意象时，多将其视作破坏自然的元凶和现代性的怪胎："那几头不要命的机器　钢和铁的狗杂种 / 有一只巨型的子宫　可以不分昼夜地交配 / 不分昼夜地

---

[1] Constance Rourke, *Charles Sheeler*: *Artist in AmericanTradition*（1938），转引自https: // www.mei-shu.com/famous/25926/artistic-164230.html.

尖叫　不分昼夜地分娩出／成群成群红红绿绿的塑料怪胎"(乌鸟鸟《塑料制品工厂》)。工厂的流水线将一个个鲜活的人变成了"整装待发／静候军令／只一响铃功夫／悉数回到秦朝"的兵马俑(许立志《流水线上的兵马俑》)。

三、当代风景诗写作概况

20世纪早期的新文化运动之后，如王亚平的《黄浦江》一般激烈批判风景阴暗面的诗歌并不多见，更多诗人延续了古代山水诗的写作情调和抒情套路。可以说，风景诗的出现与山水诗的退场一样，是一个十分缓慢的过程。

在"十七年"和"文革"期间，描写风景的诗歌大多运用革命象征主义的修辞策略和抒情意图，诗中的风景多被赋予了政治内涵；"文革"结束后，山水热重启，风景诗多以宣扬地方风景名胜为主题；到了20世纪80年代，受时代风气影响，诗歌中的风景开始具有很强的虚构性和文学性，它们大多生发于心，处在"存在与幻想的连接点"(秋夫《新的风景线》，1985)，而非观之于目。譬如王家新的诗歌《风景》(1985)，主要意象"树""马""骑者""夕阳""人"等很明显来自古典诗词中常见意象的挪用和复写。阅读这首诗很难令人不想到马致远的《天净沙·秋思》。二者的主要差异在于，《天净沙·秋思》的场景处于荒寒的旷野，抒情基调是清冷萧瑟的，《风景》的"旷野"却因燃烧的夕阳和满地活动的石头而显得动力十足。这与80年代的整体精神氛围有关。雪迪创作于80年代的《风景》亦在常见的农业意象和自然意象——"植物""谷仓""种子""田野""农夫""红松"——中注入了跳跃的活力和能量；而骆一禾的《风景》(1987)和《壮烈风景》(1989)则属于文化观念写作，在气息上倾向于沉重的反思。这些诗歌都显现了那个时代独特的精神风貌和气质，然而它们普遍缺乏对瞬间细节经验的描述和表达。

1990年以来，伴随改革开放兴起的商品经济和消费主义大潮，进一步改变了自然的地位和风景的性质。随着大量旅游风景区产生，风景开始作为商品出售。与此同时，人们的思维和意识加速碎片化和市场化，"山水"所负载的稳定性的整体性文化内涵严重失效。如此种种变化引发了诗人在创作意识、创作风格等诸多方面的转变。

同时，以张曙光、王家新、孙文波等为代表的诗人，对诗歌的叙事性、细节化和经验因素进行了越来越多的强调和实践，而它们的实现正需要视觉和知觉的作用。源于诗学观念的转向以及对经验细节的关注，生活即景成为1990年以来的风景诗中不可忽略的题材。恰是1990年，张曙光写下《风景的阐释》一诗，将风景拉回到我们的日常生活空间和经验之中，更新了我们对风景一贯的理解，也在本体论意义上重新界定了风景的范围。王家新的《边界》(1994)则为我们展现了一种全新的跨界风景，不仅包括地理因素、历史追踪和自然主题，同时囊括了曾被视为非诗意的商业元素和政治景观：

于是我们就来到一个话语交汇处。
滨海省份。每一阵咸味的风吹来
都使葡萄园壮大。

在红色与白色的别墅之间，迷楼——
上半个世纪传教士的杰作；
但如果不把邻近的房地产公司与最远处的
那片眺望大海的岬角也包括进来，
它能否构成灵魂的全部风景？

——王家新《边界》，1994，北戴河

诗人扩充了"风景"的边界，使其成为一个"话语交汇处"，构成了一个容纳各种广阔性和异质性的语言风景，提供了古代山水诗和写景诗所不可能出现的现代性体验和审美表达，可堪作为1990年以来现代风景诗的代表作。

简要梳理20世纪风景诗的发展历程可以发现，诗人的审美意识逐渐挣脱古典山水思想的塑造和束缚，日益朝更复杂深广的现代内涵掘进。"风景"内涵的不断扩充和增殖，以及诗人审美意识的变化，既与国内自然环境的变化有关，也与新一轮西方学术思想的引进有关。近年来，西方艺术界和学界对"风景"问题的研究成果经由翻译不断传入国内，产生了不可忽略的影响。在接下来的一节，笔者将试着简要梳理西方风景艺术的发端和发展历程。

第三节　比较文化视野中的风景观念与表达

公元5世纪时，"风景"一词由盎格鲁人、撒克逊人、朱特人、丹麦人和其他日耳曼语系的群体传入不列颠，在古英语中有

"landskipe""landscaef"等变体，德语为"landschaft"，荷兰语为"landscap"，丹麦、瑞典等国家的语言中也有对应的词汇。它们所共有的"land"一般有土地和空间之意。如英语"landscape"中的"land"表示"一块有边界的空间"[1]。而在拉丁语系中，"风景"的对应词几乎都来自拉丁词"*pagus*"（如意大利语"paesaggio"，法语"paysage"），该词也有大地、国家、地方、地区、村庄等意。

法国学者朱利安在考察了"风景"一词在最近的字典中的解释后发现，自16世纪以来，该词的定义几乎一直稳定不变。朱利安由此推断，在整个欧洲语境中，"风景"一词指的都是"视线从一块'大地（地区）'所剪裁出来的"。[2]可以说，"风景"在概念起源上包含了一种重要的含义：土地和大地。国内学者在翻译"landscape"或"paysage"等词汇时，也有出于这种考虑而将该词译作"地景"的情况。[3]另外，它指向的是真实的而非艺术和象征的自然。

虽然主体内涵相对单一稳定，但西方语境中的"风景"之一词

---

1 参见〔美〕约翰·布林克霍夫·杰克逊：《发现乡土景观》，俞孔坚等译，商务印书馆，2016年版，第15页。

2 〔法〕朱利安：《山水之间：生活与理性的未思》，卓立译，华东师范大学出版社，2017年版，第2—3页。

3 如〔法〕卡特琳·古特《重返风景：当代艺术的地景再现》（*Représentations et expériences du paysage*）（华东师范大学出版社，2014年），及香港高迪国际出品的《地景设施》（*Public Landscape*）（广西师范大学出版社，2014年）等。引人注意的是，近年来国内作者出版的图书也频频使用"地景"一词，如汤芸的《他山之石：中国西南的仪式景观、地景叙述与灾难感知》（民族出版社，2016年），苏发祥的《青藏高原的地景与圣境研究》（学苑出版社，2016年），陈克强编《非标准地景——当代地景建筑"非常规融合技巧"》（水利水电出版社，2017年）等，内容多与地方景观、特色建筑、地方文化等有关。

意义并不单薄狭窄。它像一棵枝叶虽不庞杂但根系有力的大树,深入"土地"汲取了丰富营养。这与该词的后缀所具有的丰富延展性有关。这也是"风景"一词的另一个主要特征:与人造物、人为因素和人的生活有关。

在英语"landscape"中,"scape"曾表示"相似物体的组合"[1];在德语中,"风景"(landschaft)的词根"schaft"表示一种"创造性的成就"(a creative achievement)。德国社会学家齐美尔相信,这意味着是艺术家自身的"内在精神"和"生命活力"限制和引导着艺术创作;[2]美国学者约翰·布林克霍夫·杰克逊也曾表示:风景不是指"环境中的某种自然要素",而是指"一种综合的空间,一个叠加在地表上的、人造的空间系统"。据此,杰克逊将"风景"定义为"是一个由人创造或改造的空间的综合体,是人类存在的基础和背景"。[3]正是人的主体能动性,人的转化、组织和制造能力,使得作为素材的土地成为具有审美价值的风景,以及文学和绘画范畴的美学观念和社会学观念,展现出如画、崇高、神秘等多种审美样态与情感价值。

---

1 参见〔美〕约翰·布林克霍夫·杰克逊:《发现乡土景观》,俞孔坚等译,商务印书馆,2016年版,第15页。

2 "The term *Landschaft*, like the earlier word for landscape painter, *Landschaftler*, has its root in the verb *schaffen*, and indicates a creative achievement. Thus, the artist's own spirit (*Geist*) and vitality (*Lebendigkeit*) encounter a pre-formed object, so to speak, whose own inherent spirit and vitality stimulate, delimit and direct the artistic process." Simmel G. The Philosophy of Landscape [J]. *Theory Culture & Society* (SAGE, Los Angeles, London, New Delhi, and Singapore), 2007, 24 (7-8): 21.

3 〔美〕约翰·布林克霍夫·杰克逊:《发现乡土景观》,俞孔坚等译,商务印书馆,2016年版,第16—18页。

一、"如画的"风景美学

在西欧语言历史上,"风景"曾表示"附属物""副产品"或"辅助装饰"等。这种将"风景"视为主体(城镇)外围和背景等附属位置的观念,与该时期风景在人物画、历史画等作品中所处的次等地位颇为一致。[1]甚至到了17世纪后期,托马斯·布朗特的《词汇注释表》(Glossographia,1670)仍将风景作为"副产品或附属物"解释。[2]

在文艺复兴之前,欧洲基督徒普遍认为风景和思想之间是有"界限"的:风景在外,思想在内。欣赏自然风景需要看向外,这有悖于职责呼唤的方向:内。他们将自然蔑视为虚空、梦幻、影子和非真实物,他们对风景的排斥达到了令后人匪夷所思的地步,比如神父圣·埃尔皮德(Saint Elpinde)虽然长期居住在山顶,但从不欣赏阳光,"整整二十年,他连一颗星星也没见过"。[3]

在欧洲最早的记录登山活动和风景体验的作品中,意大利诗人彼得拉克(1304—1374)写到自己登上了冯杜山(Mont Ventoux),在欣赏景色之余,随手翻开口袋中圣·奥古斯丁的《忏悔录》,看到了一千年前的主教谴责人们凝视自然的一段话,他旋即从欣赏风

---

1 参见〔英〕马尔科姆·安德鲁斯:《风景与西方艺术》,张翔译,上海人民出版社,2016年版,第37页。美国学者约翰·布林克霍夫·杰克逊《发现乡土景观》一书也谈到这一点。
2 参见〔英〕马尔科姆·安德鲁斯:《风景与西方艺术》,张翔译,上海人民出版社,2016年版,第39页。
3 〔法〕边留久:《风景文化》,张春彦、胡莲、郑君译,江苏凤凰科学技术出版社,2017年版,第10—11页。

景的激动中镇定下来，全身心地转向了沉思。不过，这个戏剧性的转折同时也印证了风景巨大的诱惑力。相比圣·埃尔皮德神父，彼得拉克的表现已经明显动摇了。

在绘画领域，文艺复兴之前，风景被认为不能像史诗、悲剧或神圣家庭、圣徒、英雄等题材仅凭自身就提供精神或道德启示，因而在很长时间里仅充当宗教绘画、历史画和人物画的背景。随着人们对经验主义科学的兴趣、对神学观念的剥离、透视法的出现、绘画颜料的更新等思想和技术的发展，风景越来越多地作为独立的主题呈现在画布上。

有关西欧风景画的起源有多种说法。在威尼斯画家乔尔乔内（1478？—1510）著名的绘画《暴风雨》中，雷电的奇异闪光虽然也是作为人物背景，但是充满了整个画面，并与空气融为一个整体，这种整体感令20世纪的艺术史学家贡布里希觉得"似乎使我们第一次不再把它当作单纯的背景"。贡布里希断言道："风景本身凭其资格已成了这幅画的真正题材。"[1]阿尔布雷希特·丢勒（1471—1528）在旅行地绘制的《阿尔克的眺望》（1495年）中纯粹只有风景；阿尔布雷西特·阿尔特多夫尔（1480？—1538）的许多水彩画和蚀刻画也已不叙述故事并没有人物了。并且，他有一幅油画就命名为《风景》（约1526—1528），这在西方绘画史上是一个相当重大的转变。此外，也有不少学者将16世纪的荷兰风景画视为西方风景画的源头。

---

[1] 〔英〕E. H. 贡布里希著：《艺术的故事》，范景中译，广西美术出版社，2015年版，第330页。

不论是哪幅作品，西方风景意识肇始于风景画确为学界共识。在西方风景美学的话语系统中，最早出现也是最重要的关键词便是"如画美"和"如画主义"，即推崇优美、平衡与和谐的美学原则。这种审美习惯符合西方思想的权威观念——由柏拉图开启的对理念的追求。在生活中，人们根据古典风景画的教育和标准来修缮自己的园林和庄园，使其能够呈现出"如画的"理想风景和如艺术品般令人愉悦的效果。因此，西方风景画和风景诗一开始就表现出对乡村的特殊偏爱。古希腊诗人忒奥克里斯（Theocritus，活跃于公元前3世纪前期）的《田园诗》，维吉尔（Virgil，前70—前19）的《牧歌》（*Ecloyues*）和贺拉斯（Horace，前65—前8）的《长短句抒情诗》（*Epodes*）构成了欧洲风景诗歌颂田园生活的源头。至文艺复兴时期，城市的迅速发展以及随之伴生的问题越发凸显，越发引起诗人和画家对乡村的怀旧和赞美。在提香（Titian，约1485—1576）的画作《田园风景》（*Pastoral Scene*）中，城镇与乡村的巨大反差得到了对比性表现。诗人纷纷模仿维吉尔和贺拉斯的抒情策略，称颂乡村田园蕴含着文明与自然的和解之道，人们可通过乡村自然和生活获得精神完整和智性满足。如桑那扎罗（Sannazaro）的《阿卡迪亚》（*Arcadia*，1504）、塔索（Tasso）的《阿民达》（*Aminta*，1581），以及瓜里尼（Guarini）的《忠诚的牧羊人》（*il pastor fido*，1590）等作品风靡整个西欧，经久不衰，并引发各国诗人效仿。在周末和假期，受过良好教养的游客戴着"克劳德镜"（一种涂色透明玻璃，能使景物镀上色调和变形，使景物呈现出风格化的理想美）兴致勃勃地寻求与风景画相似的乡村风景。他们也可以选择替代性方案，买下克劳德·洛兰和杜埃的风景画原作或复制品带回家，装饰他们的房屋……一种普遍的见解认为，西方风景画"从本质上来说是一种城市化、商业化的文化产物，而不是上层社会的产物"。[1]从社会发展来看，城市化和商业化的合力及其反作用力将人们推向了乡村和自然风景。随后，工业带来的城市污染，让人们更愿意相信风景优美、祥和淳朴的乡村生活代表了理想、美德和高尚的精神。这种传统在20世纪，特别是在深度生态学运动中具有强大影响。

二、真实性与崇高美

因为拿破仑的威胁，民族主义和爱国精神在18世纪成为欧洲各国共同的思想倾向，人们对风景和自然的意识也开始参与进民族身份认同和自我身份建构：在苏格兰，人们呼唤能够表现高地风景的诗人和艺术家（芬戈尔、莪相、司格特、彭斯等）；在英国，艾迪生、安布罗斯·菲利普斯和提凯尔等作家纷纷认为，古典主义的范本并不完全适宜大不列颠。新古典主义开始失势，莎士比亚和弥尔顿成为文化主流。仅在半个世纪中，受弥尔顿诗歌《欢乐颂》（*L'Allegro*）和《沉思颂》（*Il Penseroso*）影响写成的风景诗"已增加到了320首"。[2]如济慈（1795—1821）的诗歌《啊，孤独！》（1816）就明显回响着弥尔顿的声音：

---

[1] 〔英〕马尔科姆·安德鲁斯：《风景与西方艺术》，张翔译，上海人民出版社，2016年版，第109页。

[2] 〔英〕马尔科姆·安德鲁斯：《寻找如画美》，张箭飞、韦照周译，译林出版社，2014年版，第17—19页。

啊，孤独！假如我必须与你同住，
　　可不要在那些杂乱堆积、
　　阴暗的房屋间；请跟我攀登峭壁——
大自然的瞭望台——从那儿，幽谷，
开花的山坡，河流透亮涨足，
　　仿佛是在方寸内；让我守望着你，
　　在掩映的枝叶中，那儿，蹦跳的鹿麋
会把狂蜂从指顶花盅里吓住。
虽然我乐意跟你探寻这些风景，
　　但与一颗天真的心（她的语言
　　体现了优美的思想）亲密交谈
是我灵魂的欢乐；……

　　　　　　——济慈《啊，孤独！》，赵瑞蕻译

与弥尔顿相比，济慈更深刻表达了对"房屋"的厌弃，对大自然的亲近。并且，他笔下的风景是需要"攀登峭壁"才得以欣赏的。

同样，在绘画领域，不合国情的意大利光线渐渐退出英国风景画，画家们开始广泛走出画室来到田野写生。风景的真实性问题，不仅包括发现本土事实风景，还包括对风景的原始状态——荒蛮、混乱、畸形、颓废、粗糙、不羁、可怖、无序——予以正视和重新认识。透纳（1775—1851）的早期作品《暴风雪》展现了古罗马时期北非古国迦太基的将军汉尼拔在翻越阿尔卑斯山途中与当地部族作战的场景，令人震惊恐怖的画面遭到了观者一系列攻击，继而唤起艺术评论家约翰·罗斯金（1819—1900）的辩护。此后，如画风景的欣赏越来越遭受自由人文主义者和人道主义者的压力。游客对新领域的探索激情也使过去令人恐惧的高山峡谷变成了胜景，阿尔卑斯山、尼亚加拉瀑布成为一系列商业景观的主题。对艺术家而言，挑战"如画美"的陈词滥调，捕捉新的主题——如狂烈的风暴、喷发的火山、轰鸣的瀑布、崩裂的雪山，或对旧有主题寻求新的表达，成为颇具吸引力的目标。原本被视为丑陋和令人恐惧的地方，如今被认为显现了"崇高美"，并能够把人们从"如画美"的疲软中拯救出来。在乡村风景画中，人物主角开始出现更符合生活原型的劳动者形象：编竹筐的男人、缝补衣裳的女人、剪羊毛的夫妇、劳累不堪喘息未定的农夫……在波德莱尔的《恶之花》中，煤气灯光代替了晚霞，煤烟的气流代替了炊烟，"邪恶的魔鬼"取代了神话人物，与牧歌传统截然相悖的工业时代的生活截面构成了新的"巴黎风光"：街头弹吉他卖唱的赤发女乞丐，消瘦的痨病黑女人，盲人……不仅引入了新的风景并引发读者的战栗，波德莱尔对这些原本显得阴森可怕的事物所持的态度更具革命性——他让恐怖变得别有魅力，他创造了新的风景："透过雾霾观看：蓝天生出星斗，／窗上映着明灯，那煤烟的气流／升向穹苍，月亮把苍白的妖光／一泻千里，真个令人感到欢畅。"（波德莱尔《风景》，钱春绮译）"赤发的白皮姑娘，／从你褴褛的衣裳／看出了你的寒微／和你的美。／／你那充满雀斑的、／青春年少的病体／使我，微末的诗人／喜不自胜。"衰老的妇人也拥有"神秘的眼睛"，它们像"闪着冷却的金属之光的干锅"。当她坐在公园的长凳上，"这个老太婆，还挺着背，端庄而骄矜，／她贪婪地欣赏那生

动、勇壮的军乐；／一只眼有时张开，仿佛老鹰的眼睛；／大理石似的额头好象还饰以月桂！"（波德莱尔《小老太婆》，钱春绮译）

自波德莱尔开始，风景以及关于风景的修辞跨入了现代时刻。此后，风景的域界越来越宽广，不仅在空间和视野上日趋广延，风格上更是不断丰富。特别在20世纪之后，现代艺术有意颠覆曾长期占主流地位的布尔乔亚审美观念，将目光投向乡村和田园之外的城市、郊区、垃圾车、现代机器等。可以说，由"如画主义"建立的明信片式的风景时代结束了，有关风景的界限也被拆解了。在今天，对"风景"的定义具有了更多的主体性内涵——什么是风景，取决于我的视觉感受，以及我的认识、洞察和想象。

三、风景与审美主体性

启蒙思潮造成的人与自然的疏离和自然的被祛魅，同时招致了人们对"返魅"的探寻。"浪漫主义的反动"在18世纪就生根了——卢梭的《论人类不平等的起源和基础》以及《新爱洛伊斯》为其开辟了道路。这种传统具体体现在华兹华斯、席勒和梭罗等后来者身上。在华兹华斯的诗歌《丁登寺》（又译《廷腾寺》，1798年）中，最能影响诗人心情的不是真实的风景，而是记忆与联想。诗人宣称自己能从自然中找到"纯真信念的牢固依托"，"认出心灵的乳母、导师、家长"和"全部精神生活的灵魂"。美国第一位自然散文作家威廉·巴特姆（1739—1823）说："走向自然也就是走向内心"[1]；

---

[1] 转引自程虹：《寻找荒野》，生活·读书·新知三联书店，2011年版，第45页。

确立了美国文化精神的代表人物之一，拉尔夫·沃尔多·爱默生（1803—1882），也曾公开宣称自然是"精神的象征"和"美丽的母亲"，自己对自然"只有孩童般的爱"。他相信，在一片风景中，在对一片风景的每一瞥中，都能看到"上帝的神圣和伟大"以及"上帝的容颜"[1]……在科学和实证主义兴盛之时，诗人通过赋予自然形而上的内涵和宗教般的神秘意蕴，将自我对自然的探究和对真理的追求联系起来，产生了诸如自然主义的浪漫主义的写作潮流。诗人相信，理想化的和谐效果与大自然的本真状态并不存在不可调和的矛盾。借助主观想象力，人可以重组和美化景物，以获得理想化的风景。

18世纪末19世纪初的诗人、作家和艺术家对丁登寺的描述，大多符合荒野与文明的融合之美，就连不远处冒着烟的工厂也使人感到别有意趣和赏心悦目。为了体现美，诗人和画家笔下普遍缺乏穷人的身影，即使出现，也会被过度美化，以致显得失实而可笑。这种罔顾真实的创作态度随即遭到了批评和反对。部分风景画家希冀寻求新的风景艺术语言，对绘画对象做出"更科学的"的解释，即能够"从主观体验和客观事实两方面去表达自然世界的持续变化的问题"。[2]此时，文艺复兴时期的杰作被视为一堆"空空的符号"（菲利普·奥托·朗格）和"死了的语言"（康斯太勃尔）。新兴的艺术家相信，对风景瞬间动态的呈现，对艺术家个性的强调和表现，应是艺术品成功的关键。

---

1 〔美〕爱默生：《论自然》，载《自然沉思录》，博凡译，上海科学院出版社，1985年版，第20、50、55页。

2 〔英〕马尔科姆·安德鲁斯：《风景与西方艺术》，张翔译，上海人民出版社，2016年版，第222页。

在回顾1859年的巴黎沙龙时，波德莱尔直言，自然风景的美"不是靠它自己"，而是"通过我、我个人的修养和我对它所寄予的思想和感情实现的"。[1]诗人相信，创作者对众多分散景观的组合才能使"风景"诞生。更有人指出，对风景的认识需要通晓透视法、建筑学、人体和动物解剖学，还要对植物学、矿物学等科学知识有所了解。保罗·塞尚、莫奈等画家认为，风景画的真实性问题不在于对自然的精准复制，而在于摆脱别人的影响，将自我的复杂体验和情感表现出来；自然成为风景的过程，是观看主体创造性地将其审美化和艺术化的过程。也是在19世纪中后期，拥有自己独特语言的风景画跃升至最高艺术品秩序之列，风景本身已经具备了教育意义和精神提升价值。

20世纪以来，西方学者对风景的理解和研究越来越超越艺术范畴，扩展到风景体验和生产过程中的相对性要素。"二战"之后，随着"土地伦理"（1949年由美国科学家和生态学家奥尔多·利奥波德提出）、"环境保护"（1962年由《寂静的春天》的作者、美国生物学家蕾切尔·卡森提出）[2]、"深层生态学"（1973年由挪威哲学家阿伦·奈斯提出）等概念的出现和深化，在思想和意识层面，人类不再只是风景的观赏者，而成为自然和文化条件构成的居民。通过实

---

[1] 转引自〔美〕彼得·盖伊：《现代主义：从波德莱尔到贝克特之后》，骆守怡、杜冬译，译林出版社，2017年版，第39—40页。

[2] 美国海洋生物学家蕾切尔·卡森（Rechel Carson, 1907—1964）是现代环境保护运动的先驱，其代表作《寂静的春天》于1962年出版，促成了美国第一个民间环保团体的出现。然而，该书的出版曾遭到种种劫难，其作者在出版当年遭到各种恶毒的诽谤，如被《时代》周刊蔑称为"自然的女祭司"。参见蕾切尔·卡森：《寂静的春天》，引言，吕瑞兰、李长生译，上海译文出版社，2008年版。

现自然科学实证研究与人文科学世界观探索的结合，思想家和学者突破了人类中心主义观和主客二元对立的机械论和世界观，对自然的研究开始结合社会学、人类学、人文地理学、遗传学、博物学、生态学、后殖民理论等诸多领域的观念和知识，对风景的观察也随之关联到历史、艺术、土地、宗教、地方、记忆、权力、身份意识、社会经济意识形态、民族和国家共同体认同等诸多内涵，并成长为"一个摧毁传统的学科疆界"（本德尔，1993）的跨学科学问——"风景学"。

总之，发展到20世纪，风景早已不是单纯的自然事物，而是"文明继承和社会价值的体现"[1]。对风景的观看和体悟，成为"有关身份、感觉和自然本身的问题"[2]，综合着感官、审美和精神等多重体验的复杂把握和反应范畴。风景是"身份的附属物"[3]，是"投射于木、水、石之上的想象建构"[4]，也是"一个过程"，"社会和主体身份通过这个过程形成"。[5]在某些先锋的艺术家和思想家那里，对风景

---

1 〔英〕纽拜：《对于风景的一种理解》，中国社会科学院哲学研究所美学研究室编：《美学译文（2）》，王至元、朱狄等译，中国社会科学出版社，1982年版，第181页。

2 雷蒙·威廉斯说："人类和自然之间的真正关系，观看者和那些他能够看到之物的真实存在融入一片风景之中，然后又作为一个问题返回来：有关身份、感觉和自然本身的问题。"参见〔英〕雷蒙·威廉斯：《乡村与城市》，韩子满等译，商务印书馆，2013年版，第176页。

3 〔美〕温迪·J.达比：《风景与认同》，张箭飞、赵红英译，译林出版社，2011年版，第3页。

4 〔英〕西蒙·沙玛：《风景与记忆》，胡淑陈、冯樨译，译林出版社，2013年版，第60页。

5 〔美〕W.J.T.米切尔编：《风景与权力》，杨丽、万信琼译，译林出版社，2014年版，第1页。

的思考和表达，不仅显示出对传统风景美学规则的持续质疑和偏离，并且颇有意识地关注了构成风景的阴暗面和反面因素。那些曾经被排斥、鄙视、抛弃和祛除的非艺术性事物，今天已经被视作"大大地营造了我们的现代性"[1]的活力性因素，进而被回收整合进艺术（"风景"）之中。

在整体上，本书在反思中国传统山水思想的基础上，努力将"风景"理解为——就如美国芝加哥大学艺术系教授W. J. T. 米切尔提出的——一个动词、一种媒介、一个网络，进而解码其上负载的或显或隐的复杂信息；另外，努力秉持一种反思性的质疑精神和批评意识，在强调历史感的同时质疑历史的重负，在反思文化性和观念性书写的同时，探讨文化观念和个人思想史与文本诗意生发的融合路径，在肯定风景的直观显现和去象征书写时辨析其可能形成的审美窄化。

---

[1] 〔法〕朱利安:《山水之间：生活与理性的未思》，卓立译，华东师范大学出版社，2017年版，第97页。

第一章 风景与审美感知

> 树木、花朵、青草、河流、山丘和云朵。……它们是愉悦的对象。我们在想象中再造它们来反映我们的情绪。
> ——〔英〕肯尼思·克拉克《风景进入艺术》

风景的构成，在于观赏者对一片土地及其上自然事物的审美性观看。在最基本的层面，风景愉悦了观看者的眼睛与心情；在更深层次上，风景会在诗人的"内部生发"——就像韩文戈在《诗（二）》中写道："沙漠给我绝望，葬仪使我流泪／黄昏叫我伤感，它们都在我的内部生发／而不是试图告诉我什么"。杜甫也有诗为证："感时花溅泪，恨别鸟惊心。"（《春望》）当我们认为一片地方、一处空间的自然构成或物象呈现为优美、崇高或破败时，我们会相应地感到愉快、激动和忧伤。这个看似简短而直接的情绪反应实际涉及诸多美学问题,比如,我们为什么认为一片自然构成了"风景"?人们对"风景"的审美偏好为何存在很大程度的一致性?到底是我们的眼睛首先发现了"风景",进而将审美愉悦传导到大脑,还是我们的大脑拥有若干审美构型,当我们看到类似的构型时便觉得它就是"风景"?风景与我们的情感和观念之间存在着怎样的互动关系?

华兹华斯的诗歌《丁登寺》中,诗人面对一处风景,随着生活体验的深化而渐次出现了三种审美心理模式:童年的娱乐性、青年时强烈的审美愉悦,以及最后升华为道德和精神体验的深度。在现实经验中,我们对风景的审美包含而不仅限于以上三种审美模式和心理需求,比如还有我们渴望优美柔和的风景为我们提供庇护所一样的安慰和安全感,我们追求崇高、壮烈的风景带给我们强烈的震惊和感官刺激,重新激活我们困顿和疲惫的心灵反应区,我们期冀神秘的风景带领我们的灵魂飞升等等。本章试以"优美""崇高"区分和命名不同气质的自然风景,并分别阐述它们带给审美主体的影响,以及诗人与风景之间的沟通途径和美学价值。

我们在绪论中通过对西方风景文化的梳理可以发现,优美圆融(即如画主义的)和真实性的崇高,构成了西方风景艺术的两种显著风格。回味中国古代诗歌的风格分类也可以发现,人们常以情感强度区分不同的风格:比如以"豪放派"和"婉约派"区分恢宏雄放和婉转圆润的宋词。这当然是一种比较简易粗略的划分方法,不及司空图在《二十四诗品》中将风格细分为雄浑、冲淡、含蓄、豪放等24种更显全面与细致。人们对风景的感受体验往往是错综复杂的,或混合交杂的,为了论述之便,本章只能冒险采用粗放型的分类。

可以说，对诗人的感知体验进行分类实属无奈之选。在不得不进行分类时，本书只能依据占据主要地位的气质类型进行归纳，这并不代表在同一首诗中不包含其他类型的感知与审美反应。

另外，"优美"和"崇高"也是借鉴了康德的哲学思想和美学观念。康德写作于1764年的小册子《论优美感和崇高感》将审美情感做了此种区分。"优美"和"崇高"二者虽都令人惬意，但又有较大不同，前者的感受是喜悦和欢快的，后者虽也惬意，却常常伴随着一些恐惧或伤感。二者指向的物体形态、性质以及主体感受常常是对称或对峙的：如低矮的树丛和高大的橡树、白昼与黑夜，欢乐的情感和超凡脱俗的永恒感，使人迷恋和令人激动……[1]

第一节 优美：自然的守护与安慰

风景代表着人们对于理想生活的寄托和投射，它有着"乌托邦""世外桃源""人间天堂"等诸多别称。在西方，优美风景与乡野的融合发展出悠久的"牧歌—田园诗"传统（bucolic-pastoral poem）。该传统的源头，古希腊诗人忒奥克里托斯，出生在著名的牧人之乡西西里的叙拉古，其代表作《田园诗》以短歌形式描绘了西西里优美的田园风光和牧人的放牧、爱情、对唱等内容。《田园诗》的有些

---

[1] 参见〔德〕康德：《论优美感和崇高感》，何兆武译，商务印书馆，2001年版。在《康德全集》中，李秋零将该标题译为《关于美感和崇高感的考察》，对两者审美感知的分析集中于第一章"论崇高美和美感的不同对象"。参见〔德〕康德著，李秋零主编：《康德著作全集（第二卷）》，中国人民大学出版社，2013年版，第208—211页。

人物、情节和主题之后为维吉尔的《牧歌》所承袭。后者作于群雄内战的岁月，由十首短诗组成，虽未讳言内战造成的民生灾难，但更多篇幅留给了优美的风景：清幽的溪流，圣洁的泉水，赛歌的牧人，漫游的牛群和绵羊，还有嫣红姹紫的风信子和丰收的葡萄……优美的风景慰藉了人心的烦躁、纷乱和焦虑：第二章中，牧人柯瑞东因爱而不得，"只能经常到那浓荫的榉树林里，在那儿一个人空怀着单相思，向山林抛出凌乱无章的诗辞"。《牧歌》中多次出现的地方"阿卡狄"（Arcadia，又译阿卡迪亚），原为希腊南部一著名的牧地，后来成为优美丰饶、安乐闲适的理想风景和生活方式的代名词。

无独有偶，公元5世纪初，东方诗人陶渊明发明了一处"桃花源"，同样是一个万物静美、人们生活安宁平和、怡乐圆融的理想空间。可以这么说，不论种族与时代，人们最喜欢的风景类型都是柔美、静谧、纯净、安宁、和乐、秩序井然的。这样的风景大量出现在中西方的古代田园诗中，出现在一部分中国古代山水诗和山水画中，也出现在16—19世纪的西方乡村风景画中。它们以优美、平和的气质，为创作者和观赏者提供着亲人般的温情和安慰，悄无声息地慰藉人们的心灵。

一、安宁舒缓之美

优美风景的第一特质是静谧和安宁。最具安宁气氛的空间当属山林和旷野，最为寂静的时刻当属深夜：

夜光如皮肤细腻的手臂

> 来到松林时
> 已变得如耳语般小心翼翼
> 它又是一只踩在草尖松针上的
> 缎子鞋
> 或帐幔里的睡眠
> 总之它类似女性的神态
> 梦似的一飘而过
>
> ——邹昆凌《"明月松间照"》

邹昆凌借用王维的著名诗句作为这首诗的题目,但并未模仿原诗的空灵、悠远和禅境。虽有"远山之夜"的静谧,诗人呈现的却是一种现代性的温情和淡淡的情色之欲。诗人对月夜松林之景不是通过观看,而是借助一系列比喻和通感,以触觉表现听觉和视觉,传达诗人身体的感受和耳朵的享受。诗人将自我置于夜光女性般的柔和抚摸之下:手臂、耳语、缎子鞋、帐幔里的睡眠……这些修辞物象散发着完美肉体的优雅和温度。这种接触似有还无,如梦一般迷幻和朦胧。当诗人用身体迎接夜光落在林间的"眼色、嘴唇和朦胧的身影",夜光作为温柔体贴的女性形象也越发明晰。

沈苇的《昭苏之夜》同样展现了一个静谧的山间夜景:

> 葱郁的夜,它在唤醒
> 一个襁褓中的呼吸和心跳吗?
> 静卧的远山,大地的枕头

我有绵延不绝的安宁

我有梦的果实、月光的占卜书

——沈苇《昭苏之夜》

彻底的寂静并非毫无声息死寂一片，恰恰是被唤醒的"呼吸和心跳"越发反衬出昭苏之夜的寂静、安宁与神秘，就像"静静发芽"的种子，悄然长在诗人的身心之上。"襁褓"和"种子"之小与辽阔的地景构成了另一种对比：由远山和大地铺展的昭苏之夜辽阔无边，"安宁"也随之绵延不绝，如无边无际的梦和月光。

同样在宁静的夜晚，诗人将自己放置在宽大宁静的水中，仰望夜空星辰撒下清光，树影绰绰，感受平静水面由于自己的划动而产生的柔如锦缎的涟漪，心中涌起赞美的渴望："世界是美好的——需要赞美诗"（孙文波《简单的赞美》）。与风的吹拂和光的照临相比，水的包裹能够令诗人感受到更为实体性的接触和全方位的呵护。在水中浮游的诗人，如褪去衣衫那样清除了尘世的牵绊和重负、紧张和焦躁，取而代之的是自由舒展、平和宁静的惬意。

韩文戈的诗歌《禅院钟声》虽与佛教意象有关，但诗意并不指向心灵顿悟，而集中于对细微动静的感知和接纳：

冬天的早晨，月亮弯成一张瘦脸，泊在西山墙的斜上空。

幽暗出，一枝老梅探进禅院。

院子里的风，顺着指头滑出去了，刮向四散的村镇。

钟声从远方传来，空气涌起波浪。

> 顺着山路，一个禅师踩出霜迹，……
>
> ——韩文戈《禅院钟声》

在这首诗中，诗人使用了大量的动词和动态描述，所达诗境却是雁过无声宁静无痕，这种诗意生发路径颇值得我们探究。细读此诗可以发现，诗人对动词和形容词的使用十分考究：月亮的清瘦（"一张瘦脸"）以及它"泊在"天空的姿态，老梅轻"探"墙头，风是"顺着"指头"滑"出去的，并消散于四散的村镇……这一切动作都是自然而然的，符合自然之道与自我动能，令我们读之恍然回到了原初化的自然世界。就连随后出现的人，一个禅师，他的活动也表现出对"自然"的遵从：他是"顺着山路"踩出霜迹的。静谧和自然凸显了该诗的古雅和神秘感，令阅读者忍不住侧耳倾听。安静、自然而不刻意的风景，如大道运行，令人心安、自足，仿佛可能参透未来命运的走向——"不经意的风景，安静得像幅画／看起来，会有一个美妙的人生。"（津渡《隐马山》）

高春林的诗歌《具茨背景》同样使用了以动显静的表达技巧。在安静的午后，乌鸦的鸣叫使群山更显空灵、安宁和辽阔，也令诗人身心舒展：

> 群山在这时的暖阳下赐予我们安静的午后。
> 指日针和旧建筑，以及鸣于山谷的
> 乌鸦全敞开了空山的辽阔。
>
> ——高春林《具茨背景》

优美风景在色彩上往往表现为纯净、柔和与清丽,如胡弦的《散步》:"哦,我看见过杏花,现在又看见了大片的麦冬,/松涛阵阵,带来了安息般的绿,和柔软的心。"当大片绿色以整体性姿态出现,不仅纯净了诗人的视觉感受,也使诗人享受到单纯简约之美。诗人桑克在注视早晨的稻田时收获了相似的审美满足:早晨的阳光"黄灿灿而不眨眼",使稻田呈现为"沉静的黄色",昨夜的一场雨水又将其清洗得干净而细腻:"蒲棒的边缘起了绒毛,/粼粼露水反射着微光。"(桑克《早晨的稻田》)整体单纯而不刺目的自然色彩令人平静惬意,雨水的清洗则满足了诗人对纯净的期待。雷武铃也曾描绘雨后清新的风景:

我想着它在各种天气里的形态:下雨的间隙,
草木清新的气息弥散,饱含水汽的白雾静绕在山腰
它的山脚洁净亲切,山峰隐藏在黑色雨云的变幻中。
或秋天不缨垢氛的透明空气里,它在蓝天下毕现。
——雷武铃《远山——给塘友》

诗人虽未交代这是雨后山景,但"我"在观景时对雨的想象,将一场细雨下在了语言中,使诗中的自然细节——一朵云的变动、一片河谷的颜色变幻、一阵风过的细响、白雾对山的静绕等——纤毫毕现。在这首诗中,雷武铃把我们带进一个纯粹感性的世界,令我们沉醉于光线、风、云的统摄。这些自然物象之间并不存在逻辑关联,也不提供什么信息,而仅作为自然世界的一个局部毕现在蓝

天下，吸引着我们的注意，使我们调动全部身心去回应，以致忘记自己的来路、去踪和目的。

> 昨天的雨洗净了空气的尘埃，现在阳光又把它照澈
> 使我们能看清那也许四十里之外伸入天空的塔尖。
> ——雷武铃《与杨震坐在香山塔后身
> 村上面山腰一处突伸的岩石上》

在这首诗中，诗人对时间——雨后——的强调凸显了空间的纯净感：大雨使山间风景更为清澈纯净地展示出来，也使塔尖、鸟声、低低的箫声等微末经验丝丝缕缕地透露出来，为诗人所察觉和感知。它们共同组成了"柔弱的美"，使感受到这份美好的"病后的身体"变得轻盈、飘飘欲飞，"像一根羽毛向高空飘飞"。诗人强调"病体"，既表示自我对风景的欣赏是身体化的，调动全部感觉器官的，也说明山间风景对诗人的病体进行了二次和双重治疗。通过观赏风景，诗人不仅获得了肉体层面的痊愈，更被医治了心灵，最终舒缓轻快得"像一根羽毛向高空飘飞"。"羽毛"，这也是一个值得注意的喻体，它是比白云和雪更轻盈柔和的物象，能够令我们体会从容舒缓之美。

在雷武铃《远山——给塘友》一诗中，出现的"饱含水汽的白雾"如同一条丝带静绕在山腰，令山的柔媚之态立现。除了白雾和羽毛，白雪、白云、白鹭、羊群等自然物象，经常作为风景诗的审美对象和主题，原因其一在于它们的色彩能够唤起洁白、纯净的感受；

其二在于它们的形态和活动令人获得从容、柔和、舒缓等审美满足，如："大雪的日子不过是平凡的日子／大地转动如纺轮不过是纺着些绵薄的雪花。"（昌耀《雪》）昌耀十分善于通过节奏感显现语言魅力和诗意，在只有八行句子的《雪》中，他在开篇连续使用四个"不过是"，并在结尾两句使用两个"也不过是"，把一场大雪的降落，拉回到平凡的日常经验，祛除了大雪意象通常蕴含的壮烈、宏大等内涵。另外，昌耀为雪设置的喻体"棉花"，同样属于洁白轻盈圆融之物。它和雾、云、白鹭、羊群等自然物象一样，具有柔和的曲线和轮廓，又轻盈如羽，在形式与质地上都有助于形成从容、舒缓的美感。

  源于色彩、质地、形式等方面的特性，我们常能见到当代诗人对白云、大雪等自然风景满怀欢欣的欣赏，并言及它们对世界和自我心灵的改变，如："一朵唯一的白云，色泽纯净、／曲线柔和，悬浮在／北边合围的岭头后面。"（雷武铃《白云（二）》）"一朵白云，牵着另一朵。／……我们／枯灰如草木。即便如此，／我们依然希望这片屋顶的／宁静，保持得更久些。"（张永伟《屋顶》）白云轻盈闲逸、自由飘散、无拘无束。当白云松泛了诗人"枯灰如草木"的心情，风景也就由名词变成了动词。

  在诗歌《白鹭，雪》中，张永伟同时描述了白鹭和雪：

  一个白色的
  问号，滑翔，落向沙滩——
  我们的心在停顿的瞬间变得轻盈。
  慢下来时，仿佛已有了她优雅的

长腿。一场雪，也许是
从那时开始的，我记不得
何时返回。它越过山峦、河湾
和麦田，降落在我们的睫毛上，
为沉睡的眼睑，涂上白色，和宁静。

——张永伟《白鹭，雪》

当"白鹭"与"雪"并现，它们之间形成了同构互喻的关系，诗人对它们的描述——"滑翔，落向沙滩"与"越过山峦、河湾和麦田"——是可以互换的。一方面白鹭与雪均为白色，观之令人沉静；另一方面，白鹭飞翔，雪花飘落，其姿态都格外优雅轻盈。"降落在我们的睫毛上"的细节描述，将风景拉近到身体的触感层面，在飘逸闲适之外更添温暖。因为触觉是比视觉和听觉更深层的经验，能够让我们更清晰地体验自我的存在。观看有时候会因为距离令人产生怀疑，触摸却能使经验实体化，比如《圣经》故事中，耶稣就曾让门徒触摸自己以证实经验的实在。当雪降落在诗人的睫毛，这种身体接触令诗人的审美和自我感知都更加清晰。诗人既是观赏白鹭与雪，也是在细细体味自我的心灵由疲乏滞重变得轻盈、舒缓、柔软的过程。

二、温暖理想之美

《在并峰村》一诗中，诗人泉子与女儿共度的温馨时光由数个自然意象的色彩和声音摆列映现：黄色金银花、紫色牵牛花、嫩黄和蓝色的蓝花各五朵；浮云两片、白鹭掠影、黄鹂喜鹊数声、由墨绿

转向淡蓝的山色……众多意象被分列于院落内外,并通过一条蜿蜒小径连接了水域和深山:

> 在并峰村
> 与点点共度的时光
> 如僧人手指间的念珠
> 寂静、饱满、粒粒可数
> 院落里
> 金银花是黄色的
> 牵牛花紫
> 兰花嫩黄与蓝色各五朵
> 院落外,有浮云两片
> 黄鹂与喜鹊各数声
> 白鹭正用影子状量河的宽度
> 有一条蜿蜒小径
> 一端止于鱼的疆域
> 另一端通往山的深处
> 山是毛坪、黄坑
> 山色正由墨绿转向淡黄
>
> ——泉子《在并峰村》

一首诗出现了如此多的物象和色彩,却不显得喧闹与嘈杂,概因所有色彩都是优雅淡然的,鸟雀的声音也是稀疏的,它们共同组成了从容闲趣的山村风景。这也是西方风景画和中国古代诗歌钟爱乡村田园题材的主要原因：简单、朴素、温暖，符合理想构型和美德想象。

理想的乡村风景是排斥苦难与劳作的。在《我很少写到上午》中，韩文戈用上午和下午区分了乡村的两种属性：劳作与休憩，世俗与神性。

> 我很少写到上午，上午是人的时光
> 从早晨开始，所有人就在河流与树木旁劳动
> 而下午，人们沉浸在困顿与倦意里
> 神会替人出场，把天空扫净，
> 山间和墓园升起奇异的光芒，草丛抬高了风
> 那时，我从午睡中醒来，看酣睡中的父母
> 和窗外打盹的牛马、飞鸟、鸣虫
> 眼前布满神迹：地上已知的部分与空中未知的事物
> ——韩文戈《我很少写到上午》

上午与劳作属于世俗世界，虽然真实，却不够美。下午的人们在困顿中休憩，世俗性随之腾空，乡村成为神迹降临之所。除了农人的闲散姿态，适宜的光芒和微风也是组成理想的乡村风景的必备要素。特别是傍晚的光线，金黄而不刺目，照拂在自然物象上，显得温馨而宁静，能够引发温暖的情感：

第一章　风景与审美感知

> 在橙黄色懒洋洋的阳光中
> 瓜果熟了，向日葵打着盹
> 麦子已经收割，运往古老的粮仓
> ——沈苇《乡村小景》

"橙黄色懒洋洋的阳光"很明显不是强烈的阳光，而是温和的夕光。大面积的夕光照临，使物象摆脱了尘世的生活性，超越了时间，消除了空间感，激发了圆满和理想的情怀。

回顾风景绘画史可以发现，明亮但不强烈的金黄色是田园风景画十分青睐的用色。比如法国风景画家克劳德·洛兰（Claude Lorrain，1604—1682），就常常为田园风景画的前景人物和整体背景镀上一层温和而不刺目的金边；康斯太勃尔（John.Constable，1776—1837）的《干草车》（1821）、《麦田油画》（1826）等乡村风景画中，阳光照耀下的树木、茅屋、草地、麦田也都闪烁着温和的金光。通过大片金色的渲染，乡村被处理得温馨而理想化，成为宁静、诗意的审美空间和"黄金时代"的乌托邦，为观者提供了巨大的愉悦。诗歌中的田园牧歌式写作，大多具有相似的表达策略。在沈苇的《乡村小景》中，橙黄色的阳光就将乡村装扮成了宁静、圆满的世界。当然，这种诗意生产方式往往是建立在反对或避开深远的历史语境和现实经验之上的。也就是说，回避信息，剔除生活，而仅提供视图的愉悦与宁静的感觉："草场上有人在装草／小小的马车闪耀着金光／四周空空荡荡／唯有他在漫游歌唱……"（吕德安《献诗》）

三、卫护与慰藉之美

优美风景能够给人提供贴心的栖息之所。很大一部分原因是自然的永恒性令人信任。它或者永远立于某处,看顾着我们:"远山一直保持在那里,和我们遥遥相对"(雷武铃《远山——给塘友》);或每天守约准时到来:"每到下午五点,总有一阵风刮过我窗外"(韩文戈《起风的时辰》)。虽然日复一日,却能够持续提供创造的欣喜:"繁星流泻未尽／山峦与无限的葱茏,已经就着曙色书写／宇宙在某一时刻创造的圣迹／被我的眼睛重新创造"(津渡《清晨》)。相对于快速、急躁而善变的现代生活,自然"悠然如万古"(雷武铃《白云(二)》),踏实恒定,抚慰了人们的焦躁和不安。

从公元1世纪开始,自然就被斯多亚派设想为一个女神的形象。普林尼有言为证:"自然啊,万物之母。"公元2世纪之后的颂歌也经常将自然视为"世界之母""万物的母亲女神"等母性化的形象。[1]因为女性形象具有仁慈、温柔、体贴等特质,当代诗人对柔谧风景的赞颂时常凸显女性化的安抚、哺育、保护等功能。它就像一位贴心的女伴、母亲或保姆,安抚诗人此世生活的烦躁、纷乱、焦虑、不安等负面情绪,为诗人提供着幸福和安乐的保障。

诗人沈苇的风景诗中,经常出现作为抚育者和保护者的自然形象:《昭苏之夜》中,广大而辽阔的昭苏山谷形成了一个"襁褓",

---

[1] 参见〔法〕皮埃尔·阿多:《伊西斯的面纱:自然的观念史随笔》,张卜天译,华东师范大学出版社,2015年版,第33页。

包裹着诗人，静卧的远山成为"大地的枕头"，令人休憩与安眠，放松与逸然。《在奥依塔克冰上行走》中，底部凹陷、四面围涌的地势也将奥依塔克变成了一个"高原襁褓"和一张"土库曼摇床"，"用来迎接一个人的孤旅和新生"。《红其拉甫的孩子》中，红其拉甫"积雪的山冈，瓦蓝的苍穹"也形成了一个"帕米尔襁褓"，"正好安放你的睡眠和枕头"。《一张名叫乌鲁木齐的床》中，天山博格达峰是"白发苍苍的保姆"和"仁慈的证人"，看护着诗人生活的城市乌鲁木齐。辽阔而纯净的喀纳斯更是一个充满爱意和温情的精神性空间："如同仁慈目光下的一个襁褓／再一次，将我轻轻托举、拥抱"（《喀纳斯颂》）……"襁褓""摇床""孩子""婴儿"等与抚育和成长有关的意象和象征，将上述风景变成了一个个亲人，变成了抚育者与守护者。

　　阅读上述诗歌我们可以发现，诗人对优美风景的体验主要不诉诸观看，而是通过整个身心的接触和感知。边地之夜、静卧的远山、流逸的白云、舒缓飞翔的白鸟，酝酿着寂静和安宁的风景，使大地、山谷或天空变成一个个摇篮，温暖并卫护着我们的身心。她围绕、庇护着诗人，拨动着诗人的心弦，为诗人送上动人的温暖。这是人与自然共处时感受的最温情和安然的时刻。作为乌托邦式的完美形象，柔谧风景令身处其间的诗人获得了如同"在家"的无可名状的心安。对优美风景的体验是诗人与自然的互相抚摸和温暖。

第二节　崇高：自然的壮烈与活力

在西方风景艺术和文化史上，崇高美的出现主要是作为对"如画主义"艺术的补充和纠正。在18世纪后半叶，一部分艺术家和欣赏者对盛行了两三个世纪的风景画模式失去了兴趣，高山、暴风雪等看起来危险的景观开始进入艺术家的审美视野。虽然说到底，画面上失去控制的非理性也是一种经过精心计算的戏剧性效果：其临界点在于体验者尽可能地接近灾难的同时，并没有真正陷入危险。正是这种张力，这种集潜在受难者和审美欣赏者于一体的身份，使观赏者体会到充满恐惧的狂喜，充满战栗的快乐和满足。对崇高美的体验，令人们获得了强烈的刺激，惊讶和震撼，使他们释放出新的激情和力量。

在《关于美感和崇高感的考察》中，康德曾进一步将崇高感细分为"可怖的崇高""华丽的崇高""高贵的崇高"三种类型。比如深沉的孤独、辽阔的荒漠和大荒野等就属于可怖的崇高；黄金和镶嵌工艺能够令事物变得华丽，比如罗马彼得大教堂，就属于华丽的崇高；高贵的崇高必须淳朴，并能引发欣赏者的惊赞，比如埃及金字塔。[1]

在康德看来，可怖的崇高往往源于观看对象的庞大、辽阔和荒凉，使人生发出恐惧和不安。这与18世纪的人们对自然的控制能力相对较弱有关。在今天，人们对自然的控制能力已大大提升，人们面对自然拥有着前所未有的安全感。在各种工业机械和科学技术的

---

[1]〔德〕康德：《关于美感和崇高感的考察》//《康德全集（第二卷）》，李秋零译，中国人民大学出版社，2013年版，第210页。

协助下，人们攀登高峰、深入荒漠几乎如履平地。就连"一具具骨架在大街上走动或奔跑"的场景，也已经"无关恐惧"和"绝望"，而是"关于真实的诗"（韩文戈《这是骨头的诗》）。相应地，人们在经验和艺术中感知"可怖的崇高"的机会也被大大削减。考虑到风景的时代状况与人们的现代感知，本节的分析将"可怖的崇高"更改为"壮烈的崇高"。

虽然都惹人惊赞，三种崇高感在发生学上又存在着些微差异，比如说，壮烈的崇高感更多源于审美对象表现出来的体积、速度和力量令人惊叹，华丽的崇高主要源于视觉的盛宴带给人的眩晕与震惊，高贵的崇高始于风景的德性引发的精神升华和心灵震撼。

一、壮烈的崇高

在中国古代诗歌比如唐代边塞诗中，大漠、戈壁、暴雪等意象常常提供了可怖和壮烈的审美感受，它们过于广大，而且缺乏生命存续的必备条件，令人望之生畏。在今天，这些意象带给人的审美感知虽然也可能指向"死亡"意象，但一般是文学化的想象和移情，沙漠和戈壁的辽阔、干燥，暴雪的猛烈，所产生的审美感知主要是一种壮烈感或者说酷烈感，如韩文戈的《在库布齐沙漠》："起伏的沙漠，到处都是黄金与盛世的骸骨／这还远不是全部，风继续吹出沙子藏起的时间的形状……"沈苇的《雪的柔巴依》："天空的悼词，大地的占卜书／雪花飞舞、怒射、爆炸……"在这首诗中，酷烈的西部雪景被诗人颇有意味地隐喻为"一次神圣的美学的搏斗"，让我们得以从中一窥风景和语言的交织关系，雪景的暴烈大多是通过诗人的感知经验（借助精彩的隐喻）显现的："雪，一群飞翔的刀子／将我逼向悬崖绝壁——／深渊在身上。灵魂的结晶洒落一地／燃烧的心脏也扔进了宇宙"；"原野的裹尸布，风掀起破损的一角／荒凉静静卧躺，像一个病重的人"……

20世纪美国分析哲学家蒯因曾说："我对沙漠景观情有独钟。"[1]沙漠、草原，以及海洋等占据阔大空间的自然物象，既能满足人们对远大距离感的欲望——整体而深远的空间使它们的显现颇具仪式感，使观赏不自觉地升华为对某种精神的膜拜、朝圣和体悟；同时，巨大的色块满足着人们对色彩的欲求和快感；另外，相对单一稳定的色值又能满足人的心灵对至简至纯的渴望和憧憬。这些因素正是沙漠、大海和大湖作为风景诗主要意象的原因：存在的壮阔、明晰、纯粹和整体性。

大湖、大海作为审美意象进入诗歌主要是发生在20世纪之后。一方面，古代诗人多生活于内陆，普遍缺乏湖海经验；另外，湖海的庞大无边与汹涌波澜与古典诗歌所追求的物我合一的境界有所违和。当代诗人开始普遍拥有亲近大海的经验，大大增加了诗歌中波澜壮阔的审美经验和雄浑气质。当诗人切身处于浩荡凶猛的波浪间，我们还能随之体会到危险的崇高感。这是一种恐惧的愉悦："相比于雁荡山，大海太空荡，太颠簸了，／我需要躺在一个人的心窝里，才能安眠。"（大解《在大海上远眺雁荡山》）而一旦诗人返回安全

---

[1] 转引自〔美〕克里斯平·萨特韦尔：《美的六种命名》，郑从容译，南京大学出版社，2017年版，第93页。

的陆地远眺海面，观看位置的变化又会带给人截然不同的感受：

  高原深处的风，推送
  钢蓝色液体
  砸向堤岸。
  没有赞叹、颂祷。没有神

  ……仅余呼吸。
  和这天地间寂寞之大美。
——阿信《湖畔·黄昏》

  诗中没有了恐惧，只有壮烈风景的陈现。在黄昏的青海湖，夕光与黄灿灿的油菜花加重了湖水的蓝度——诗人使用的"钢蓝色"为这种蓝注入了坚实的力量感。盛大而喷涌的钢蓝色使青海湖仿佛从具体的地方和时间进程中逃逸出来，呈现为恒久弥新的装置艺术。人与它的关系，也"仅余呼吸"这一基础性的生理表达。

  在一个壮阔的空间，同时拥有强烈的力量、缤纷的色彩和挥洒的豪情，一行的《风景速写》就为我们展示了某个瞬间迸发的感受强度：

  更多的颜料泼向天空。蓝
  被灰黑涂抹，又被赭黄色的光
  搅拌成一锅粥，渐渐凝固。

……
……噢！死者的手指
在风景底部汲取着深渊的成色。
那里，两只黑羊望着正变暗的
天空，要用它们的角顶破这层画布。

——一行《风景速写》

这首诗中出现了多种力量的决斗：组成天空的蓝、灰黑、赭黄色等各种颜色和光亮之间，粗壮的树枝和风之间，"两只黑羊"与作为天空的画布之间。力量的摩擦混合色彩的雄浑，造就了该诗的豪壮之气。

津渡的诗歌《美》描绘了太阳升起时刻的壮烈景观。饶有意味的是，诗人通过附身一棵树的立场，亲身性地体验了光出场的强烈力度：

以树木的姿态向上伸展，然后
皮肤由白变红，如同一只手绕过脖颈
扎进浓密头发里引来的颤抖

这不是做爱的前奏
而是一棵白桦树正在经受的黎明。

——津渡《美》

肉欲化的表达具有强烈的代入感，令读者恍如身临其境。

二、华丽的崇高

康德对华丽的崇高的分析主要集中于大教堂、王宫等人工建筑。自然风景也能呈现出华丽壮观的一面：那些明亮、炫目、明媚、绚烂、壮烈等气质的风景，光彩犹如青年火热的激情和强力意志，能够激发人的热情。

华丽的风景最为符合"景"的原初含义，即光的作用。它是光线的过度流溢和"浪费"产生的炫目效果，颜色的盛宴和恩典，我们无须预设概念和想法，只需睁大双眼观看、敞开身体感触，享受观看的愉悦和身心的陶醉："我像一个盲人，／失明在一个万花筒似的影像里。"（高春林《神农山诗篇·16》）这种灿烂的视觉效果刺激我们，使我们惊喜于自然界生机勃勃的活力和欢乐。特别是在时常雾霾弥漫的当代都市里，华丽风景能够带来的惊喜，就像我们在长久失去视觉后突然看到"新鲜的日出"："也许，这就是我们早已失去的时辰，／像镜子、新鲜的日出。欢乐，像借由浪费产生的涟漪……"（胡弦《源头》）

明亮的光线唤起人们对色彩的感受，使世界以其丰富的表征吸引着我们的视觉。华丽的风景就像一座伊甸园，万物肆意散发色彩和光泽，随性表现和行动。这是色-彩和诗意"纯粹直观的漂移"："色-彩住于万物，万物住于色-彩，色-彩为万物自显之形色，语言（符号）书写到此为止。"诗人李森指出，诗意色-彩的纯粹直观有两条显现的途径：其一是"色-彩自身作为纯粹形式自我开显的途径",其二是"清洗色-彩隐喻而回溯纯粹直观的途径"。[1]我们可以发现,华丽的风景几乎都同时符合上述两种途径,如李森的《橘在野》:"日出东南／橘在野／黄在橘／阳在橘／阴在橘……"上午的光线打在橘上,点亮了橘的存在。强烈而纯粹的颜色,结合短促、精练、古雅的语言形式,以及明快整饬的节奏感,使橘仅依靠色彩存在于世界之中,无论是日出还是日落,这番自在自为的风景都不引向任何隐喻和象征。

诗人雷武铃善于提取自然风景某一瞬间的闪光,通过细微的感知表现自然的存在样态。他的《白云(二)》中展现的流光溢彩令人目眩神迷:

>耀眼的湛蓝色光芒在河谷上空流溢。
>……
>河谷张开着,容接垂直降落的阳光。
>河边稻田璀璨的青黄,山腰油茶树坚硬油亮的深绿,
>山顶松树闪耀的银光,渐次由低到高;点缀在
>山间的红壤耕地、红薯叶玉米叶摇动的绿色
>由近及远,绵延向远处柔和的草山。
>这些不规则的坡面、色块、光斑,从不同的高低和远近
>把它们变幻的反光折射向河谷,汇成浮动的斑斓。

---

[1] 李森:《色彩语言诸相的漂移——漂移说层次之一》,载《南京艺术学院学报(美术与设计)》,2016年第2期,第17页。

> 我坐在西边山沿松树的习习阴凉下，能看到
> 炽烈光芒中整条河水的流向。
> 从北边合围的山底出来，两道平行的绿色河岸
> 在稻田间直行。不见河水，一道木桥横跨其上。
> 第二个转弯处，一堆白雪在那里闪耀，——
> 是河水从堰坝落下。寂静的空气震颤
> 落水的轰鸣声飘忽而悠远，分辨不出来处。
> 另一处河湾，河水在鹅卵石浅滩上流溅波光。
>
> ——雷武铃《白云（二）》

诗人细细描述一朵白云的投影、短暂的消失和出现、顺着河谷滑行的姿态等等，随着白云的最终飘散，河谷更彻底地张开在诗人眼前：由低到高分别是河边的稻田、山腰的油茶树、山顶的松树；由近及远分别是点缀在山间的耕地、红薯叶和玉米叶、柔和的草山……在透明阳光的照射下，河谷的五彩斑斓被一一点亮和加深，风景随着颜色而开展：青黄、坚硬油亮的深绿、闪耀的银光、红壤、摇动的绿色……雷武铃描绘了一个印象派油画般光彩流动和变幻莫测的世界，既生机勃勃、茂盛轩昂又和谐统一。这是一个由颜色显现的世界：风景是显现在那里，而非被塑造在那里，是风景让我们的眼睛恢复了辨色和欣赏的功能。

批评家对印象主义绘画的分析可以用来赏析华丽的风景："这里的风景就是光线在某一时刻，颜色的充分发展，因为我们没有办法集中我们的视线，我们的视野正向'世界的旋涡'（塞尚语）展

开。"[1]我们与华丽风景的遭遇，首先是视觉的。在观赏此类风景时，我们就是观看，也仅仅是观看，我们放弃了观念、思考和寻找。

我国空旷辽阔的西部地区为我们贡献了很多华丽、明烈而纯粹的风景："悬浮的／苜蓿草原／一张斑斓的天马飞毯//奔驰！如电！／苜蓿喂养的马蹄／马蹄下突然的花朵／紫和黄——"（沈苇《马蹄踏过天山》）草原色彩的斑斓与马蹄奔驰的速度和节奏互相隐喻和显现，它们都是"颤动的、繁星般的"火焰，也是我们曾被禁锢而今怒放的审美激情。在韩文戈的《秋天》一诗中，诗人也使用了"马"的譬喻，令北方秋景的恣意绚烂奔涌而出："地上的事物走到秋天就走成了一匹匹枣红马／它们飞奔过蓝色的湖水向更远处去了。"

无论是中国山水画还是西方风景画，都曾表现出对华丽色彩的青睐。最能凸显华丽气质的色彩当属金色，在很多文化中，金色都代表着权力与富贵，关乎奢靡、夸富、浪费和极致。在绘画中，金色被认为是一种特殊的色彩明度，具有其他色彩所不具备的功能。唐代，出现了中国山水画历史上代表北方山水画系的两位代表人物，即有"大小李将军"之称的李思训、李昭道父子。他们在吸收融合东西方文明精华的基础上创造出一种新的着色山水形式，被称为"金碧山水"。"金碧山水"的主要特征就在于金色的运用，画面金碧辉映，富丽大气，壮美辉煌，极富盛唐气象。在北方的深秋季

---

[1] 〔法〕卡特琳·古特:《重返风景：当代艺术的地景再现》，黄金菊译，华东师范大学出版社，2014年版，第123页。

节，人们常能领略金色风景的特别魅力：

> 金色！金色统治准噶尔盆地
> 挺拔的白杨部落，沧桑的胡杨部落，
> 还有隐居群山的白桦部落
> 在金色中团结一致。——金色是秋天的可汗
>
> ——沈苇《金色旅行》

"金色"统摄了整首诗的质地和声调，响亮、华丽、铿锵、决然，闪耀着夺目的光芒。"金色"同时是一份纲领、一个框架、一个主题，将辽阔的准噶尔盆地之上所有凌乱芜杂的纷纷物象团结起来，使其成为具有向心力的整体。"统治"一词的使用，使"金色"君主般的权势和威严立现，"白杨部落""胡杨部落"和"白桦部落"纷纷成为其座下忠诚的子民。当"金色"成为"秋天的可汗"这一极具实体化、历史性和地域性的形象，准噶尔盆地随之成为一处特具英雄气概的辉煌风景，散发着放纵的豪情。

我们可以在多首诗歌中见识金色风景的出场：在杨方的《暮行北雁荡》中，落日以"黄金覆盖枯叶"，展现出"英雄式的黄昏"风景，令观赏的诗人感到自己的体内"有了一座山的顽石，无人能撼动"。当落日将大地装饰的壮丽呈现在孙文波的面前，诗人坦言这份景色只能用"壮丽"来形容："几十座山峰浮现云中，／犹如一支庞大的舰队向着永恒前进。"（孙文波《与王阳明无关》）谷禾则善于使用隐喻显示壮丽的色彩，比如将怒放的油菜花喻为"一场疾

病"和老妇的"回光返照"(谷禾《那些油菜花开得像一场疾病》),将飘飞的叶子喻为千万只蝴蝶:"在这个早晨／那么多金色的叶子以近于无限透明的蓝色为背景／突然飞了起来∥……／仿佛断弦上的千万只蝴蝶。"(谷禾《那么多金色的叶子突然飞起来》)

三、高贵的崇高

在康德的理念中,高贵的崇高指向一种伟大、淳朴的德性。高贵的崇高拥有隆重的形式、严肃的表情、拙朴的品格,以及令人敬重的道德感。

一方面,广阔、荒凉的地域可以产生这种崇高感,如昌耀诗歌《谣辞》中,山坡上"五座圆圆的垄堆"和"茂密的茅草";沈苇诗歌《尼雅书简》中"新月形沙丘"和"一个悬挂在葫芦上的村子";张执浩诗歌《阴天下》中"杂草淹没的坟墓和房屋"以及"被一望无际囚禁的灰雁、布谷鸟",都因荒寂而散发着拙朴、宁定、悠远的神秘感。

克里斯平·萨特韦尔也曾指出,所谓的崇高(the sublime),就是"掺杂着敬畏感的愉悦"。他认为,世上大多数艺术创作都具有某种目的性,这种目的性可以笼统地称为"精神的目的性"。而大教堂的设计形式正是为了"让人性(human)在神性(transcendent)中得到调和,又或许是要将之作为祭品献于神灵"。[1]高贵的崇高,即夹杂着神秘感的崇高。

---

1 〔美〕克里斯平·萨特韦尔:《美的六种命名》,郑从容译,南京大学出版社,2017年版,第19页。

"一切都静寂了/原野闪闪发光,仿佛是对流逝的原谅"(沈苇《雪后》),原野上的雪景阔大无边,最大限度地展现了白雪的晶莹、闪光、神秘和原始性,如"时光的一次停顿",使观者产生时间停留空间不动的错觉,更是一场特殊的心灵告慰。雪后的原野因过于洁白、纯净而显得陌生、神秘和非尘世化,仿佛获得了神力,它有权原谅一切此岸经验。雪的覆盖使原野升华为理想化的圣者形象,寂然无言,有着辽阔的心胸。雪对原野、大地和万物的默默无语的治疗,也是对诗人身心的温暖、纯净和慰藉。

雪景不仅可以安慰原野,还能改变语言和世界,治疗时代的创伤:

在落雪的时候,我独自走向田野。
你的诗暖和明亮如冰雪下的河流。
天空绷紧它青铜的屋顶使大地松弛,
噢,圣心的翅羽无凭而降,百折不挠,
谦朴,澄明,照耀我颓废的思想。

——陈超《荷尔德林,雪》(1990.12)

雪从天上落下的时候,正是诗人独自走向田野和一首诗酝酿生发的时候。雪,这"圣心的翅羽"无凭而降,谦朴沉默,它拥抱河流,从而温暖了流水,它落在诗人身上,从而照亮了诗人的颓废,也明亮了其诗行的晦暗。诗人有理由将雪赞誉为"最慈爱的东西",可以令"暴力无法逾越";雪的降落如同"白银的钟抖落大爱",落满雪的广场成为"倒置的天空",使我们在低头时"领受"来自

"圣心的翅羽"的无言宣喻……

面对"高贵的崇高"这一类风景，诗人甘愿将自我的主体性简约为一种视觉功能，放弃思想，甚至放弃赞美："在这里，人的声音多么多余，赞美多么多余。／尤其是夜晚来临，星光冷漠地洒下，／让我觉得死亡发出了声音——"（孙文波《与南疆有关》）1990年以来，有大量诗人将臣服和敬仰献给星空："天上是行星和恒星清冽的河谷，像圣人的心灵……"（韩文戈《夏天的大地上》）

星星生长在夜空，占据切近神圣和上帝的位置，加之本身能够释放光亮，因而更容易在我们心中复活宇宙不可知的奥义：

风景的盛宴，或许是繁星的一次莅临
就像我们在阿尔泰夜空所看到的
环绕喀纳斯星座的是闪闪发亮的词：
冲乎尔、贾登峪、禾木、白哈巴……
——沈苇《喀纳斯颂》

星星存在于遥不可及的高空，是完全出离尘世的存在物。它们的背景和舞台是我们无所了解的夜空，是宇宙的深处。因此，星星的闪烁就可以被无限神秘化和诗意化，譬如沈苇在《喀纳斯颂》中的猜测："绕膝于一个光芒中心／汲取了永不枯竭的母性甘泉、星光甘泉"。这也是诗歌区别于物理学和天文学的本质特征：不负责信息和知识，而是提供诗意和美。在喀纳斯，繁星的闪现震惊着诗人的身心，也改变着地方的特性。拥有繁星闪烁的喀纳斯成为"风景的盛宴"和"风景的宇宙",被繁星照临的冲乎尔、贾登峪、禾木、白哈巴等地,也由普通的地名变成闪耀着光芒和超验感知的大词。

批评家敬文东曾在一篇文章中考证说,"起于世俗语言的新诗和超验性(亦即神性)上规模、成建制地发生关系"或许最早始于"1980年代中前期开始诗歌写作的骆一禾、海子和西川"。[1]其中,西川的代表作《在哈尔盖仰望星空》表达的正是这种神秘难言的超验感受:"我站立不动/让灿烂的群星如亿万只脚/把我的肩头踩成祭坛。"面对铺满穹顶的群星,诗人甘愿做一个虔诚的朝圣者、拜望者和学徒:"我像一个领取圣餐的孩子/放大了胆子,但屏住呼吸。"

诗人有意借鉴宗教意象(主要是基督教意象)改观更新汉语的本土性,也与西方文化的传入有关。针对20世纪90年代之后汉语中突然出现了西方基督教意象的现象,肖开愚曾批评是"违反了汉语文明的传统和他们个人的真实信仰"。[2]在西方,荒野、孤独、星空和神的联系,至少在两个方面符合文化逻辑和生活逻辑,其一是西方基督教传统中的荒野忏悔主题。在荒野,人的孤独和精神纯净形成了寓言性和隐喻性的比拟关系。融合了荒野与文明之美,有关荒野忏悔的作品往往使人产生一种特殊的审美感受。其二是,星空与神的联系很容易令我们想到康德有关敬畏和道德法则的名言。森子

---

[1] 敬文东:《从超验语气到与诗无关——西川与新诗的语气问题》,载《中国现代文学研究丛刊》,2018年第10期,第51页。

[2] 肖开愚:《九十年代诗歌:抱负、特征和资料》//《学术思想评论(第1辑)》,赵汀阳、贺照田主编,辽宁大学出版社,1997年1月,第224页。

就在一首诗中提及这种关联:

> 星星大如牛斗,明亮得让人畏惧、吃惊
> 仿佛有一双银色的弹簧手,伸出来要将我劫走
> 多少年了,我以为这种原始的宗教
> 感情不存在了,今夜它活生生地扯动我
> 没有润滑油的脖颈,向上,拉动
> 千百只萤火虫、蝙蝠、飞蛾扑入我怀里
> 我耳边回响蜜蜂蛰过一般的低语
> "头顶的星空,内心的道德律。"
>
> ——森子《夜宿山中》

在城市生活多年,"夜空的芳香"长期阙如,使康德的名言早已随着大学时期抄录它的留言本一道消失不见。生活的科技化与世俗化进程,使我们在感知与经验层面愈来愈远离星星和月亮。"头顶的星空,内心的道德律",因长期缺乏感知的验证,仅仅成为青年时期默诵的一句名言和条文。直到一位女散文家讲述其新近经验的高原月亮:"夜里,月亮/大得吓人,我一夜不敢睡觉……",诗人才重新恢复对夜空的初始体验:

> ……我自以为清醒地在
> 楼顶间写下过这样的诗句:
> "城市的浮光掠影惊吓了胆小的星星。"

现在看来那完全是胡扯，自欺欺人，
我抬头寻找着银河，在乡村饭店前的小河边坐下
脑海忽然冒出一句话"宇宙诞生于大爆炸。"

——森子《夜宿山中》

"大如牛斗""明亮得让人畏惧"的星星，令自然恢复了作为造物主的原始权威地位。作为现代世俗社会的缺席物，这样的崇高风景一旦显现，必然触动我们日益贫乏的感受力。"按照约翰·丹尼斯的说法，崇高之景'用一种令人愉快的方式强暴了人的灵魂'。"[1]在山中，在乡村饭店前的小河边，特别是在新疆喀纳斯、内蒙古呼伦贝尔大草原等边地，繁星的闪耀使诗人长久为城市生活所磨损的审美能力瞬间激活，顷刻间陷入震荡般的幸福眩晕中：

三五间小木屋
　　泼溅出一两点灯火
我小如一只蚂蚁
今夜滞留在呼伦贝尔大草原中央
　　的一个无名小站
独自承受凛冽孤独但内心安宁

---

[1] 转引自〔英〕马尔科姆·安德鲁斯：《风景与西方艺术》，张翔译，上海人民出版社，2014年版，第173页。

> 背后，站着猛虎般严酷的初冬寒夜
> 再背后，横着一条清晰而空旷的马路
> ……
>
> 再背后，是神居住的广大的北方
>
> ——李少君《神降临的小站》

李少君曾在创作谈中说过，这首诗的写作源于他2006年年底到呼伦贝尔大草原，突遇车辆故障而短暂滞留。等候修车期间，诗人看到了遍地的白雪和满天的星星。但在诗歌中，诗人对汽车这一现代交通工具以及此次事故只字未提，诗中只出现了彼此和谐统一的自然物象和自然化的生活物象，就连被滞留的车站，也被诗人无限柔化地处理为"无名小站"。很明显，诗人有意保持意象在风格上的统一性，以构建一个纯净和自然化的空间。

"三五间小木屋""一两点灯火""一个无名小站"，与随后渐次展现的巨大场景"呼伦贝尔大草原""额尔古纳河""一望无际的白桦林""枯寂明净的苍茫荒野""蓝绒绒的温柔的夜幕"，在形态大小、温度高低和色调的冷暖方面，形成了对比性的张力。"小木屋""灯火""无名小站"，以及"小如一只蚂蚁"的"我"等物象越微小，就越能反衬空间场域的广大：从一条空旷的马路直至广大的北方。随着地理范围和诗人的感知领域一层层外扩，诗人的视角也越来越高，逐渐升到天空中，犹如获得了上帝的眼睛。当诗人将自我与神明合二为一，广大无边的场域也被"神"统摄凝聚在一种神秘、稳定、充满秩序的氛围中。[1]

现代生活意味着自然被科学的祛魅,以及人们与自然的疏离和隔绝。我们生活在要么没有星空,要么没有意识仰望星空的时代。因此,神秘风景所能唤起的感觉愈显稀缺而珍贵,当代诗人也愈发渴望重返神秘风景,重新寻找那种被自然流入、穿透、复现己身的惊颤感受,渴望恢复自己的肉身与无限精神的关联。不论诗人在生活中是否为宗教徒,宗教意象的使用都为诗歌增加了一种神秘的体验。而在荒寂边地这种现代化进程较为滞后、现代化力量较少产生作用的地方,漫天繁星有如神助地盛大出场,必然绽放出令人震撼和迷幻的视觉效果,使人生发无限崇敬与畏神之情。

印度教圣徒和作家维施瓦纳特(Visvanatha)曾说过,美的体验是"神秘体验的孪生兄弟,它的生命力正在于它是一种超感觉的奇迹"。克里斯平·萨特韦尔对此评价说:"认为敬仰上帝与体验凡俗之美其实也许本是一回事,这种看法的确相当的深邃。它诱导我们经由自己的感官和神的世界抵达那无法被感知的神秘之处。它既肯定了世俗的精神性,又肯定了精神的世俗性。"[2]当代诗人对一棵柳树、一只白鹭、漫天星空的浪漫化表达和崇敬,既是对非理性的超验体验的渴望,也不乏对高度理性和完美理念相结合的境界的神往。

---

1 关于该诗最后一句,诗人曾在创作谈中自谓:"在那一瞬间,我感到从未有过的神圣和广大……那一瞬间,感到超越了我自己,我的灵魂在上升。"参见李少君:《李少君诗歌创作谈》,载《名作欣赏》,2015年第13期,第26页。

2 〔美〕克里斯平·萨特韦尔:《美的六种命名》,郑从容译,南京大学出版社,2017年版,第65页。

第三节　自然与存在的复魅

优美与崇高虽然并不能涵盖所有的审美感知类型，但是能够突出表现当代人面对风景的所需所求和观念。

虽然优美风景和崇高风景更多涉及风景的自然要素和特征显现——前者为人们提供了亲人般的庇护和慰藉，后者带给人强烈冲击性的感官享受，而较少出现审美观念和价值判断，但并不代表观念在审美体验中缺席。我们知道，任何观看和语言转化必然包含诗人的观念，而诗人的审美感知同时夹杂着各种有意识、无意识或潜意识的思想活动：譬如对优美风景的需求和享受对应着当代人安全感的缺失，对崇高风景的热爱和沉醉对应着日常生活的平庸、单调和无聊。在自然资源日益稀缺的情况下，风景被诗人重新赋予人格化和泛神论特质，赋予道德因素、精神属性和文化寓意，恰恰显示了他们对坚硬、生冷、喧杂的日常经验和世俗世界的不满和批判。风景可以"不承担任何意义"，但仍然被诗人视为"生命的馈赠"并"激动莫名"。"就像一朵云偶然经停山谷／千百枝木香花头攒动，颤抖着回应"（津渡《清晨》），在相遇的一刻，风景呼唤人的感应，同时反衬着当代生活的真相。

一、现代性生活与艺术的复魅

人们对优美、崇高、神秘等类型的风景的喜爱和需求，与日常生活中的单调、祛魅、沉闷和压抑状态有关。当天空把马"闪闪发光的臀部"改造成"仅仅用来搬运干草的暗淡的牲口"（吕德安《象征》),诗人对世界的失望溢于言表。马的形象与命运,在此也可以作为当代人和物存在状态的象征——就如该诗的标题所示。我们知道,浪漫主义出现之时,正是因为科学取得伟大的胜利、旧秩序和宗教信仰遭到启蒙理性的严重质疑和削弱、自然世界被科学和技术大肆祛魅之时。在此情况下,人们需要"转向其他途径寻找道德满足和精神愉悦"[1],"需要一位审美的神——不怎么提供帮助和保护,不怎么说明道德之理由,而是将世界重新秘密地遮掩起来"[2]。诗人、作家和艺术家对祛魅和虚无主义的克服形成了浪漫主义。与18世纪的人们相比,两百年后的诗人面对着更彻底的祛魅和更深重的虚无感,以及诗意和日常生活之间宽深到无法弥合的裂缝。怀着与德国浪漫主义者相似的紧迫感和危机感,当代诗人同样希望能够通过语言和修辞的炼金术,赋予语词优美舒缓的节奏和音乐感,进而唤醒事物自身的魅力和能量。

  吕德安善于在拙朴无华的事物上发现闪烁的神秘之光。在早年的一首诗中,他就把"石榴"想象成了"黄金"和"梦幻的火焰"(《八月》),在《土豆》中,他又将幽暗地窖里的土豆——这些形象普通、价值卑微的果腹之物,变成了一桶沉甸甸的"金币"。这种隐喻无疑需要对"土豆"的身份信息进行更多删减,以及对其表征进行更多浪漫化的转换。这种转换无疑符合诺瓦利斯对"浪漫"一

---

[1] 〔英〕以赛亚·伯林:《浪漫主义的根源》,吕梁等,译林出版社,2008年版,第52页。

[2] 〔德〕吕迪格尔·萨弗兰斯基:《荣耀与丑闻——反思德国浪漫主义》,卫茂平译,上海人民出版社,2014年版,第226—227页。

词的定义——"当我给卑贱物一种崇高的意义,给寻常物一副神秘的模样,给已知物以未知的庄重,给有限物一种无限的表象,我就将它们浪漫化了。"[1]通过诉诸知觉的错位和变幻,以及反对经济社会和经验生活中的交换原则,地窖里不见天日的土豆可能洋溢出迷人的光晕和魅力,变成一桶光灿灿的"金币",满足着我们对神秘的渴望。

二、宇宙和灵魂的神秘

"诗歌是一种即时的形而上学。"法国哲学家巴什拉说过,"一首短诗应该同时展现宇宙的视野和灵魂的秘密,展现生命的存在和世间诸物。"[2]诗人雷武铃既善于对纯粹的风景进行细微描述,就像《白云(二)》《远山——给塘友》等诗那样,也善于"给看见的添加看不见的深邃",将风景之美神秘化,进而表现风景所蕴含的宇宙秘密:

>"这棵柳树最美!"
>那当然。树木使心情柔和
>给看见的添加看不见的深邃,
>尤其是你坐在这里,那么靠近它。
>阳光直投而透而下,把树枝图案印在地面

---

[1] 转引自〔德〕吕迪格尔·萨弗兰斯基:《荣耀与丑闻——反思德国浪漫主义》,卫茂平译,上海人民出版社,2014年版,第13页。

[2] 〔法〕加斯东·巴什拉:《诗意瞬间和形而上学瞬间》//《梦想的权利》,顾嘉琛、杜小真译,华东师范大学出版社,2013年版,第245页。

顺着树干，穿过树梢可以看见
它把自己投进无限的深蓝。
多么神秘！

——雷武铃《春天》

　　诗人依靠从低处仰视天空的视角，无限扩展了风景的景深，也使柳树——作为"春天"的一个提喻——传达着来自天空的神谕。这棵树也象征着诗人自己对"无限的深蓝"的渴望和投入。雷武铃的诗句令人想到卢梭的某些表达："我渴望奔向无限……我的精神融入无限的狂喜之中。"[1]——正是这些话使卢梭被视为浪漫主义之父，因为它代表了浪漫主义的一个主要特征：将自我融入无限的向往。这是失落的宗教精神的世俗演绎版本。

　　雷武铃还有一首赞美白鹭之美的诗："现在，它们就在眼前；美丽、自由、超然于／沉重的引力。"展翅飞翔的白鹭摆脱了地球的引力，就如摆脱了现实，它的存在昭示了一种"雪白的奇异之美"确实存在于现实之中。这种"奇异之美"令人"神秘激动"（雷武铃《白鹭——给叶鹏》）。白鹭对气流的轻松驾驭，优雅而舒缓的飞翔姿态，是人类所不具备的。这种区别一直作为常识为我们所了解，但诗人却用惊叹和赞赏的语气和修辞技术，使一条僵硬的常理恢复感受的原初性和新鲜感，将普通的飞翔描绘得陌生而充满魔力：

---

[1] 转引自〔英〕以赛亚·伯林：《浪漫主义的根源》，吕梁等译，译林出版社，2008年版，第58页。

> 它们从我脚下开始,在我的目光中
> 一直向前,伸延。变化就在我的目光中发生了:
> 大地步入了天空,有限扩展到无限。
> 哦,神秘的美,我理解不了。哦,它只是存在。
>
> ——雷武铃《白鹭——给叶鹏》

当诗人将白鹭自下而上的飞翔路线隐喻为"大地步入了天空",便是进一步将原本普通的自然状态——飞翔——给形而上化了。白鹭对地球引力的摆脱,也随之具有了从"有限扩展到无限"的精神价值。这种价值何其高深,连诗人都觉得自己"理解不了"。可以说,不是白鹭的飞翔,而是这飞翔被诗人赋予的神秘内涵和精神目的性,支撑了这首诗歌。

诗人雷平阳也在《三川坝观鹭》一诗中将岸边的柳枝、水草和残荷贬斥为"俗物",而将其间"静立的白鹭"赞美为"以出世之美挽回了颓势"。他对白鹭的描写同样是精神性的:"它双目寂淡,光芒收归于内心/身体一动不动,翅膀交给了灵魂。"白鹭的神秘之美,令水边的女子观之"一阵慌乱","仿佛看见了肉身成道的/某个邻居"。

以树木和白鹭为主题的风景之所以常被诗人进行形而上化和精神化的理解,其中一个原因在于它们的生长和生存方式是朝向天空的。当风景被赋予不可知的神秘感时,诗人的感知更多在表达"我向往什么"或"我想成为什么"的意愿。

三、生命的活力与激情

唤醒生命的活力、感受的激情是风景引人迷醉的另一个原因。同样是描写白鹭，诗人津渡在《白鹭》一诗中并没有在主观抒情时将其形而上化，他笔下的诗意生发路径是借助视觉图像的陌生化而实现的："像一个外省来的模特儿，兀立着／看不清她的脸／暮色中，有点冷／修长的腿，有点孤独"。通过将白鹭喻为"外省来的模特儿"，诗人凸显了白鹭的存在形态：美和艺术化的形象（"修长的腿"）；反尘世、反生活的冷冽高傲气质："有点儿孤独"——这一点恰与物理时间"暮色"和温度"有点冷"相得益彰，互为比拟；此外，"模特儿"的形象同时改写了诗人的空间感，把白鹭与诗人在平行距离上的"远"在审美情感上错置为高低之别。诗人原本是因为距离太远而看不清白鹭，但是因为将其喻为"模特儿"，这种远就成了一种遥不可及、需要仰视的高下之别。通过这种微妙的转换，诗人在尘世的泥淖之上，为作为风景的白鹭架起了一座展示美的艺术舞台。自然界的其他声响——"流水的音乐，蛙鸣的／鼓点，混杂着大头鲶鱼老爷的嘟哝"——都成为烘托主角身份的背景音乐，"等着它静静出场"；诗人特意交代的地理空间（"在我们略显粗鲁的乡下"）越发凸显了"外省模特儿"的反日常化和稀缺性。

最终，在大片橘红色云的燃烧中，诗人眼中的白鹭，成为引领宇宙风潮的优雅的领导者："我们矜持的贵客，解开髋部／她迈开步子／将火焰从容带动。"一处微小的风景，激活、带动了整个环境的热量与活力。

第二章

风景的观看与表现

> 风景的表现手法和如何看、如何思考这个世界（而不单单只有自然）的方式有关。
> ——〔法〕卡特琳·古特《重返风景》

文化地理学家丹尼斯·科斯格罗夫（Denis Cosgrove）认为，风景是一种"观看的方式"，它由特殊的历史、文化力量所决定。[1]卡特琳·古特也说过，每个风景的表现手法都是"艺术家思考世界和周遭关系的方式"，这些表现手法"可以让我们去探讨艺术家和其同时代的人与这个世界所持有的关联，以及在作品中他们所呈现的感官和心理状态"。[2]对于风景诗而言，

---

[1] 转引自〔英〕马尔科姆·安德鲁斯：《风景与西方艺术》，张翔译，上海人民出版社，2014年版，第29页。

[2] 〔法〕卡特琳·古特：《重返风景：当代艺术的地景再现》，黄金菊译，华东师范大学出版社，2014年版，第55页。

其所表现或暗含的观看方式，具有历史性、文化性、象征性等特性。诗人的观看方式可能无意识地延续着历史文化基因，通过语言制作艺术的诗人和艺术家往往十分清楚自己的目的：以何种位置打开他的视角，展现他的视野，可以收获满意的画面。

根据观看范围、动机和文化意识，我们可以把诗人的观看视角和表现方式粗略划分为三种类型：其一，面对广阔风景进行的巡礼式、漫游式、浏览式观看和整体性表现；其二，面对微观风景进行的聚焦式观看和有限性书写；其三，在观看位置流动的状态下对转瞬即逝的风景进行的捕捉，这种状态常常发生于旅途和行驶过程中。

温迪·J.达比曾指出："风景的再现并非与政治没有关联，而是深度植于权力与知识的关系之中。"[1]上述三种风景样态，分别与历史和权力、知识和文化，以及时代和政治深度关联。反过来，不同的视角和再现方式，也建构着不同的风景样态、社会意识和主体身份。如果从阶级角度读解主体身份，上述三种类型构成了诗人的主体性在现代化进程中不断弥散、不断降阶的过程：从君主式的统摄，到伙伴式的平视，直至被动适应和无所适从。

第一节　广阔风景与整体性表现

英国地理学家杰伊·阿普尔顿（Jay Appleton）在研究作品《风

---

[1]〔美〕温迪·J.达比：《风景与认同：英国民族与阶级地理》，张箭飞、赵红英译，译林出版社，2011年版，第9页。

景的体验》（1975）中提出的"栖息地理论"（habitat theory）在学界获得了广泛关注和引用。他指出，在我们对来自风景的审美愉悦进行评估时，"会无意识地召唤起一种珍视领地优势的返祖模式，那几乎是狩猎－采集社会时期的本能。"在原始社会，生存的需要使人们善于占据视线良好同时又不暴露自己的高地位置和地形。这种视觉偏好和对安全感的需要，"深深地埋藏在了人类灵魂深处"。[1]至当代社会，虽然人类作为群体在面对自然世界已无生存之虞，甚至还掌握着主导权和控制权，但作为一个个体，在面对自然时，对具有良好视野并提供庇护所的风景类型的偏好，仍如遗传基因一样顽强。可以说，提供广阔视野同时隐蔽自身的观看视角，深深根植在人们的内心，并成为"安全感"的重要来源。这在某种程度上佐证了我们的视觉欲望和审美意识偏好：我们的眼睛和心灵更喜欢广阔而宏大的风景。

这种审美偏好在艺术中有大量体现。中国古代艺术尤其强调对整体性的把握，在我们熟悉的焦点透视出现之前，欧洲的风景画也常常表现为对广阔地景的整体性呈现。15世纪的风景画家热衷以蓝色为基调描绘远山景象，无疑是因为这个色调有助于建构画面的整体感与深远感。这一时期，比利时和荷兰画家最拿手的画作也都注意对整体性的追求：画家或占据一个较高视点，囊括更大的空间与更多的细节，由此构建出对宇宙的视野，或采取中国山水画常用的

---

[1] 转引自〔英〕马尔科姆·安德鲁斯：《风景与西方艺术》，张翔译，上海人民出版社，2014年版，第27页。

散点分布方式,绘制由不同部分组成的景致:比如由远山、树林、乡村、农田等若干不同的世界相互并列有序地出现在画面上,反映出不同的视点看到的风景。简言之,该时期的风景画如中国古代的整体山水画一样,并不忠实于人们的实际视觉,画家所忠实的是有关风景画的理念和知识,是根据知识和理念对所见进行的编织和创造。

历经时间更迭,技艺发展,及至当代,理想化的山水思想和理念化的风景组合,日趋为追求真实体验和瞬间知觉的现代性风景意识所取代。然而,人们希望通过掌握世界来确认自身、安稳自身的心理需求却一以贯之,甚至随着现实世界的愈发混杂而日益加深。就诗歌写作而言,如何在呈现瞬间经验的基础上显现整体性的广阔风景,仍然是摆在当代诗人面前的巨大挑战。

广阔的全景无疑收纳着更多的物象和混乱,也隐匿着更多可能被发现的联系和秩序。换言之,世界在我们的审美经验中是秩序与混乱的结合体,当我们对开阔之地的风景一览无余、视觉体验获得极大满足时,我们也需要通过"把形象范围纳入了'风景'的范畴"[1]的思维活动,在阔大无际的自然显现中,在混乱与秩序的结合中,把握出一个统一性的整体。由此,对广阔风景的视觉观看,必然伴随着对整体秩序的心理意识和追求;对广阔风景的再现,也需梳理庞杂混乱的意象和经验。

---

1 〔德〕齐美尔:《风景的哲学》//《桥与门——齐美尔随笔集》,涯鸿等译,上海三联书店,1991年版,第161页。

一、秩序感与整体性

中国古代山水思想尤其强调对风景的整体性把握。宗炳在《画山水序》中曾谈及，为了观看和显现山水的整体形象，画家需远距离观察之："迥以数里，则可围于寸眸。"[1]宗炳之论代表了中国山水画的常见观景方式和取景方式，以及画家的思维方式和美学追求——远望纳形以实现对"道"和"一"的遵循和实践；之后，北宋画家和理论家郭熙也强调过远望山水以得其势之理："山水，大物也。人之看者，须远而观之，方见得一障山川之形势气象。"[2]清代石涛的"一画论"也是对上述思想的发展。在此观念的统摄下，中国古代山水画颇擅使用自高而下的俯视角度描绘山川的广袤和游走态势。事实上，这是一种人力所不逮的上帝视角。即使采用平远构图，中国山水画也喜欢通过移步换景、统摄多景的多点共存方式，以在画面上呈现更全面广阔的景致。而这，皆与中国山水思想追求整体性氛围的旨趣以及不看重真实所见与即时经验的传统有关。

部分当代诗人延续了这种俯瞰的视角观察地面风景，如雷平阳的"数不清的裂口，一直向上／停在海拔四千米左右的地方"（《从东川方向看大海梁子》）。还有"上亿的头颅选择了低垂，可巨大的落差／仍然陈述着陡峭和威仪，谁也看不出半点卑微"（《乌蒙山脉》）……当诗人"顺着天空往下看"，他收获了某种古老的感觉：

---

[1] ［南朝宋］宗炳、王微著，陈传席译解：《画山水序 叙画》，人民美术出版社，1985年版，第5页。
[2] ［宋］郭熙：《林泉高致》，江苏凤凰文艺出版社，2015年版，第10页。

"在几株白杨树之间／河是小河，路是小路，屋是小屋"，"没有边际的小，扩散着，像古老的时光／一次次排练的恩怨，恒久而简单"（《背着母亲上高山》）。诗人胡弦也在从高空俯瞰大海时体会到这种古老的感觉："它不动，像一块固体。恒定的蓝，／是种已经老去的知觉。"（《海滩》）这种心理反应，或许是因为这个视角与画面常常出现在过去的山水画和风景画中，诗人亲眼看到时勾起了曾经的回忆。

当大地呈现为奔涌流动的气势和能量，"古老的时光"或许可以解释为一个人俯视山河时的激越和悸动：

站在俯视的角度
我当然更喜欢河流本身
笔直、坚硬，还带着一丝
直面粉碎的悲怆。

——雷平阳《有几条河流在赛跑》

诗人站在某个高处，俯视几条河流，它们与远处的山脉保持同一向度，显得"笔直、坚硬"——这应该是远距离观看水面反光的视觉效果。反光将河流的水面变成了一条有着"黑颜色的边框"的"镜子"，从中映现出"累死于天空的鸟"和它们"细小的双翅和骨架"——这个景象应该来自诗人的想象。由于诗人占据的俯视性位置，诗人的视觉容纳了阔大的空间，原本耸立和流动的大山大河，在很大程度上缩小成为诗人视觉的捕获对象。这种视觉优势，令诗人对万物心生"慈悲"之念,并能看到河流所携带的"直面粉碎的悲怆"。

从某种意义上说,这是一个古典化的视角,它属于一个古典时代——诗人的身份里包含着很大的政治属性和伦理感知,具有浓厚的家国情怀和悲悯万物的意识:"这些河流／它们更像是几支精神病患者组成／的队伍,在梦境中演练癫狂。"在雷平阳备受争议的诗歌《澜沧江在云南兰坪县境内的三十三条支流》中,观看者和书写者更是具有上帝俯视大地的眼光——如果不是面对地图的话。在今天,我们虽然可以借助飞行器或其他工具而轻松占据一个俯视山河的制高点,却难以产生一个"拥有者"的欣喜与满足,反而可能产生出悲怆之感:因为观察角度令人感受到宇宙之间物我同一的脆弱和渺小。

娜夜为我们展示了一种更加巧妙和不着痕迹的诗意生成方式。诗人借助羊的眼睛仰望辽阔的天空,借鹰的眼睛俯视壮阔的草原:

> 被偶尔的翅膀划开的辽阔
> 迅速合拢
>
> 在我从未到达的高度
> 鹰
> 游戏着
> 俯冲的快感
> 落日和暮色跟在后面
>
> ——娜夜《草原》

这种视觉寄居的方式,拥有一种附带的情感收益和文化价值:当我们将自我等同于生活于草原的羊群与鹰,我们与这个巨大的看似无可把控的场域之间,随即生发了相依为命的骨肉联系和亲近情感。

二、意象的对峙与张力

广阔的风景既可以满足人们对广大视界的审美需求,也促使诗人处理混乱的意象,思考它们之间的诗意联结。一种常用的诗学表达是通过意象的对峙,比如将阔大而整体性的场域与其中某个微小具体的意象对立表现,以使二者各见其壮阔与寂小:"连绵不绝的清风啊/吹拂着连绵不绝的白云/……//整个草原上,只放牧着一个孤独的牧羊人"(李少君《青海的草原上》)。在这首诗中,诗人在末尾呼出的"孤独"恰恰对应着前文中连绵不绝的清风、白云、羊群和歌声。正是草原的连绵不绝与一个牧羊人的对峙,形成了诗意张力,成就了一域壮阔并精微的视觉风景和语言风景。

诗人大解在《河套》中使用了同样的方式,表现一个阔大的草原风景和行人的孤独。一方面是宏大无形的"风"和高处集结的"空气",一方面是几棵"离群索居的小草"——它们微小到连牲畜都会忽略的程度,以及极目之处的"一个行人"。虽然他身后还跟着两三个人,但是置于辽阔的河套草原上,他们就如同被撒落在海里的几颗石子,命运、身份和处境与大风中的几棵小草十分相似。这种互喻互证、同病相怜的形态,人和草联结起来,一起对峙着广大的空间。三者继而团结为一个整体风景。

在我们的审美直觉和知觉中，沙漠、大海、草原、河滩、天空，这些阔大的自然场域，与永恒有着更亲近的关系，它们既阔大又纯粹，因而显得神秘莫测，仿佛从内部透露着神谕和教诲，而与之相伴生的自然物象——风、水、小草、星光，又往往喻示着生命与感受的短暂和易逝。所以广阔之地的风景既令人激奋，又常常令人没来由地生出淡淡愁绪。它们在一起，更加构成了令人心醉神迷的风景和精神归属地：

  我坐在车厢里　能看见的事物非常有限
  一想到我是有限的　我就悲哀了

  我的悲哀也是小的　在可可西里
  比土地更大的是天空　比天空更加辽阔和深邃的
  我看不见　但却已经隐隐地有所感知
        ——大解《车过可可西里》

诗人乐意将神秘和权威归还天空，事实上，是在这个缺失诗意的贫乏时代、在个人的认知系统中，重新恢复自然以古老的至上地位，恢复各种自然物象以曾经拥有的象征内涵。当自然风景空间上的广阔投射于我们的眼睛，似乎也深入了我们的内心视域，敞开了我们偏狭的心胸。这是来自风景更深远的祝福："羊群释放的夜晚／一千只月亮释放的夜晚／现在，我的睡眠／有了一点昭苏草原的辽阔。"（沈苇《昭苏之夜》）

沈苇写于1990年的短诗《一个地区》展现了对广阔风景的整体性描述。与上述李少君、大解以及沈苇自己所作的《昭苏之夜》不同，这首诗完全未表现自我置于某个环境的感受，而是提供了一种悬置创作主体的现代性审美体验：

> 中亚的太阳。玫瑰。火
> 眺望北冰洋，那片白色的蓝
> 那人依傍着梦：一个深不可测的地区
> 鸟，一只，两只，三只，飞过午后的睡眠
> ——沈苇《一个地区》

《一个地区》在开篇就将坐标揭示了出来：中亚。这个地名本身就具有丰富的空间张力和历史想象力。以草原和戈壁为主要组成部分的地理特征铸就了它的辽阔、宏大、荒凉和一望无际："眺望北冰洋，那片白色的蓝"。达·芬奇曾在《绘画论》中写道："那些可以被认出的极远事物，例如山，似乎是因为围绕在山和眼睛四周品质极佳的空气的关系，当太阳升起时，那一系列的蓝几乎就是空气的颜色。"[1] 透过"白色的蓝"，我们的视线一望千里，没有遮蔽，没有阴影。与此同时，这又是一个"深不可测的地区"——这是亚洲的中心，来自世界版图、历史文明和文化记忆的深处。它似乎隐匿了

---

[1] 转引自〔法〕卡特琳·古特：《重返风景：当代艺术的地景再现》，黄金菊译，华东师范大学出版社，2014年版，第15页。

一切。我们的观看需要调动全部的记忆与想象。那人依傍的"梦"也随之深沉而迷幻，约等于北冰洋之远和此地区的"深不可测"。

能够从旷阔的大地提升为一片风景，需要几个关键要素：视野的远大、风景的独特性、内部物象的复杂多样，以及更重要的，物象之间复杂的张力改变了它们原本的属性和身份。这首诗的成功之处正在于，它在意象风格的整一性和复杂性之间做到了很好的平衡。

首先，各意象在空间布局上呈现出秩序性和整一性——它们几乎都被安置于天上和空中，遥远的"北冰洋"也被眺望的视角抬升了水平线，"白色的蓝"更使它轻盈得直上蓝天；就连"那人"，也因"依傍着梦"的迷醉状态而犹如悬浮空中……此外，各意象几乎都属于自然物，同质性使它们也具有整一性联系。

另外，各意象在色彩和形态上又分属于两极性和对比性的两端。一边是广阔深远、清冽冷寂的"北冰洋"和"一个深不可测的地区"，另一边是具体而微、炙热灿烂的"玫瑰""火"和"鸟"……旷大与单纯、壮烈与冷寂相交织，催生出临界于审美极限的神秘美感。

进一步分析的话我们可以发现，该风景由一个突然的开端，一个决然的断裂句所开启："中亚的太阳。"句号宣告了该句的绝对独立。仿佛被上帝猛掷于面前，我们的眼睛突然见到久违的猛烈阳光，"中亚的太阳"瞬间将我们刺晕。随后，它在我们眼前盛开成闪耀绚烂的光辉：它们是"玫瑰"与"火"，是"玫瑰"如"火"一般燃烧。令我们意外的是，这沸腾的热度转瞬被"北冰洋"冷却下来："那片白色的蓝"既是北冰洋的颜色和气质，也表现着整个中亚清冷透明的空气形态和整体气氛。无疑，这种冷热相对峙的张力为"一个地区"注入了复杂的和谐感和紧凑的团结感。这是属于中亚的独特地景和风情：辽阔而绚烂，宁静而恣意。看似相悖实则统一的色调和气质，使这幅风景虽然广阔，然而显现出罕见的清新与单纯。

最后，该诗的意象既具体可感又显得抽象和形式化，这个特征使这首诗在描述自然风景时罕见地凸显出鲜明的现代性。齐美尔对"风景"的进一步定义很适合拿来解读《一个地区》的表现："只有当具有众多的观念和丰富的感觉的生命完全脱离自然的统一性的时候，只有当由此而变成全新的特殊物象重新展现在众生面前，同时又吸收无限之物于自己不可突破的界限之中的时候，才产生'风景'。"[1]诗人沈苇使用一种表现主义的方式，从大地提取创造出一片"风景"。它的存在是超现实主义的，甚至令人联想到萨尔瓦多·达利绘画的现代构图方式：全诗对"那人"或"我"的感受未着一字，只展露了若干作为物象的名词和极少的动词，就像达利名作《记忆的永恒》(1931)中——裸露在沙滩上的枯树、变形的钟表和金属盘子，这首诗中的"太阳""玫瑰""火""北冰洋""鸟"以及"那人的梦"，都像是毫无缘由地赫然出现在这片时空，它们兀自漂浮着，引发我们的震惊和无关大碍的困惑。依赖这样的意象及组合方式，《一片地区》既展示了一片辽阔瑰丽的异域地景，又整个笼罩在一种梦呓般的神秘气氛中。

对风景的观看意味着塑造与解读的意识活动，因此风景与一种

---

[1] 〔德〕齐美尔：《风景的哲学》//〔德〕齐美尔：《桥与门——齐美尔随笔集》，涯鸿等译，上海三联书店，1991年版，第163页。

整体性的构图机制有关。当我们的视线在土地之上剪接出一个空间场域，其中的事物相互之间将发生充满张力的关联，比如树木、草原和动植物的同质关系，羊群、小草和草原，松鸡、蘑菇与山林的依属关系，最重要的，它们都是前工业时代的自然物。熟悉古典主义和浪漫主义风景画的读者，更容易将它们看作理想中的风景图式。对整体性风格的衷情，使人们在广阔的自然场域中看见汽车、电线或其他工业时代的产物时会感到不适和不悦——它们是风景的破坏者，与自然的性质构成了冲突和破坏。因此，在观看和描述自然风景时，一辆汽车不如一匹骏马和一只羊，甚至不如动物的尸体和骨架；一盏明亮的电灯不如草原的太阳和星星，甚至不如一两点闪烁欲灭的灯火；电暖扇不如篝火；飞机更不如飞鸟……牛羊的粪便都可以因为原生态而成为自然风景的一部分。

第二节　微观风景与有限性书写

诗人对整体风景进行巡礼式观赏时，其身份和位置犹如游离于画框之外的观赏者。与之相比，对微观风景的聚焦式观看意味着诗人与观看对象在距离上的切近，诗人的身份也随之变成了近距离的观察者，甚至是风景的参与者。一方面，这个位置和姿势有助于诗人获得一种"内部眼光"，发掘出外部人士难以察觉的细节和意义；另一方面，该视角也使诗人眼中的景象生成略微偏离于"风景"的通常意义（风景往往包含着远距离的观察方式），从而呈现为更具现代性的审美体验。在某种程度上讲，这种视角也更符合当代诗人的现代身份和位置。

反思我们的日常性生活经验可以发现，原始意义的阔大风景正在日益远离和消逝，微观风景则日益凸显。无疑，当代诗人需要在审美心理和意识方面对这一趋势做出相应调整。换言之，我们正在从远距离的观赏者，转变为与之相依的参与者。这或许不是一种令人愉悦的变化，却是当代人不得不承担的命运。

一、微观风景与类比象征

对微观风景的注意并非始于当代。早在人类思想活动的初期，人们就已经发展出这种观看视角，不过目的是窥一斑而见全豹，借助类比的方式得知更广大无边的存在。不论是古代中国还是古代西方，人们的主流世界观和认识都呈现为人、自然、世界的类比意识和象征系统，这在诸多神话传说以及思想家和艺术家的作品中都可以找到印证。比如中国民间神话传说认为，创世神盘古的躯体最终幻化成了宇宙；古代西方人也将人类视作"小宇宙"，和整个宇宙系统之间处于类比和互相影响的关系；达·芬奇曾将大地视为"拥有一个植物性的灵魂"："土地是它的肌肤，山、岩石是它的骨骼，凝灰岩是它的软骨，流动的水是它的鲜血"[1]；面对启蒙时代的理性主义，浪漫主义者也曾主张重新恢复人与自然的类比相似原则和哲学观。

沈苇的诗歌《谦卑者留言》为我们展现了这种类比视角："一座

---

[1] 转引自〔法〕卡特琳·古特：《重返风景：当代艺术的地景再现》，黄金菊译，华东师范大学出版社，2014年版，第15页。

森林存在于一粒松子中／一块岩石接纳了起伏的群山／一朵浪花打开腥味的大海"。这种以微观物象类比整体宇宙的认识论和抒情视角，具有某种神秘性，如天道自陈，每一行诗句都成为谕言，没有叙事，无须解释，而仅仅是道出宇宙存在的秘密。这种写作方式在沈苇诗中颇为常见。比如在沙漠戈壁，诗人放弃描述辽阔和浩瀚，而是选择"吻拜一块石头／吻拜它柔弱哭泣的部分／还有它粉身碎骨的念想"（沈苇《沙漠残章》）。诗人相信，一块石头的眼泪可以映照整座戈壁荒滩。通过关注和描述某一细微物象，借助类比性的认识论和象征主义的解读方式，诗人窥得了宇宙存在的奥义，将世界的复杂和混乱简化为一种明晰而容易把握的内在秩序。这种方式一如墨西哥诗人帕斯所言，是一种反理性、反科学的浪漫主义视角。它因此显得有些神秘莫测："如果找到一眼泉水的视角／石头城就会主动浮现在我们眼前"（沈苇《石头城》）。

通过类比意识和象征观念作为支撑，诗人同时掌握了窥见广阔风景的合宜方式。比如在《喀纳斯颂》中，诗人用"一株牧草／看日落日升风景变幻"，将喀纳斯神秘莫测的风景投射于一朵野花、一只虫子、一只小鸟、一缕清风和一朵白云；或在《树与果实》中，通过赋予一棵树神秘的能力而探索世界的奥秘："一棵站在眼前的树／枝桠的多个维度／探寻隐秘的路途"……

这当然不是一个秘密，而是很多诗人谙熟的技巧。比如在雷武铃那里，远方的"三棵红枫树"构成了"全部的秋天"（雷武铃《三棵红枫树》）；在《临海蜜桔》中，诗人聂权首先通过微观视觉（"盛存盘子里，切成／一瓣一瓣／软质的冰糖"）和味觉（"融合微涩的甘甜")品赏蜜桔,继而转向对广阔风景的整体宏观描写:"满山遍野／藏在绿叶间"。最初的一瓣甘甜也在诗歌末尾扩散为满山遍野的喜悦:"满山遍野的喜悦,让我们的心／温暖起来了"。雷平阳诗中也大量出现诸如蚂蚁、蜘蛛、草、鸟、羊、狗等细小卑微的物象,诗人对微小物象和细节描述映射着整体世界的境况。张永伟也在昭平台水库看到了万物和时间的缩影:"你的身体上起伏着万物的哀愁。／时间轻弹着蒿草、岩石、落花,和细浪。"(张永伟《昭平台水库》)

类比的方式也可建构于物象与自我之间。对微观风景的专注,常常引发诗人在风景与自我之间建立同一性关联,进而对自身的境遇进行反观。如泉子经过一株玉兰花时将其与自我的位置进行互换:"如果你站在这里／而玉兰花恰巧从你身边经过／它是否同样因你的骄傲与孤单而感动／它是否同样会为生命在这一刻的繁华而哭泣"(泉子《玉兰花》);在上山途中遭遇细小的飞虫,并使它们死亡于自己的呼吸和鼻腔,泉子想到的是自我生存的艰难与劫难:"而你的呼吸,又在形成那么多生死的旋涡。／它们中的一只,或是几只,／黏附在你鼻孔的内壁上,／成为你生命中一次难忘的奇痒。／更多的它们,从那旋涡的边沿上滑过,／并同你一道,／成为了这尘世的幸存者。"(泉子《尘世的幸存者》)杨键也在观看一只冬日湖面上孤单叫着的小野鸭时,反观自己的孤单和脆弱,进而将它与自己想象成两只"正走在去屠宰的路上"的绵羊。他们共同承受了冬天的严寒与冷酷:"我会哭泣,你也会哭泣／在这浮世上。"(杨键《冬日》)

二、内部视角与有限性书写

今天的人们虽然可以借助现代设备占据一个自上而下的俯视视角，获得一个相对广阔的视域，但在日常生活中，我们的视觉依然经常受到各种各样的阻碍和客观性限制。大解在《车过可可西里》中发出的叹息，可以在多方面构成当代风景的寓言：

> 我坐在车厢里　能看见的事物非常有限
> 一想到我是有限的　我就悲哀了
> ——大解《车过可可西里》

汽车载着诗人更快捷地来到边地，然而车厢也限制着诗人的视界：广阔风景被现代技术所分割、改造，进而影响到观赏者的心境和自我认同："一想到我是有限的　我就悲哀了"。在城市生活中，技术对自然和风景的改造、影响更是无处不在。我们的视线受制于楼间距、窗户等各种各样的阻碍："现如今，住的是足够高了／仿佛伸一伸手，就能摸到／洞顶的雪（这新房／怎么看都更像一个山洞）"（姜涛《洞中一日》），城市住所被诗人自嘲为"洞中"，"每个早上，打开洞穴，骑电动车冲出去"（姜涛《郊区作风》）。洞外风景也处在快速的更迭和变幻中，难以形成稳定和连贯的叙事话语。因此我们可以发现，大量的"即景"出现在20世纪90年代以来的诗歌中："下午进城，看见那座购物车／又换了新招牌，浮云里／烫出金光大字——出租／或售卖，料想新的一轮风暴／即将拔去某人的雄心"(姜涛《预兆》)。

对风景内部进行按图索骥式的描写,既符合我们生理学的视觉路线,也能营造一种观看者身在风景内部的现场感:

> 从我左边的刺秋、艾草和藜芦丛中,看到了
> 精瘦黄羊勤恳蹄迹的铸模,我的心跳轻快。
> 而间或出现的一坨坨带毛的狼粪,和死狍子骨架
> 又加重了我的心跳。我们继续攀爬
> 肺叶喜悦地扇动,汗毛孔全部打开……
> ——陈超《登山记》

诗人对山中所见进行了如数家珍般的列举:刺秋、艾草、藜芦丛、黄羊的蹄迹……它们环绕在诗人前后,将诗人从一个城市游客转变为山间居民。随后,诗人和同伴烧水煮饭,一只紫金甲虫的"亲昵",和一只松鸡在距诗人二十米远的地方"悠然踱步"的气定神闲,使诗人一行更亲密地融入了环境。在现代社会,人们登山往往不为浪漫主义地征服于山,而是为了融入于山、融合于山、消失于山。一滴水最好的保存方式是放进大海,一个当代人能够消失于自然的最好方式是受到自然的接纳与融化。一顿野餐、一些简单的劳作,或许流于仪式性的文化姿态,没有什么比山间原始居民——金甲虫和松鸡——的亲昵和无视,更令诗人获得精神上的认可与满足了。

除了忠实于自我的有限视觉,诗人也可以假借他者的视觉,更深入地获得内部性的眼光和感知:"一条流浪狗眸子里 / 倒映着村

舍、旷野、远山／以及一个明晃晃的虚空的正午"(沈苇《闪闪发亮的正午》)。这首诗所采用的策略和技巧与娜夜的《草原》相似,但因场域(一个是草原,一个是村庄)和观看视角的不同,两首诗建构了迥然相异的审美情感和主体身份。

对微观风景的描述能够蕴集动人心魄的力量,使丰富的信息和诗人的情感处于一种临近井喷的满溢状态。田雪封的诗歌《一座嘴唇可以覆盖的花园》对一朵月季花的观察和描述,让我们看到美的短暂和生命的脆弱:"而靠近花萼,几片花瓣／有些萎缩,就像过了豆蔻年华的女人,／月季,在逐渐丧失她的水分。／花,本来是植物身体上／最美、最柔弱的部位,却有粉蝶／倒在那儿,溶化,只剩下残骸。"诗人在街心花园看到的那株被砍掉了脑袋却仍有颤抖的激情,并且"仍然跟着太阳转动"的向日葵,更令我们感同身受地体会到如临大难的恐惧和震撼(田雪封《砍掉脑袋的向日葵》)。

三、微观风景与日常的奇迹

现代生活和技术发展改变了风景的当代属性和意义,造成传统的宏大叙事的困难和消解。面对现代技术塑造的城市生活和人工景观,不论是传统的"道法自然"所蕴含的元叙事说,抑或浪漫主义的有机统一说,都难免招致质疑。自然的退场、风景的匮乏和变形、视野的局限等一系列现代境遇使诗人的抒情冲动和雄心被经验消磨和削减,当代诗人不得不在审美心理和写作意识等方面做出相应调整:比如在大解和姜涛那里,是自反性的嘲讽、思虑和论说;在另一些诗人那里,自然风景不再作为诗意的发源地,日常生活的微

末闪光才是,其中,诗人张执浩颇具代表性。比如在写于2005年的《秋日即景》中,风景的日常性和生活性开始凸显:

> 原野扁平。穿夹袄的妇女边走边解纽扣
> 婴儿的啼哭声越来越近了
> 她终于跑动起来,夸张的双臂
> 蛮横地抽打空气。阳光明艳,照见
> 这个一清二白的下午
> 一群觅食的雏鸡走出竹园
> 一头猪獾在红薯地里刨出碎骨一堆
> 最后几片柏桦树叶掉下来了
> 一只蝉壳落在脚边
> 我连退数步,回到儿时
> 那时,我也有妈妈
> 那时,我正含着一颗咸乳头,斜视秋阳
> 热浪掠过胎毛
> 并让我隐秘的胎记微微颤栗
> ——张执浩《秋日即景》

原野扁平了,原野上的妇女不是风情性的美丽标志,而是一个母亲:她边走边解纽扣是因为听到了婴儿的啼哭声。婴儿、雏鸡和猪獾,都处在饥饿和觅食的必然性中。诗人退回到自我生命的初始,变成了妈妈怀中吃食的婴儿。

诗人下降到个人记忆的深处,昔日艰苦的生活遂变成有滋味的风景。在张执浩的回忆中,"最好看的飘拂物"不是河畔的芦苇柳絮,而是"早年那些晾晒在草场四周 / 的床单、枕套和衣物";"更好看的是小时候 / 母亲搭在门前晾衣绳上的 / 那些微风无法吹动的衣服 / 只有在狂风大作的时候 / 它们才从绳子上跳下来 / 四处乱跑"(张执浩《飘拂》)。风景不在远方山野,而在自家院子里的晾衣竿上,在给中学读书的女儿送盒饭的路上,在学校门口,诗人托着温热的饭盒在千百件校服中间找寻它的主人。这天,一个父亲在这条路上走了"三千零六十八步",路过了彭浏阳邮局、司门口天桥、中百仓储,最后来到一棵梧桐树下:"我记下它们,以便 / 替今天作这样的辩护 / '哦,这不是重复,是必需!'"。日复一日的路途和"俗世潦草"被诗人所接纳,夕光照拂下短暂的父女相见成为一帧温馨的风景:"所谓幸福 / 就是用手去触摸一个人的额头"(张执浩《从音乐学院到实验中学》)。

"我能把握的幸福已经少之又少"(张执浩《在雨天睡觉》),"我所热爱的世界已经很小了"(张执浩《和婴儿说话的人》)……诗人接受"世界已经很小"的局限和热爱"少之又少"的趋势,他将审美观照的范围缩减到日常经验的漩涡,更多的生活片断作为风景出现诗中,或者说,他为我们展示了风景的当代性表述:不是传统的山水和自然,不在远方,而是此时此刻有着更多人工活动参与的日常,比如路边的蔷薇花和落叶(《数花瓣》),没有花瓣的无花果(《有些花不开也罢》),也可以是五颜六色的冰箱贴(《冰箱贴》),是厨房里的砧板(《砧板》)、干菜(《蘑菇说,木耳听》

第二章　风景的观看与表现　　109

《泡木耳》)、发芽的大蒜(《你以为呢》)、蒸锅里的螃蟹(《在蒸锅旁》)、油锅里的花瓣(《油炸荷花》),甚至阳台上滴水的腌鱼(《腌鱼在滴水》)……这些具有日常性、经验性、即时性、纪实性的风景,在菜市场和去往菜市场的马路上,也在"卧室、书房和厨房之间":

> 我偏爱菜市胜过商场
> 与肉铺相比,我更爱蔬菜摊
> ……
> 我经常在卧室、书房和厨房之间犹豫
> 我需要一个出口
> 让这一天轻松地过去
> ……
> 我偏爱油烟的味道
> 那么多的藏书仿佛没有读过
> 其中也有我写的若干本
>
> ——张执浩《偏爱》

在近年的诗歌中,张执浩甚少关注"高原上的野花",而是通过挖掘迷离的记忆和凝视身边的微观,洞悉和抵达诗意的深渊。在对这些细微片断的絮叨式呈现中,某种确定性的觉知暗暗升腾:"透过玻璃盖/我又一次清晰地看见/那么多钳螯/在雾气中高举着/当它们慢慢放下来/我也渐渐适应了/用不幸养育幸福"(《在蒸锅旁》)。就像诗人在一首诗中的道白:"当我终于有了爱的自觉／诗是什么已经不重要了／重要的是我已经学会了如何／将偶然之爱混淆于必然之爱中"(张执浩《玫瑰与月季》),在对微物风景充满爱和耐心的细察、发现和想象中,诗人得以不断抵达"深渊同样开阔"(张执浩《马里亚纳》)的诗学目的地。

第三节　流动风景与碎片化认知

古代记游诗、行旅诗,以及游记和游志的写作主要集中于对异地奇珍、传说和见闻的罗列。缘于迟缓的交通能力和活动能力,古人对行动过程中的时间流逝和空间变幻等体验著述甚少。诗人和画家即使处于移动状态,"景色步步移"也往往表现为相近空间的景色组合。

现代交通工具的出现本质性地改变了人们的时间观和空间感,时间的快速流逝、空间的急剧变幻,以及认知的破碎化和困难,成为一种新颖而强烈的感受。

一、流动风景与现代性经验

郭沫若在留日期间发现在火车中观察自然是"近代人底脑筋",因为疾驰的火车带给人崭新的观景体验。在这次旅途中,郭沫若正好在阅读美国诗人麦克司·韦伯的诗歌《瞬间》,他感慨道:"此诗在火车中诵着才知道它的妙味。它是时间底纪录,动底律吕。"他随后翻译了这首美国诗歌,并模仿其形式写下感言:"火车在青翠的田畴中急行，……飞！飞！一切青翠的生命灿烂的光波在我们眼前飞舞。飞！飞！飞！"[1]徐志摩作于1923的诗歌《沪杭车中》也有相似感慨："匆匆匆！催催催！"火车的快速行驶改变了诗人对时间的感知，使窗外风景成为一簇簇梦境似的飞速流动的意象。景物的快速出现并消隐，以及各景物之间的相对独立，使它们很难连缀成稳定的逻辑联系和叙事关系，因而挑战着观赏行为的整体性、完成性，以及通常意义上的"风景"概念："我撩开窗纱一角看见一张脸一晃而过"（张执浩《压力测试》）；"火车疾驰，前面的景色含混不清／前面的灯甚至不是灯"（宇龙《特别快车》）。我们可以借用英国地理学家钮拜的说法，将快速流动的风景称作"风景序列"或"一组活动画片"。[2]直到今天，诗人对流动风景的描写，也往往诉诸对"活动画片"的罗列："此刻的窗外，绿野、花树、屋舍、山川／万物倏忽即逝"（寒寒《火车开往春天》）。这种观看方式令人滋生出一种无可着落的不安和虚空感，也在某种程度上映射着当代人的综合处境——空间上的无所适从，感知方面的患得患失："杨树、荒草、土地，模糊地闪过。／浓雾之后即为空虚。"（雷武铃《从上海经北京回保定途中》）

批评家诗人陈超曾在诗歌《旅途，文野之分》中区分对比了审

---

1 郭沫若：《郭沫若全集（第15卷）》，人民文学出版社，1990年版，第121—124页。
2 钮拜曾说过："风景不仅顺应自然力因时而变，而且它也作为人类活动的结果因时而变。因此时间的流逝使人面临的不是一个风景而是一个风景序列。风景是一组活动画片，它是在空间中也是在时间中展开的。"参见钮拜《对于风景的一种理解》，载中国社会科学院哲学研究所美学研究室编，王至元、朱狄等译：《美学译文（2）》，中国社会科学出版社，1982年版，第186页。

美观念的本质差异——他将这种差异称为"文野之分"——如何发生在身份相近的人（一个诗人和一个诗歌批评家）之间：

火车奔驰在京太线上
沉闷的旅途依赖于阅读
诗人摊开的是《瓦雷里诗歌全集》
我翻看一张随手买来的准黄色小报

灰褐色的太行山
灰褐色的枯干的河床
弯曲小道上赶脚儿拉煤的壮工
使诗人意兴阑珊昏昏欲睡

火车驶过娘子关，诗人蓦然兴奋——
"瞧，那多像亚述人的空中城堡！
还有那些布巾蒙面的人！"
我看到的不过是石砌高拱的石灰窑
水泥厂层层向上缩进的大收料塔
被粉尘呛伤肺部的蚁群般干活的民工
我知道，我和诗人有些不同
火车经过井陉口
太行山脉渐呈绿意
河滩里有水流和鸭群

诗人的眼睛闪出光彩

——陈超《旅途，文野之分》

　　这首旅途诗同时也可用来表达流动风景的特性：火车行驶到太行山，枯干的河床与弯曲拉煤的壮工一闪而过，这些灰褐色的事物和人，既不能展现更多信息，也不能引起"诗人"联想的兴趣；到了娘子关，石砌高拱的石灰窑引起了"诗人"的兴奋，因为外形特征，"诗人"将其浪漫化地想象为"亚述人的空中城堡"，而"我"联想到的却是"蚁群般干活的民工"；旅途将尽，隧道口几个偷扒焦炭的穷孩子，令诗人厌恶地斥为"愚昧"和"可悲"，"我"却"感到这次沉闷旅行的结尾亦不失美好"……整首诗由几幅快速流逝而又彼此无干的意象组成。对它们的意义解读，完全取决于不同的观察者的身份意识、知识构成和审美观念。

二、碎片化认知与书写困境

　　张曙光的诗歌《公共汽车的风景》（1995）可视为描述和探讨流动风景特性的代表之作。该诗借助公共汽车这一现代交通工具的视角，在认知和语言等方面对流动风景进行了解构性的思考：

　　　　雨刷秩序地摆动，马达轰响着
　　　　把我们的视点移向风景的深处
　　　　只是更深的风景：加油站

淋湿的树木，弯道和行车标志
缓缓扑向我们，然后
从我们身旁飞快闪过。

——张曙光《公共汽车的风景》

不仅在视觉层面，诗人同时在意识和语言层面探讨了流动风景。流动的风景是对"熟悉事物的重新排列（或解构）"，是对我们大脑中恒久稳定的意识结构的颠覆。流动的风景造成了中心的消失、深度的消解，以及意义的弥散，使得辨认和书写活动都变得异常困难。

行驶中的公共汽车是一个"活动的房屋／或舞台"，乘客自由上来、坐下，"漫不经心地望着窗外（似乎／在寻找什么）"。然而这又是一个"不确定的中心"，地点的缺乏影响了乘客感知空间和自我位置的心理过程，小镇、木栅、水塔、推自行车的少女的惊愕表情等等物象皆一闪略过，使得目不可及的其他现实变得更加难以体验和想象：譬如几千里外的一场车祸、更远的地方的一场雪崩，或种族间流血的冲突，在此刻越发显得遥远，难以形成哪怕是想象层面的联结。

行驶中的观看，愈发凸显了人的本能意识与现实状况的冲突：一方面，"对真实的渴望"驱动着人们探向窗外，寻找风景，希望能够"把握现实"，"得到一小块风景的领地"；另一方面，现实境遇却因为移动而使风景成为碎片，结果是"寻找"的不可能、意义的难以获得。

这首诗还出现了另一种观察视角：在车外观看公共汽车的"少

年人"。行驶的汽车成为他眼中"移动的风景,或风景的碎片"。当诗人将自我从汽车中暂时跳脱出来,也由这一运动的载体想到了更广大的活动空间:我们的生命。当我们的人生被理解为一场汽车上的旅行,接连闪现的风景令人目不暇接:

在我老去之前,我会看到很多风景
重复交替着,使目光变得疲倦
但我会看到坟墓吗,在暮色中
一束石竹花,系着淡蓝色的丝带?
——张曙光《公共汽车的风景》

诗人对想象风景的描述温和、清晰、平静、雅致,它沟通了现实风景的一个反面,一个对立物。虽然这是一个关于死亡终点的场景,但它毕竟拥有稳定的地点和位置,充满着实在可触的细节:一束系着淡蓝色丝带的石竹花。这一想象场景在诗歌末节出现,或许暗示着身处流动状态的诗人对稳定归属的渴望,以及对把握现实的深刻愿望。诗人希望掌握面对现实的主动性和能动性,可以自由开启或关闭一处风景,就如合上一本书:"如同此刻的我/在渐渐变浓的暮色中,合上/手中的书本,让一首诗,或诗中的/风景,从我的眼前和意识中消失"。

相比于我们内心的渴望和理想,日常生活往往不尽如人意。承认与面对这一点,是当代诗人的诗学义务。在2000年发表于《阵地》的诗歌《看电影》中,张曙光再次思考了"流动的影像"的意义:

"人类生活的缩影……流动的／影像和变幻的场景，像保姆／引领着我们的童年，或一只浴盆／在里面我们的灵魂被漂白／或染成黑色。我们惊奇地看到／熟悉的风景被浓缩成一幅连环画——"。电影画面的闪现、场景的快速变幻，不正是当代人类生活的缩影与象征吗？重要的是，张曙光观察到这一场景变动的主动性，以及对人类的引领性。正是流动与变幻使它拥有了能动性和主动性。这种现代性景观，作用于现代人的感知与成长。这无疑是一个寓言。

孙文波创作于20世纪90年代的《在无名小镇上》《在路上》等诗歌均采取了在汽车上的运动视角。值得一提的是，孙文波注意到了风景的主动性——不是观察者观看窗外风景，而是等待着"街道两旁的景物一点一点进入我的眼睑"（《在电车上想到埃兹拉·庞德》）。纷杂无序的景物争先恐后地挤进诗人的视野，琐碎混乱，各自为政，互不干扰，蒙太奇式的景象结果，令诗人成为一个无能为力的被动接收者。

诗人还发现，主体性的聚合或弥散状况，与乘坐工具的行驶速度成相关的关系。在作于2004年的诗歌《反风景》中，孙文波比较了行驶在高速公路和次等公路的观景体验差异：在高速公路上"没有看见风景"，因为过快的速度取消了风景的生产条件，使得"一切像闪电，来得眩目又猛然消失"；而在次一等的公路上，行车速度适当放缓，诗人得以"看见了很多"。张执浩也在诗歌《平原夜色》中发现有效的观看需要对抗速度："平原辽阔，从看见到看清，为了定焦／我们不得不一再放慢速度"。

孙文波的组诗《长途汽车上的笔记——感怀、咏物、山水诗之杂合体》同样是在移动的状态下观察风景，或者说观察移动的风景："我的兴趣是观察移动的景物中，什么／可以摄进镜头；扶桑花，还是东倒西歪的房屋。"诗人讨论了移动风景对人类主体性和控制力的挑衅："'事情在朝着我们不可控制的方向发展'。／为什么控制？是关于身份问题，还是／汽车的增长太迅速？"在《长途汽车上的笔记之九》中，孙文波声明自己喜欢"在路上（甚至凯鲁亚克意义上的）"的体验："从一地到另一地，昨日翻山，今日临水。／地理的变化，气候的变化。""在路上"是一种现代性体验，带给诗人特别的兴致。诗人用"计算机硬盘格式化"这样的现代技术术语，隐喻了"用新景象删除掉大脑中的旧景象"的现代体验。汽车的行驶带来风景的持续变动，加速了"人改变的过程"。诗人将自己的行迹隐喻为"翻阅文件一样阅读大地"。流动风景的显现确如快速翻阅文件，每一页都被看见，每一页都无法被记住，每一页之间也难以形成连续和整体性。诗人主要体会到的，是自我的观看和感知处在持续不断的更新过程中，诗人与自然的关系也同步改变："好奇、吃惊，不断修正着自己与自然的关系。"这是过程的诗学，是体验的场域，开端与结局、叙事和结构变得不再重要。流动风景以其表征性、孤立性和碎片性，建构了我们新的时间感、空间感，以及身份意识与诗学观念。对于一个长途汽车上的旅行诗人而言，"在路上关注现象不应该多于本质"（孙文波《长途汽车上的笔记之九》），或许是清醒并符合时宜的思考与认识。

第三章 文化地理与地方想象

> 我将把风景当作一个记忆缺失和记忆擦除的地方加以研究,一个用"自然的美丽"来掩盖过去、遮蔽历史的战略场所。
>
> ——〔美〕W. J. T. 米切尔《神圣的风景》

前面两章我们讨论了风景的审美感知和表现。它们围绕风景的图像化、表征化、视觉化特征,忠实于风景的基础含义:从一定的距离欣赏并感到愉悦的空间画面。爱德华·W. 萨义德、W. J. T. 米切尔等思想家和艺术史家就风景与土地和权力关系的研究,以及克利福德·吉尔兹等人类学家的贡献,启发并鼓励我们以更深入和综合的视角观察风景,以免停滞于表象空间而不能发现更多的内在经验。受益于米切尔、萨义德等学者的指导,本章着重探讨风景与地方互相构建和互相呈现的复杂关系。

我们知道，一地有一地之风景，一地风景又孕育了一地的诗文风情：诞生于中原和黄河之滨的《诗经》与出现在山地泽国的《楚辞》在文辞气息上具有泾渭分明的地域差异。《诗经》中的十五国风也是基于地域因素做出的划分。在"风景"一词诞生的南北朝时期，江南的碧水丹山、珍木灵草孕育了熠熠清辉的山水诗和清丽绮靡的文风，而在靠近沙漠戈壁的北方，文风如其地理气候一样苍凉、浑厚和俊朗。另外，南朝文人对待风景的态度更多是赏趣性的，其姿态是悠然自适的，诗中常见"清""和""丽""幽""静"等柔和湿润的词汇，而北朝诗人与自然的接触是切肤之痛的遭遇，充斥着"急""寒""惊""苦"等凛厉之词（如祖斑《从北征》、裴让之《从北征》、王褒《饮马长城窟》和《别裴仪同》、庾信《就蒲州使君乞酒》等）……

中国山水画也被分为南北二宗，其气质和特征与地理因素、文化习惯和宗教观念都有关系。南北分野也体现在绘画技巧上。北宗画派的开山之人李思训、李昭道父子，善使强有力的线条构图，并着以青绿金粉等重色，于盛唐时期开创"金碧山水"一脉，豪迈壮丽。唐末宋初，也即中国山水画的顶峰阶段，呈现出南北各异的绘画流派：北方荆浩、关仝，画太行山一带风景，危岩峭壁，少有林木，颇能表现关陕一带山川的雄伟气势和荒寒之境；董源、巨然画江南山水，坡陀起伏，林密谷深，温和厚重，圆融温润，无奇峰怪石，多野逸清幽之趣；李成、郭熙写黄土高原风景，胸有丘壑，怪木卷曲，树多蟹爪，多有萧疏旷冽之气……

地方是由地理因素、文化习俗、宗教、行政制度、生活风俗等要素构成的综合概念。美国生态批评家劳伦斯·布伊尔（Lawrence Buil）曾指出，地方的概念至少同时指示三个方向："环境的物质性、社会的感知或者建构、个人的影响或者约束。"[1]换句话说，地方风景的形成，首先取决于地方的物质性实在；其次，基于地方风景形成的社会感知与建构，反过来成为地方文化的重要组成部分；再则，地方同时也是个人记忆、意义、感触、价值等经验和抽象含义的融合。在历史过程中，抽象含义不断沉淀为地方文化和引人共鸣的文化想象，令人亲近而沉醉，却也容易掩盖个人化的细微感知。因而，地方风景写作在凸显差异性风格的同时，也包含着两种危险：一是将风景削减为物质性与地理因素的视觉表征，二是将风景包裹在典型化的文化想象模具之中，使其沦为具有共鸣性的地方风情和情调展演。某些时刻，诗人对地方的描述会呈现为自己希望看到的或读者期许的模样。因此，对诗人而言，如何穿透风景的帷幕，发现一片土地的传记性和地方性内容，是动笔之时所需应对的问题。个人化的地方风景，应是既包含社会文化，同时也包含对抗这种既有文化的努力。它是一种综合了客观物质、社会文化和个人理解的存在。

---

1 〔美〕劳伦斯·布伊尔：《环境批评的未来：环境危机与文学想象》，刘蓓译，北京大学出版社，2010年版，第70页。

第三章　文化地理与地方想象

第一节　风景的地方属性

一、当代诗歌与地方意识

自20世纪50年代至70年代末，我国当代诗歌中的地方，如北京、延安、桂林、北大荒、西北地区、西南边疆等地，和人物、意象等符号一样，主要是承载国家意识形态和政治运动的场所。"文革"结束后至80年代末，受时代思潮、诗歌运动、校园文化等因素影响，诗人往来于各种活动场地，驻足观看和描述自然的作品较少，地方在诗歌中几近消失。奇诡的是，在80年代中期，"第三代诗人"却开始萌生出地方意识来。这首先源于他们对"朦胧诗"的理解和批评活动。若干南方籍诗人将"朦胧诗"指为"北方诗歌"，将与之"对立"的"后朦胧诗"称作"南方诗歌"，一时间南北之争甚嚣尘上。王国维的《屈子文学之精神》、梁启超的《中国地理大势论》和刘师培的《南北文学不同论》成为诗人的理论资源。及至后来，四川诗人柏桦站队"江南"文脉，提出"中国的诗歌风水或诗歌气象不仅已经偏移到江南"[1]……细究起来，这种南北分野主要指向中心与外省、主流和边缘、大我和小我、政治意识与"生活流"[2]等后殖民话语，批评者甚至将问题引申为普通话和方言之分[3]。这种话语权之争最终演变为"盘峰论战"，并延绵在今天自诩为"外省诗人"

1　柏桦：《夜航船：江南七家诗选》，上海文艺出版社，2007年版，第7页。
2　陈旭光：《"朦胧诗"后：反动与过渡——论"南方生活流诗歌"》，载《丽江师专学报》，1989年第3期，第31页。
3　于坚：《诗歌之舌的硬与软：关于当代诗歌的两类语言向度》，载《诗探索》，1998年第1期，第1—18页。

的幽怨或自豪中。

诗人的地方意识也与20世纪80年代中期诗歌流派的大量涌现有关。当时及之后，无数诗歌流派、民刊凭地域关系集结出场，如张枣、欧阳江河、钟鸣、翟永明和柏桦被冠以"巴蜀五君子"之称；更多流派自我组团和命名，如以上海为阵地的"海上"，以成都为中心的"非非"，以南京为中心的"他们"，以杭州为中心的"北回归线"，以河南平顶山为中心的"阵地"等。评论家张清华曾将80年代中期以来的诗歌流派梳理汇编成《中国当代民间诗歌地理》（东方出版社，2015年）一书。不过，若细查上述流派的创作理念和宣言可以发现，大多数诗人并不看重地方的客观地理和文化因素，而是看重"个人写作"[1]和文化理念的先锋性[2]。

1990年以后，特别是21世纪以来，地方意识和地域属性在诗人的创作、批评和文化活动中大量凸显。其中，有关"西部诗歌"的研究活动层出不穷，不胜枚举。在《失去象征的世界》（北京大学出版社，2008年）一书中，被批评家耿占春作为个案分析的四位诗人中有两位（昌耀和沈苇）属于"西部诗人"。虽然耿占春是从个人抒情和历史语境的角度分析"作为传记的昌耀诗歌"，但毋庸置疑，正是

---

[1] 钟鸣：《旁观者》，海南出版社，1998年版，第880页。
[2] 如周伦佑在《非非简史》中根据写作理念的不同将"非非主义"划分为"前非非写作"和"后非非写作"。其中，"前非非写作"时期的理论标志为"反文化、反价值和语言变构"，"后非非写作"的写作基点为"从逃避转向介入，从书本转向现实，从模仿转向创造，从天空转向大地，从阅读大师的作品转向阅读自己的生命——以血的浓度检验诗的纯度。"参见张清华主编：《中国当代民间诗歌地理（上）》，东方出版社，2015年版，第4页。

青海高原的地理、风物、宗教信仰等经验为昌耀提供了修辞学资源；而移居新疆多年的诗人沈苇，更是以其诗歌话语向我们解释了"一个地区的意义"，以及"地方在形成主体的意识结构中的建构作用"。[1]

文学活动方面，近年来比较引起关注的会议和活动有2008年4月在南京举办的"中国当代诗歌中的南方精神"主题研讨，2013年4月在长沙召开的"当代诗歌的地方性"主题讨论，以及2017年1月在长春举办的"当代诗歌的文化地理与地方美学"研讨会等。

刊物方面，《当代作家评论》《新文学评论》《名作欣赏》等刊物先后推出专栏和讨论文章关注地方性问题。在"当代诗歌的地方性"活动之后，与会诗人谭克修汇编了《明天》（第5卷）"专号"（长江文艺出版社，2014年）出版，并约定《羊城晚报》和《诗歌月刊》同步刊发"中国地方主义诗群大展"；《文艺争鸣》杂志也于2017年第9期刊发"新诗地理研究专辑"，收录了欧阳江河、西川、张清华、何言宏、何平、张定浩、傅元峰等人的相关论文。

除上述提及的诗人、评论家之外，就地方意识和地方性问题撰写过评论文章的诗人和评论家还有霍俊明、程一身、梁平、魏天无、刘波、向卫国等。其中霍俊明还有著作《先锋诗歌与地方性知识》（山东文艺出版社，2017年）出版。

在总体上，当代诗歌的地方意识表现为全球化趋势中对具有异质性、传统性的空间形态和文化的珍视心态。比如在"中国当代诗

---

[1] 耿占春：《失去象征的世界》，北京大学出版社，2008年版，第188页。该章节部分内容曾以"诗人的地理学"为题发表于《读书》杂志，2007年第5期。

歌中的南方精神"研讨会上，何言宏曾提出，中国当代诗歌中的"南方精神"，既可能是一种"对往昔与传统的沉湎或坚持"，也可能是"对现代性进程的反抗与规避，或者是对后者的丰富与补充"。[1]这番总结何尝不适用于西北地区的"西部精神"——如果真的存在这种东西的话——呢？

按何言宏所说，"南方精神"表现出"对现代性进程的反抗"，这种"反抗"在经济欠发达地区的西北和西南地区的诗歌写作中无疑更为突出。江南地区且有兴盛数百年的商业文明传统，西北和西南某些地区还部分传袭着传统的草原文明、山林文明和游牧文化、狩猎文化，岂不更加构成了对现代性进程的反抗、规避、丰富和补充？

另外，"南方精神"有对传统"江南"文学的回顾和坚持，当代西部诗歌何尝不是接续和沉湎于悠久的边塞诗传统呢？早在20世纪60年代初，到新疆参观的郭小川就提出创作"新边塞诗"的主张。[2]1963年11月，李元洛发表《评郭小川的边塞新诗》(《新疆日报》)一文提出"边塞新诗"的构想。在此阶段，大批诗人先后到西部采风并写下诗作，如闻捷的《天山牧歌》《复仇的火焰》，李季的《河西走廊行》，田间的《天山诗抄》，贺敬之的《西去列车的窗口》，郭小川的《伊犁河》《昆仑行》《西出阳关》，艾青的《烧荒》《帐篷》等。1981年，周涛等几位新疆诗人在《诗刊》集中发表一批诗作。随后，新疆评论家周政保在《文学报》发表文章称："一个

---

1 何言宏：《中国当代诗歌中的南方精神》，载《扬子江评论》，2008年第3期，第2页。
2 参见夏冠洲等主编：《新疆当代多民族文学史·诗歌卷》，新疆人民出版社，2006年版，第102、124页。

在诗的见解上,在诗的风度和气魄上比较共同的'新边塞诗'正在形成。"[1]次年,周涛在《新疆日报》发表《对形成"新边塞诗"的设想》,呼吁"新边塞诗"崛起。[2]1982年3月,新疆大学主办召开"边塞新诗"学术研讨会,据称到会学者多达200余人,艾青、田间、袁鹰、李瑛、蔡其矫等诗人和诗论家纷纷发去贺诗贺信。会后,由雷茂奎等人编选、谢冕作序的《边塞新诗选》(新疆人民出版社,1983年)出版,收录了从郭沫若、闻捷、贺敬之到周涛、杨牧和章德益在内的27位诗人的作品。这一范围与周涛追溯的由郭小川等人构成的近期传统(远传统自然是唐代边塞诗)和历史资源保持一致。

"新边塞诗"的倡导在当时得到了诗人和批评家的热烈响应:甘肃诗人林染在《阳关》杂志开辟"新边塞诗"专栏;余开伟在《试谈"新边塞诗"的形成及其特征》一文中将"新边塞诗"的艺术特征概括为地域性的题材、特殊的艺术风格、爱国主义精神和民族特色等;[3]批评家谢冕提出"新边塞诗"之"新"在于"追求新的边塞风物与时代精神的糅合"[4],等等。不过,"新边塞诗"的提法在当时也遭到了一些人的反对。反对者基于政治原因和意识形态考虑,认为古代边塞诗所描述的是汉民族与边疆少数民族的征战,而今新疆处于各民族大团结的良好局面,重提"边塞诗"一词有欠妥当。随

---

[1] 周政保:《大漠风度,天山气魄——读〈百家诗会〉中三位新疆诗人的诗》,载《文学报》,1981年11月26日第2版。

[2] 周涛:《对形成"新边塞诗"的设想》,载《新疆日报》,1982年2月2日。

[3] 余开伟:《试谈"新边塞诗"的形成及其特征》,载《当代文艺思潮》,1983年第1期。

[4] 谢冕:《新边塞诗的时空观念》,载《阳关》,1984年第4期。

后，在1984年8月召开的中国当代文学年会上，甘肃诗人唐祈、高平和评论家孙克恒共同提出了"西部诗歌"的概念。由孙克恒选编的《中国当代西部新诗选》于1986年年初由甘肃人民出版社出版，书中收录了当时在西北五省生活和创作的诗人1976年之后的作品。此后，包容性更广且不易引发纷争的"西部诗歌"说法逐渐覆盖和取代了"边塞新诗"和"新边塞诗"等提法。该时期被评论家归入和作者自认为"西部诗人"的，除了新疆诗人周涛、杨牧和章德益，还有昌耀（青海）、林染（甘肃）、李老乡（甘肃）、马丽华（西藏）、肖川（宁夏）、子页（陕西）等。

由此可见，不论是何言宏等人所推崇的"南方精神"，还是进入文学史写作的"西部诗歌"，当代诗歌创作和研究所涉及的地方性和地方意识，主要突出的是地理和文化的异质性因素，背后起理论支撑的作用则是对殖民意识形态的反思和批判。地方意识是一种反中心化、反权力化、反全球化和反资本化的空间意识。基于这个角度，越是僻远之地越能凸显"地方性"，北京、上海、广州、深圳等一线发达城市，则因处于权力中心和资本重地而或多或少地丧失了"地方性"。

二、风景与地方

1990年以来，国内经济快速发展，旅游业兴起，诗人频频奔赴国内外观光旅行、开会采风，风景诗作频频涌现，大量的地方出现在诗歌、绘画和散文中，为人们所描绘、赞叹、想象和构建。

与此同时，各地方政府、期刊和文化单位组织了大量的采风活动，也在很大程度上促进了风景诗的创作。如2007年至2015年，中国诗歌学会与青海省人民政府联合举办了五届规模宏大的"青海湖国际诗歌节",每届活动均邀请数十个国家的上百位诗人参加。新疆维吾尔自治区文化厅、文联及《西部》杂志社等单位也多次组织国内诗人赴新疆采风,并将诗人作品先后汇编为《新诗写新疆 阿克苏诗篇》(文化艺术出版社,2010年)、《新诗写新疆 喀纳斯诗篇》(科学出版社,2013年)等诗集,或刊于杂志。2005年以来,由诗人庞培、张维、陈东东、李少君、杨键、长岛、潘维等诗人(除湖南籍诗人李少君外,其他均为"江南诗人")倡导发起了"三月三诗会",于每年农历三月初三邀请国内外诗人赴江南地区汇聚、交流、饮酒、采风、赋诗、朗读,以期复现古代文人的踏春习俗和雅集传统,并先后汇编出版多部诗集。王韵华主编的《中国当代风景诗选》(阳光出版社,2011年),上卷所涉地方布及全国,下卷则集中书写河南西峡地区风景。《风景动了一下》(中国青年出版社,2017年)也是由《诗刊》杂志组织国内诗人赴文成、甘肃、襄阳、江油、乐清、临海、靖江、宣城、无锡、绥阳、永济、陵水、常德、增城、海口、遂昌、遂宁等地采风所做的成果汇编⋯⋯

在诗歌创作中,被视为风景资源集中的地方可粗分为四种类型:其一是北京、西安、洛阳等历史文化名城,诗人的观看和抒情倾向于怀古思今。其二是以苏杭扬州为核心的江南地区,诗人的写作倾向于文化慕古和抒情。其三是海南、福建、台湾等东南沿海地区,提供了异于内陆农耕文明的海洋风景。其四是西北、西南等边疆地区,同时也是少数民族聚集区和经济欠发达地区。这些地区在方位上有南北东西之别,政治地位方面也不乏权力中心和边缘外省之差。

比较起来，西北、西南边地，因为保存着相对原始的自然风景，以及相对落后的生产力水平和日常生活方式，贡献了壮阔的异域地景和原始化的生活景观，成为当代诗人热衷观光和重点描写的对象。

在本书看来，与风景相关的"地方"，的确需要面对日益加速的全球化和城市化进程产生的"非地方"[1]化趋势。在这股不可逆转的潮流裹挟下，诗人深深感受到地方特性消失、诗人主体身份瓦解的焦虑，以及创作的同质性危机。但是本书对地方意识和文化想象的关注，主要是在观察地方差异性的基础上，侧重考察诗人的地方意识对风景诗创作的影响——特别是消极的影响。人类学家克利福德·吉尔兹曾言，地方文化是一张"富有意味的网"，是积累的总体型符号系统，可以被分层讨论与分析。[2]诗人眼中的地方风景、地方意识和文化想象，同样隐含着无限的社会内容和意义，需要我们认识与阐释。

就创作主体而言，本章所及并不局限于出生和成长于书写地的诗人，也包括游览采风的外地诗人。回望诗歌史也可以发现，在参与"西部""江南"等地方文化想象的诗人中，充斥着大量的外地人：作为戍边将士的边塞诗人是内地人，写下"江南好，风景旧曾谙"的白居易是北方人，20世纪五六十年代涉足西南的公刘、周良沛、顾工、高平等诗人（后被称为"西南边疆诗人群"）来自祖

---

1 人类学理论家马可·奥格指出："非地方（non-places）是我们时代的真正衡量者。"转引自〔美〕劳伦斯·布伊尔：《环境批评的未来：环境危机与文学想象》，刘蓓译，北京大学出版社，2010年版，第77页。

2 参见〔美〕克利福德·吉尔兹：《地方性知识：阐释人类学论文集》，王海龙、张家瑄译，中央编译出版社，2000年版。

国各地,被委派到西部采风的郭小川、贺敬之、闻捷等也多为内地人……这种情况既与主流文学史的书写生态有关,也与当代人的流动能力相关。在1990年之后,更有大量的"外地人"踏足边地,建构了和建构着我们对边地的记忆、理解和想象。我们知道,一个"外地诗人",可以对非生活空间产生地理景观幻想和文学想象,这种诗意建构可以不生发自诗人的观看和生活经验(因为经验匮乏或不被诗人所看重),而仅仅诉诸阅读经验和文学想象,就如戈麦在《南方(二)》(1991)中写的:"我在北方的书籍中想象过你的音容",这种情况在写作中十分普遍,也十分值得我们注意。

第二节 主体身份与地方想象

风景的呈现与主体的身份和观看方式有着莫大关系。换言之,与主体经验地方的深度直接相关。段义孚曾言:"经验是直接和体会的,但也可能是间接和概念性的,即由符号传递而来。"[1]观看主体经验的深度,部分取决于其经验的性质:直接体验的、情绪的,或是间接的、符号的、概念的等等。从身份而言,一个外来者很难拥有直接的体验,因而很难具备内部眼光,其对地方的经验往往偏重于对表征的视觉感受,即对外在风物的观看。这种观看并非没有参与主体的意识形态、文化教育和审美教育等因素。具有反讽性的

---

[1] 〔美〕段义孚:《经验透视中的空间和地方》,潘桂成译,台湾编译馆,1998年版,第4页。

是，这些因素恰恰容易主宰观看者的眼睛，使其乐于欣赏符合自身审美趣味的物象，并忽略其他经验。美国心理学家朱利安·霍赫伯格（Julian Hochberg）通过研究人眼运动也发现，人眼在观看景物时具有很大程度的主观性、目的性和选择性。我们的眼睛并非均质地观看一个视域的各个部分，而是选择观看那些想要观看的部分。影响我们选择的，就包含我们对"经典形式"的记忆和期待。我们会依据脑海中的记忆储备和文化经验，理解、转化我们最新观看的景物。[1]即使是长期生活在某个地方的诗人，也容易在写作中靠近经典化和范式性的文学经验和表达，依赖由社会文化制造而非个人印记建构的细节和符号。

20世纪50年代之后，许多涉足西南边疆和西北地区公干、采风的诗人往往同时具有军人、记者、编辑等公职身份[2]，通过诗文描绘新中国美好图景、宣传多民族团结统一等意识形态成为诗人的首要任务。对于这些国家话语的代言人来说，西部主要凸显为政治价值（作为建构"祖国"的重要部分）和经济价值（自然资源开发）。因此，创作于五六十年代的西部诗歌，通常是在对西部自然景观的程

---

[1] 〔美〕朱利安·霍赫伯格：《论事物与人的再现》，转引自〔英〕恩斯特·贡布里希等：《艺术、知觉与现实》，钱丽娟译，西南师范大学出版社，2015年版，第57—122页。

[2] 如闻捷1950年3月以随军记者身份入疆，1952年担任新华社新疆分社社长，1956年出版抒情诗集《天山牧歌》。1958年，闻捷出疆赴兰州，第二年，闻捷写出了富有哈萨克民族文化色彩的长篇叙事诗《复仇的火焰（第一部）：动荡的年代》；1959年11月，艾青受王震之邀赴乌鲁木齐，写下报告文学《运输标兵苏长福》，次年，艾青转往新疆兵团建设城市石河子市，写下《烧荒》《垦荒者之歌》《帐篷》等宣扬兵团建设成果的作品；张志民1961年以群众出版社编辑身份入疆；郭小川1963年以《人民日报》特约记者身份到新疆采风。

式化抒情中融入新中国、新时代的人民翻身做主的开拓精神、豪迈精神、爱国精神，以及建设社会主义的昂扬斗志和主人翁意识。

到了80年代，周涛、杨牧和章德益等诗人已具有长时间生活在西部的个人经验（周涛9岁时随父母入疆，杨牧和章德益1964年入疆支边，至80年代已在新疆生活近20年）。对这些相对本土化的诗人而言，这块养育了自己的土地不再是政策开发的对象，而主要是寄托情感和象征理想的载体。他们在抒写新疆时常常表现出相依赖的自我交付模式（如杨牧的《痴情》、周涛的《伊犁河》等），诗人与自然也由对抗性和被征服的对立关系转变为归属性的同一性关系（如章德益的《我与大漠的形象》）。60年代的诗人喜欢描述戈壁、黄沙等恶劣自然环境和艰苦生活以凸显人的斗志，80年代的诗人更热衷于描写高山、大漠、雄鹰、野马、大雁、胡杨、骆驼、鼓等雄壮豪悍的意象，对自然景观的赞颂也多指向高峻、巍峨、激情、纯洁、坦荡等情操和品格，以托付诗人的精神情怀与气概。总之，这一时期的诗人对西部的理解不仅是地理意义上，更多是象征意义上的。这也造成他们在经验的细节性和独特性方面并无本质性提升。"新边塞诗"的"骑手"广泛存在着热衷主体意志抒情而轻视具体生活经验、凸显宏大的文化象征而漠视实际观看的时代弊病。

进入90年代，经济快速发展，地方性差异遭受到来自现代交通工具和时间前所未有的消解和抹平。当越来越多的地方变得极其相似，拥有独特风光的西部风景更加有理由被构建成一个理想化的场景：一方面表现为欢乐而原始的自然状态，另一方面则是充满异域风情和神秘魅力的古代文明场景。这两个方面，作为审美文化的两个正源，构成了对抗现代文明的对比镜像，西部地区自然而然地成为我们理想的"诗与远方"：距离的遥远凸显了地景的异质性，内地诗人对西部生活场景的关注也倾向于前现代社会的游牧文化和草原文明。来到西部观光的诗人常常借助罗列性的描述以呈现更多所见。这种心理反应，就像是一个长期贫乏的穷人突然拥有了大批珍宝，他只能一件一件地细数和盘点那些奇异的景观、特殊的动植物、拗口而充满异域风情的地名、神秘的传说、丰富多彩的民族服饰……

20世纪90年代以来的地方书写呈现出几种比较明显的潮流：对自然风物进行异域性和明信片式的铺陈，对生活场景进行原始化和理想化的展示，以及对自然物象进行宗教化和神秘化的表现。

一、自然风物的表现

源于客观地理和文化传统的差异，诗人对自然风物的表现可区分为异域性（或异质性）和文化景观性等特征。前者集中于西北和西南地区，后者集中于江南地区。

（一）边地风景和异域性表现

一直以来，西部都以其独特的自然风景强烈地刺激着人们的视觉感受。唐代边塞诗充斥着对西域独特自然风光的描述。相比于20世纪50年代至80年代的写作，1990年以来的诗人对西部风光的描写主要集中于大漠孤烟、戈壁草原等自然意象所提供的迥异于内地自然的异域感和审美满足。这种变化既与诗人的诗歌观念有关，也与诗人的身份变化有关。90年代之后进入西部游览的诗人，以及生活于本土的诗人，不再是国家话语的代言者，而主要是观光采风的个体和生活体验者。即使是参加地方政府或文化单位组织的集体活动，诗人的写作也主要集中于对自然风光的赞美（值得注意的是，不论是受邀参加集体活动还是个人自助游，内地诗人和作家往往选择在夏秋旅游黄金季节到西部观光）。夏秋时节的西部风景，明艳流光，旖旎荡漾，如节假日般盛大出场，深深征服和震撼了诗人的眼睛，也构成了我们审美观念中最圆满壮丽的风景模型。

诗人在对西部辽阔壮烈风景的表现通常有以下几种方式：

第一，使用巨量的数词凸显风景的壮阔气势和场面的广延宏大。如："我还将认领出：宝石十万／每一颗都藏着隐秘的心跳／棉田十万，每一朵都开着古老的温暖／玉米十万，每一株都喂养着祖国的秋天"（李满强《西域谣》）;"无边的瀚海在我的灵魂中涌动／在悠悠岁月中演示着千年的哀伤"（张虎强《塔克拉玛干》）;"一万只老鼠／在疏松的牛粪堆旁举起前肢"（杨克《若尔盖草原》）;"纳木湖／十万只白羊从你十万片经石中／侧身回到人间"（阳飏《西藏：迎风诵唱》）;"月光大地，一万只羔羊静坐山冈"（叶舟《月光大地》）;"十万母羊载入的湖泊王位"（叶舟《守窟人》）……以上这些巨量数词使西部更显辽阔，气质也更显峻烈。

第二，使用整饬的语言形式，配合响亮的韵脚，形成整齐的气势和铿锵有致的节奏动感。诗人叶舟尤善此种技法，如："今夜月光照耀，一行诗句，十万敦煌"（《敦煌的月光》）;"牛铎阵阵，一地格桑。／一把破三弦带走了屋梁。／／……／／半个羊圈是敦煌。／狗声破入，生死阳光。／／……／大路上的风雪，远在新疆。"（《半个羊圈是敦煌》）大量的四字句式，使诗歌凸显了整饬与整洁感。而响亮的韵脚似银光照彻大地，铎铎作响，如："鹰和粪土一样／养育着辽阔的天空，而日光——∥其实是对水的一阵漫长怀想。／胡天之下：一片皈依的屋宇在飞行，或嘹亮。"(《胡天之下》)叶舟的《九匹马的草原》中也大量使用了这种形式，如："九匹马的草原，一望无边。""青海：七颗星子　九座寺院"，"九盏灯台下，牛羊归栏。""九道诵念，高如天堂。"古马的《生羊皮之歌》《西凉谣辞》等诗歌也出现了类似的形式和节奏，如："牛羊归栏不数头／暮雪随后∥……∥灯花三结，河西小憩／铁马入梦，天下大愁"(《西凉短歌》)。整饬的四言形式，押韵形成的节奏感，意象的罗列和转换，使上述诗歌形成一种非叙事的间隙和疏离，犹如漫长的时间中零星凸显出来的故事和传说，或漫无边际的草原上团簇点缀的羊群。

诗歌的节奏感如果倾向于舒缓、柔和或轻快，风景的气质就会如民间歌谣和地方小调一样，如古马的《北》："七死八活的羊羔／九死一生的娘∥西宁以北／山冈挨着山冈"。宁夏诗人肖川模仿古代北方民歌《敕勒川》的形式和语调描写和赞美之作《草场》，采用"ABB，ABB"的结构且每行押韵，令诗句显得简洁、轻快、活泼："天苍苍，野茫茫，／那青草仿佛长到天上／日朗朗，水长长，那碧波像要流进太阳"。

第三，选取具有动感、声势和光泽的意象，也是表现西部风景的主要方式。西部诗歌中经常出现的动物是骏马、鹰隼、大雁，它们活跃于辽阔的草原和天空，出现在诗歌中，阔大了文本的格局。如："地球的一极。在接近高原的天空∥挂着一只寂寞的巨鹰。"(叶舟《中亚细亚的月亮》)"一行凌乱的大雁／半本灰烬般的卷帙、一笔潦草的书写。"（叶舟《胡天之下》）古马在《春秋》中将大雁比喻为"缝合南北"的"针"，想象力奇绝；在《草原》中，古马再次发挥他卓越的譬喻能力，将草原的颜色用热度表现出来："一块绿松石上镶着玛瑙和火／镶在我们的生活中间"。

概括而言，有关西部的风景诗写作，通常是画面感极强的：诗人置身旷大无边的草原，仰望飞翔的大雁和鹰隼，或于夜晚观赏繁星闪烁的星空等。确实，很少人能不被这天堂般的异域风景所迷醉和震撼。西部风景的壮烈和纯粹，阔大与雄伟，最大限度地满足了人们对风景的设定：自然所呈现出的美丽、如画、崇高和纯粹。就如 W. J. T. 米切尔所概括的，在人们的直觉中，风景是用来"欣赏"的，不是"触碰"的。它是地方（place）的抽象化、空间（space）的具体化，简而言之就是通过一系列约定俗成的习俗——如诗意、如画美、崇高美、牧歌等等，对一定距离之外的风景进行支配、框定、编码，将一个"地点"变成"视域"，将一个地方和空间变成"视觉图像"。只不过，这个图像化的过程伴随着不可避免的副作用，那就是：当风景如观赏者所愿变成一幅如画图像、一个神话、一种传奇，"西部"就成了一个"记忆缺失和记忆擦除的地方"[1]。

雷平阳的诗歌《一座木楞楼的四周》《废墟中的雨林》《菩萨》《叮叮当当的身体》等，为我们展现了一幅幅迥异与内地农耕文明的热带雨林风景——诗人有部诗集就名为《雨林叙事》（作家出版社，

---

[1] 〔美〕W. J. T. 米切尔：《神圣的风景：以色列、巴勒斯坦及美国荒野》//〔美〕W. J. T. 米切尔编，杨丽、万信琼译：《风景与权力》，译林出版社，2014年版，第288—289、286页。

2014年）。生活在丛林中的各种动植物，往往以惨烈豪壮的气质和仪式出场。比如那只预感到自己死期将至的大象，"用体内仅剩的一丝气力/将四根世界之柱提起来，走进了溪水"（《大象之死》），这种神秘的感受能力和死亡的尊严感、仪式感，令读者惊异和震惊；森林里叫得撕心裂肺的虫子（《集体主义的虫鸣》）和哀牢山上叫得人心肝破碎的哀鸿（《过哀牢山，听哀鸿鸣》），所传达的恐怖气息力透纸背，也令我们如陷雨林。

（二）江南文化景观

在《何处是"江南"?》一书的导论中，学者杨念群探讨了"江南"想象是地理的、文化的还是记忆的这个问题。在地理上，江南的范畴自古多变；至明代，农业经济的发展使"江南"超出了纯地理范围，而被赋予"经济富庶区域"的含义。在文化意义上，不同的人——该书主要讨论的是清代帝王与地方士子——对"江南"赋予了不同的含义。在文人心中，它往往代表着"某种固定和封闭的意象，更像是一幅色泽不变的心灵地图"。[1] 现当代诗人对江南风景的表现也多倾向于构建一个理想的文化景观，使吴越文化、园林文化等穿行其间。在诗人的怀想中，江南多呈现出幽静淡然的气质，清婉哀怨的音质：它是"悠长悠长的雨巷"和"丁香一样结着愁怨的姑娘"（戴望舒《雨巷》），是"杭州的油伞"和"南胡"的幽怨（林庚《沪之雨夜》），是"达达的马蹄"，在"小小的窗扉紧掩"时

---

[1] 杨念群：《何处是"江南"?——清朝正统观的确立与士林精神世界的变异》，生活·读书·新知三联书店，2017年版，第12—13页。

响起（郑愁予《错误》）……

迷蒙的微雨和淡淡的愁怨如轻雾一样延绵至1990年之后的江南书写中，"一直延伸到小巷的深处"，"亭台的楼阁和越女的清唱"是延续数百年的江南情调（戈麦《南方（一）》，1991年）；诗人于"黑暗里顺手拿一件乐器"，奏出"木芙蓉初放"般的雅韵（陈东东《雨中的马》）；还有木窗棂、绣花鞋、莲藕和白鱼、亭台楼阁曲折迂回；旗袍、琵琶、苏小小等等（潘维《同里时光》《西湖》），多不指向事实风景的意象，似文艺片画面的闪现和铺展，符合人们理想中的江南文化景观范式：富庶、优雅、精致、怀旧……

二、风景与原始化理想

自古以来，空间的无人化是艺术家建构理想风景的主要途径和策略。即使出现人物，也往往是被赋予了象征寓意和理想精神的符号，保持着自然化的生活方式，具有朴素的美德。中国古代诗画可以充分证明这种审美倾向。诗人和画家笔下的意境往往旷然无人，或只有一二富有诗意的形象，如渔樵僧道。乔纳森·博尔多回望西欧风景画史时也发现，"至少早在15世纪，西欧风景画表现的是被见证的风景，其中总有特意安排的表示人类存在的符号：如果没有人，也有鲜活的人类生存的迹象"。博尔多认为，风景画上的人物形象，"扮演了见证者的角色"。[1]从这个意义上说，失去见证者的画面，是

---

1 〔美〕乔纳森·博尔多：《荒野现场的图画与见证》//〔美〕W. J. T. 米切尔编，杨丽、万信琼译：《风景与权力》，译林出版社，2014年版，第321页。

将地方纯粹视觉化的实践。一幅无人的画面,取消了时间、地方和历史。

中国西北地区地广人稀,"远离人烟和骨感"(杨克《若尔盖草原》),就连动物的活动也是有限的;西南或某些内陆丛林,也因偏僻难行而少有人至。它们都很符合理想场景的标准:"这些不同朝代风情别样的边地/如今散落在沙漠的边缘/或隐藏于深山和丛林里/都是一些寂寞的角落/宁静地安于被遗忘的命运。"(李少君《边地》)风景的无人凸显了空间的原始性,反衬了现代生活的喧闹熙攘。能够短暂脱离世俗生活的人们,希望可以体验无人的荒野自然(保障安全的前提下),这种愿望驱使他们来到祖国的边地、沙漠的边缘和丛林的深处:

> 我确认:快乐是祖国晴朗的领空
> 我们坐在纳木错湖畔,一边晒太阳
> 一边整理毛发,一边哼哼
> 吃一肚子冬虫夏草,产下
> 最原始的浪花
>
> ——简明《纳木错湖畔》

边地的天空晴朗干净,阳光新鲜明烈,饮食干净卫生,连人产下的废弃物都变成了"最原始的浪花"。诗人对雾霾、污染、食品不安全等问题的不满,在边地原始性风景和生活的抚慰中获得了补偿。边地就是传说中的"从前和往昔",提供着原始美和理想的感受，是欢乐的驿站，缓解人们生活于现代时间的庸俗和疲惫、孤单和伤痛。

人类对原始自然风景的追慕隐含着反讽性的双重困境：诗人和游客为了追求宁静、原始、朝圣等目的奔赴边地，反而打破了当地的安宁、自足和自然，使该地丧失了被赋予的价值与想象。观光旅行最终成为"换个地方看人"的活动。

诗人有时并不满足于仅仅做风景的观赏者，他们希望能够参与到边民原始性的生活方式中，在审美满足之上增加一些生活体验。这时，乔纳森·博尔多所说的"见证者"的形象就出场了，他们在草原架起篝火、纵马牧羊、祷神作巫、跳舞唱歌……被风景化的见证者拥有非尘世的生活状态和审美形式（如胡弦的《篝火》、阿翔的《希拉穆仁草原》等），酝酿着莫测难言的神巫气氛——雷平阳的云南诗歌对此有大量表现：比如《基诺山上的祷辞》全诗两节六行，皆出自狩猎者的祈祷。这首诗还有两个值得注意的表达：其一，祈祷者使用的是第一人称复数"我们"，这显示他们为集体狩猎，这种方式与原始社会部族的生存方式别无二致。其二，诗歌一二节的差别非常微小，第一节写道："神啊，感谢您今天／让我们捕获了一只小的麂子／请您明天让我们捕获一只大的麂子"；在第二节，狩猎者捕获了"一只麂子"，然后祈祷"捕获两只麂子"。这种形式十分符合古代民歌和民谣简单化、重复化的习惯。另外，狩猎者小小的理想和虔诚的祈愿姿态，也符合人们对边民拙朴、安分等品格的想象。

进入雷平阳视野的其他人物的活动和场景也颇具原始性和仪式

性，这些人物和场景与生活经验的联系大多疏散，而主要呈现为审美性和文化性的符号。在《在蛮耗镇》一诗中，诗人对农夫和顶着白发的老太太的描述看似与生活经验相关（农夫种植香蕉，老太太在此地生活了六十年），但诗歌表现的气氛却是反日常性的神秘和传奇：老人种的香蕉"草不像草，树不像树，结出的果实却甜如蜜糖"，老太太"打开一个布袋／拿出了一支驳壳枪"，她说起自己六十年前爱上了一位团长，"之后，她守着一支驳壳枪／一晃，就是六十年时光"。

雷平阳推崇的传统伦理情感在动物书写时也有所显现。在《纯文学讲的故事》中，乡下电影放映员张天寿和一只八哥再现了传说中慈主忠仆的珍贵情感。这只神奇的八哥不仅对影片名字倒背如流，能在主人换片时对扩音器播报，还能在阴冷的山中为主人壮胆。不幸的是，主人在一次山间行路时不慎跌下深渊，八哥则像忠犬一直苦守和寻找着主人："之后的很多年，哈尼山的小道上／一直有一只八哥在飞来飞去／它总是逢人就问：'你可见到张天寿？'"

三、宗教气氛与表达

1990年之后，工商业和现代性发展加剧了日常生活的祛魅，对复魅的渴望不仅使得内地游客涌入西藏、新疆、青海、四川、云南等风景独特、宗教氛围浓郁的边地，也使大量诗人有意凸显了诗歌中的宗教化因素，布达拉宫、塔尔寺、喇嘛、神、清真寺、先知、神等宗教意象开始大量出现在当代诗歌中。如阳飏的组诗《拉卜楞寺》（1999）中，除了以宗教意象比喻宗教符号外——"拉卜楞寺，远远望去犹似一大摞一大摞黄封皮红封皮的佛教典籍",这类自然意象被隐喻为宗教意象的诗句也俯拾皆是:"大祭司一样的鹰",鸟儿的叫声像"流水冲洗过的嗓子正在念诵经文",天空像"等着印刷经文的纸张",巨大的云朵是"某位神的运输工具"……在表现宗教氛围浓郁的边地风景时,类似的宗教化修辞也很常见:一场秋雪"是女神洒向人世的咒语／是圣佛菩萨奉劝众生止恶扬善的真言"(杨梓《西夏史诗·一片澄明的雪》)。

在广袤壮阔的风景描写中引入宗教形象和符号,有助于塑造神秘、庄严、慈穆的气场:

群山像伟大且耐心的
佛
一语不发

大地安详
犹如一本经卷,被风吹拂
芳香四溢

——叶舟《唱读》

叶舟惯用佛学意象作为喻矢,这让他笔下的风景趋于辽阔、神秘、宁静和安详。诗人为这些风景赋予了世外桃源的纯净,不受现代性和游客的叨扰,就连风景本身也是安静的——"群山……一语不发","大地安详",西部成为一个恒久稳定的空间装置,经千万年而不变地受到神灵的护佑。

　　在边地中,藏族文化地区的风景书写最容易呈现出宗教化倾向:"鹰的孤独是一位密宗高僧在天空的散步"(阳飏《西藏:迎风诵唱》);在青海,酥油花开了,"最后一朵是佛光"(娜夜《青海》)……因为藏传佛教的影响,西藏、青海以及甘南等地宗教氛围浓郁,内地诗人来到此处,不仅为雪山和雄鹰沉醉,更拜服于该地区的圣洁和神秘气氛。如李少君将藏地称作"神之遗址","深信神偏爱垂顾此地",生活在此地的康巴汉子和藏族女子都是"神的后裔,举止异于凡人"(李少君《神之遗址》)。即便是劳动,他们也显得分外优美:发动三轮货车的藏族男人是"早晨大地最悦耳的音孔"(阳飏《乌鞘岭断句》);背水的藏族女子则是"早晨唯一的花朵",她的身体"仿佛支撑着被她妆扮了的一整座玛曲小城"(阳飏《甘南:八个片断》)。甚至,生活在藏区的牛羊牲畜都别具神性和灵性:"有人看见一只鹰,并且听见了诵经的声音"(阳飏《拉卜楞寺》);"牛和羊是这块土地最简单的思想"(阳飏《西藏:迎风诵唱》);"牦牛眼眸中那一泓清澈、镇定"为诗人所不具备,与其对视能唤起诗人内心的激荡和震撼,"我原本丰盈、安宁的心,突然变得凌乱、荒凉,／局促和不安"(阿信《对视》)。

　　宗教化的西藏还成为校正自我生活的典范意象:"我要去唐古拉山脉,修正世界观"(简明《唐古拉山脉》);万事万物云卷云舒,呈现为最富哲理和深意的和谐和圆满:"我去过那山顶,在那里,／我看到草原和群峰朝天边退去"(胡弦《玛曲》)。胡弦还在组诗《藏地书》《发辫谣》《牧场》等诗中抒写了藏区一草一木所散发的神秘宿命感和慈悲的宗教关怀："多风的草叶里阴影多，／低矮的花茎上有慈悲。／……／无名的高处，万象摇晃，一直／都比想象的要深邃得多。"（胡弦《甘南行》）人们对宗教地区风景的感知，模仿了宗教的净化功能，诗人期冀突破视觉审美而转向一种精神领受、顿悟和思想启迪。这种方式对于长期被古典山水文化浸润的中国诗人来说并不陌生。如果说山水思想有泛灵论、泛神论、泛宗教化表达的倾向，宗教地区的风景诗则已进阶为神灵之启和宗教冥思。

超验性的训诫语气的使用也是书写偏远地区诗歌中常用到的，如胡弦的《玛曲》："而更远的水不可涉，／更高的山不可登。"娜夜的《在甘南草原》则像一份宗教地区旅游指南，以严厉而不容置喙的口气罗列了种种禁忌："不要随手取走玛尼堆上的石头／或者用相机对准那个为神像点灯的人"；而后"不要随便议论天葬！"一句单独作为一节出现，足见这一条要求的关键与诗人的慎重；之后，诗人口气略缓，以一种朋友的身份建议式地要求道："不要惊醒一只梦见六世达赖仓央嘉措的鹰／但你可以在暮色中／哼唱他凄美的情歌"；在诗歌末尾，诗人提到了生活在该地区的另一位诗人——"更不要轻易去打扰那个叫阿信的诗人"——更加强化了该地区的神秘感和神圣感，同时也夹杂着朋友式的温情。这是娜夜的语言魅力体现。

在诗人呈现的边地风光、生活和文明样态中，我们可以发现一个隐在的对比视角，那就是内地和沿海地区受制于经济规则的凡俗生活：庸俗、功利、算计；而边地作为现代化进程较为滞后的地方，壮烈的风景、原始化的生活，以及寺庙等宗教场所，——补偿了我们所缺失并渴望重新获得的审美感受。如果内地和沿海地区是一部

小说,西部就是一首抒情诗和谣曲:

> 风啊,拍击塔吉克人的红土墙
> 西北杨的叶子闪金光
>
> 风啊,吹起霍加家女人的花绸巾
> 也吹斜了一只老鹰的翅膀
> ——陈超《奥依塔克谣曲》

这也是当代人热衷于奔赴边疆的主要原因:"我愿意在这里 / 卸下旅尘,得到安宁。哪怕仅仅 / 只逗留片刻。"(阿信《喀纳斯札记》)边地风景,特别是具有宗教色彩的风景,能够将观赏者从世界的同一化中暂时解救出来,从商业社会和经济生活的庸俗计算中拯救出来,投入一种净化的、升华的感受当中。

纯净而纯粹的风景,使人瞬间恢复了爱的敏感和能力:"雪峰在水中摇晃着倒影。/——天堂就在低处。/当我爱你,爱边疆,爱草甸,/爱细雨和风吹……/沙枣花有感恩的心痛。/我的爱马群般难以控制。"(胡弦《伊犁河,记梦》)这是内地诗人时常献给西部风景的崇拜与颂词。在诗人心中,西部风景仿佛一个有魔力的介质,一个神秘空间的开关,人们一旦伸出食指去触碰,就能打开一个尘封的宝藏,贫乏的人会变得富有,脆弱的人会变得勇敢,孤独的人会变得温暖。

对西部风景的描述也隐含着诸多值得深究的问题。诗人对西部风景和生活场景所进行的审美性理解，难道不是对西部作为"土地"的使用价值和经济价值等内容的漠视与驱逐？局限于审美一端的欣赏，难道不会令人的视野与感受显得过于狭窄？

第三节　风景的传记性与个人性

约翰·伯格（John Berger）曾提醒我们，"风景是有欺骗性的"，就如"一扇窗帘"，遮挡着在它身后所发生的"居民们的争执、成就和事故"。对于生活在这里的居民而言，"地标不再仅仅是地理性的，还是传记性的和个人性的"。[1]所谓"传记性和个人性"，就是视觉表征之下更深层、复杂和细微的存在样态和经验。它们构成了一个地方的独特简历和基因，交织着当地居民的记忆与思念，需要观看者付出精微的观察力和洞察力才能捕捉些许，因而也是区分"内部人士"和风景消费者的一道门槛。

贡布里希区分"面容"（face）和"面具"（mask）的表述，很适合用来比拟这种内外之别和认知差异。贡布里希发现，那些非常风格化的名人形象，比如舞台演员，往往是"出于某种目的而戴上他们的面具的"。观众看似关注于"个性化特质"，实则造成了"面具"对"面容"的吞噬。贡布里希说："我们在观察到一个人的面容之前通常先看到他的面具"，因为其反常态的、引人注目的另类特

---

[1] 转引自〔英〕马尔科姆·安德鲁斯：《风景与西方艺术》，张翔译，上海人民出版社，2014年版，第30—31页。

征，使我们不必花费更多力气进行仔细观察，就能轻易把一个人与其他人区别开来。[1]西北和西南地区的风景，因为显而易见的差异化特征，在我们的惊叹中或许就发挥着"面具"的作用。特别是那些被有意打造的具有夸示性与表演性的地方景点和"地方特色"。它们符合观赏者记忆编码和想象中存储的"应该是如何"的心理预设和期待。对这些"面具"的注目和描绘，自然容易落入资本运作的圈套和程式化写作的窠臼，忽略差异性背后的相似性和细微独特性。

一、风景审美与消费

近年来，西北和西南地区独特的自然风景和充满异域风情的生活方式，被广泛展示在电视广告片、电影背景等媒介中，满足着人们的审美需求。与此同时，部分诗人开始反思游客与本地人审美视角的差异问题。比如诗人李少君来到乌鲁木齐向当地朋友激动地谈起博格达等"伟大的高峰"，却不能得到他们热切的回应。直到诗人推开窗户，看到"在阳光下闪耀着的博格达峰"，疑虑才得以消除（李少君《那些伟大的高峰》）；初到青藏高原的泉子，忙于寻找高原最具符号性的"格桑花"，恰好暴露了自己的无知："直到一个牧民告诉我，／高原上所有的鲜花都叫格桑花。"（泉子《格桑花》）耿占春的诗歌《奥依塔克的牧民》也为我们展示了一个来自内地的旅行者欣赏自然风光时的欢欣，以及在本地人面前热切赞美风景时

---

[1] 〔英〕恩斯特·贡布里希：《面具与面容——对生活和艺术中相貌相像性的知觉》//〔英〕恩斯特·贡布里希等：《艺术、知觉与现实》，钱丽娟译，西南师范大学出版社，2015年版，第15—16页。

的单纯和无知:

> "你们的奥依塔克很美,"我说
> "等这里旅游开发了,你们
> 就会富裕起来。""开发与我们牧民
> 有什么关系?赚钱的是那些开发的人
> 我们会失去这个夏季牧场
> 我们的奥依塔克将会属于别人。"
> ——耿占春《奥依塔克的牧民》

诗人身上已体现出两种身份与意识:作为观赏风光的游客,"美"是最重要的要素;作为关心当地牧民生活的诗人,他希望美丽的风景可以提升当地人的生活质量。令他意想不到的是,这份美好的愿望将会落空,奥依塔克的美反而会使牧民失去自己的家园。对本地居民生活的了解意愿和同情,已然构成了诗人洞察地方性的一个起点。

长期生活于当地的诗人往往更加反感于地方仅仅作为一种异域风景被审美和消费。诗人沈苇在新疆生活多年,出于诗学敏感与尊严,诗人对他者投射于西部风景的赏趣性眼光和偏窄化解读十分警惕。他曾在诗中自勉:"我突然厌倦了做地域性的二道贩子"(《沙漠,一个感悟》),死去的胡杨不应该仅仅是"取悦旅人苍茫的心情 / 和摄影家漂泊的镜头"的明星物象(《沙漠端午节——赠树才》)。此外,他在多首诗中讽刺游客和外来者对异域风景模式化的构想、消费性的利用,以及想象性的征服:"风景是一次消费? / 如

同餐布上的盛宴／孜然的浓香／满足嗜欲的胃口"(《异域风情》);
"背包客在梦里买下一朵浮云／获赠一匹神马、几缕清风∥摄影师
用长镜头逮住几颗星／为了听它们叽叽喳喳叫"(《未被驯服的风
景》)……人们带着数码相机到来，将异域风情作为迷醉自我的媒
介，借以短暂地摆脱现实感，就像在城市中面对琳琅满目的商品以
排遣生活的劳累和烦闷。当遭遇不利情境，观光客对地方的失望将
远远大于对工作的不满:"他们抱怨这里太冷，……／一个古尔班通
古特，一个塔克拉玛干／那里的荒凉让人绝望并且走投无路"(《论
新疆》)。沈苇提醒我们，新疆作为一个地方，不仅拥有表征化的风
景，更拥有日常生活经验和现代性感受。将"新疆"缩减为一张明
信片四处展览，实则是对这片土地的遮蔽、掩盖和伤害。这听起来像
是一种悖论:正是风景使一个地方更真实的生活与独特文明被隐匿。

如何穿透"风景"这层漂亮的窗帘，发现一片土地的传记性和
地方性内容，对于外来者，甚至包括生活在本地的诗人来说，都需
要卓越的洞察力、理解力和想象力。风景背后的复杂经验与现实，
等待着我们的发现。

事实上，对风景的消费和开发，正在破坏我们心中的理想风景
模型。沈苇在《风景:库尔德宁》中展示了同一地区开发前后两幅
相对比的风景，它们都令人忧愁:之前是因为"如此丰盛"而"令
人有些发愁"，之后则是因为被开发、贩卖、破坏而令人愤懑与愁
怨。库尔德宁被改变的风景是商业时代开发的一个缩影:庄严的云
杉被假青铜塑像所取代，草地和湖泊变成垃圾堆和臭水坑，曾被苹
果树驯化的马儿被旅游公司的保安打死，曾经带着外地人观赏自家

门口风景的牧民变成了按小时收费的导游,家庭饭桌上粗糙但可口的饭食变成度假村盐量失度的抓饭,占领了无数城市的"梦露"画像也来到这个边地小城的客房……

二、"内部视角"与"风景的阴暗面"

英国风景画家透纳于1826—1838年间创作了一系列名为《英格兰和威尔士的旖旎风光》的风景画。与当时盛行的风景画呈现的高雅旨趣大不相同,透纳的作品出现了一些着装粗陋、举止卑俗的底层人。这批忠实于真实场景的画作在当时引起了诸多不解、震惊和指责,却在后来为透纳赢得了广泛的肯定和赞誉——因为它们摆脱了意大利和荷兰风景画的影响,展示了本土的真实风景,参与了民族表达和国家影像的制造过程。透纳的作品代表了西方风景画审美意识转向——不再仅限于围绕理念来提供视觉愉悦,而是面向日常生活,表达更丰富的意涵。

雷蒙·威廉斯曾说过:"劳作的乡村几乎从来都不是一种风景。"[1]在17、18世纪的乡村风景画中,劳动者一直被隐藏起来,以免破坏观者的审美愉悦。对于这种创作习惯和形式,W. J. T. 米切尔曾论述说,"风景的阴暗面"是一种"道德的、意识形态的和政治的阴暗面"。他提醒我们,对风景的欣赏"必须是一种历史、政治及(的确)美学的警惕性的核心",必须对风景所遮盖的"暴力和

---

[1] 〔英〕雷蒙·威廉斯:《乡村与城市》,韩子满等译,商务印书馆,2013年版,第167页。

邪恶"保持警惕性。[1]对地方的真正读解,需要"内部眼光"穿越盛大的风景帷帐和意识形态迷雾,将其从展示独特风情的"空间"还原为一个"地方"的实在。就像阳光把事物从阴暗处拯救出来,诗人需调动所有的知觉、理解和想象力,照亮、发现事物深处的存在。从这个意义上说,诗人对风景名胜地的人的描述,十分值得我们考察。诗人关注哪类人,将其描述为生活性的居民还是审美性的符号,能够帮助我们判断其审美观念、诗学观念、地方观念等意识。

在创作于1990年的《滋泥泉子》中,诗人沈苇来到"一个叫滋泥泉子的小地方"。对"地方"有意无意的强调显示诗人并非一个单纯的观光客。当他与收葵花的农民交谈,"抽他们的莫合烟",听他高声说起"土地和老婆",风景隐却为看不见的背景。在"小地方"的逗留,让诗人看清了"饮水的毛驴""红辣椒""黄泥小屋"等生活意象以及"土墙上的裂口"等反风景的阴暗面。它们一道将滋泥泉子呈现为一个具有传记性和个人性的地方。

因长期生活于新疆,沈苇的诗歌往往能够呈现内部人士的细微观察。在《沙漠西西弗斯》中,沙漠不再是一种审美景观,而是当地居民日日艰难应付的生存环境;在《住在山谷里的人》中,一位牧民重新定义了"中心"和"边缘":"北京好是好,可惜太偏僻了",颠覆了我们的集体意识和偏见;诗人来到楼兰,所观察的风景也异乎常人:"在楼兰管理保护站,我们遇到/三个人、两只鸡和

---

[1] 〔美〕W. J. T. 米切尔:《帝国的风景》//〔美〕W. J. T. 米切尔:《风景与权力》,杨丽、万信琼译,译林出版社,2014年版,第17、32页。

一条狗"。(《三个人、两只鸡和一条狗》)对于普通游客而言,楼兰是一个历史景观、一处自然风景和一个消费符号,是盛唐边塞诗的历史记忆与豪情,或者是漫漫无际的沙漠景观,吸引着人们探知感受的激情和历史的隐秘。因此,描写楼兰的当代诗很少出现对当下生活场景的关注。诗人沈苇却选取了楼兰管理保护站这一地点,为我们展示了当代楼兰生活的一个切面:三个小伙子、两只鸡和一条狗。

在这首诗中,诗人还展示了楼兰居民和游客的对比,小伙子们"有足够的时间,看沙漠,看荒原/看天空,看星星,看月亮",当他们转过身看见两只鸡和一条狗,"木讷的脸上就有了笑容"。这是完全不同于游客甚至本地诗人的视角和审美感受。对于后者而言,风景的内容是恰恰相反的——被小伙子无视的沙漠、荒原、天空、星星和月亮才应该是楼兰的风景,鸡和狗怎能令人愉悦?正是这个细节,暴露了内部人士与外部人士的差异。小伙子在看见两只鸡和一条狗时绽放的笑容,比"楼兰美女"更令我们亲近到一个活生生的楼兰,一个当下的楼兰。管理员木讷脸上偶尔的笑容,以及黑狗跃上雅丹的姿态,与楼兰的关系是充实性的、构成性的,而非象征性的、征服性的,或消费性的。

娜夜在诗歌《上坡 下坡》中留意到"干旱的土地""低矮的麦苗"等生活场景,它们在游客以及当地人眼中都很难称之为"风景"。诗人同时注意到日常状态下的居民:"在弥漫的沙尘中靠着墙根叹气的老人","一只手慌忙捂住衣服上破洞的妇女"和她身后"患病的/歪歪斜斜的傻孩子"……在诗歌末尾,娜夜的自问也是在诘问同时代的诗人:"为什么我们的诗总是怯于揭示这片土地上的苦难?"

原因很明显：首先，在旅行途中，苦难的生活场景往往被优美风景所遮挡，诗人若非深入其间很难发现；其次，苦难是沉重而常态性和缺乏美感的，人们出门旅行恰恰是为了摆脱生活的寻常状态，以获取非日常的优美和轻盈，有多少人愿意在异地还执着于关注永恒性的苦难呢？不过，停留于审美层面的观光是否可以令一位诗人感到满足呢？

在伊犁昭苏，来自北京的诗人高兴在欣赏美丽的草原之余，遇见了一位老妇，当他了解到她和她们的过往经验，昭苏草原不再是提供漂亮风景的橱窗，而是承载无数少女消失的青春、破灭的憧憬的地方。她们就像那些叫得上或叫不上名的花儿，"用最卑微的芬芳／装点着世间最香的边境"。这份芬芳太过凝重，令诗人难以心安理得地享受。这种"侵扰"就如17、18世纪的乡村风景画家曾担心的，风景背后的传记经验破坏了游客的安然心境。诗人感喟："我们看到，那么多双手伸向高处，／擦亮天空和星星，擦亮／游客的惊奇，再缩回／草原深处，唯恐皲裂的皮肤／和粗陋的青筋会损坏／薰衣草营造的形象。"（高兴《风景背后——献给昭苏草原》）在薰衣草盛开的昭苏，有一些花儿的青春被隐藏在风景背后，如泪水入地，不着痕迹。

在一首描写藏区风景的诗中，阿信首先以一首广为传唱的民歌歌名作为开头："在那遥远的地方——"。众所周知，这首歌是由王洛宾在哈萨克民歌、藏族民歌和维吾尔族民歌基础上改编创作的一首"文人民歌"。相传它讲述了一段发生在青藏高原的爱情故事。

除了动人的旋律和凄美的爱情这些要素，这首"民歌"的广泛流行还因为它全方面地符合他者对于边地生活的文化想象：遥远的地方、充满异域特色的帐房、明媚的月亮、美丽的姑娘……直到今天，通过选取和组织具有异域风情的物象，对边地生活进行审美化写作的诗歌仍然俯拾皆是。诗人阿信却在使用了"在那遥远的地方——"这句颇能应和人们的审美原型的句子后转了个弯："没有央金，没有卓玛／没有草地最小的女儿／格桑。∥只有四个护路女工。"央金、卓玛和格桑，这些花朵一样的名字时常出现描述青藏高原的诗歌和歌词中。这些藏族女孩常用的名字，构成了对所有藏族女孩的指称，正如王洛宾用"美丽金边的衣裳"借代一位异族少女。面对这片土地的几位藏族女孩，阿信表示自己仅仅知道她们的职业，以及切实所见的衣着和举动："四个／捂着口罩，裹着头巾／满身沙土的姐妹∥站在荒凉大地的风中。∥像无名的花朵。像天地间／一阵突来的疼痛。"（阿信《青藏高原：大风中的四个护路女工之歌》）

　　阿多诺说过："自然的美，在于历史的静止不动并且拒绝展开。"[1]对一般的观光客而言，边地的风景之美在于剔除了土地的历史和生活的实况。换句话说，游客用神话、传说、民俗故事填补自己对边地生活的想象，组合优美的自然风景，从而获得不落入时间和生活本相的超脱、豁达、诗意、自由、轻盈等诸多审美感受。《在那遥远的地方》这首歌，就是一个他者编织给更多他者的边地童话。

1　〔德〕阿多诺：《美学理论》，转引自〔美〕W. J. T. 米切尔编，杨丽、万信琼译：《风景与权力》，译林出版社，2014年版，第286页。

真实的青藏高原除了美丽的草原和羊群，同时拥有荒寒的大风和随之扬起的漫天沙砾，拥有牧民生活的贫苦与艰辛。譬如四个护路女工，立于这样广袤萧瑟的天地之间，像"无名的花朵"，带给诗人"一阵突来的疼痛"。得益于长期的边地生活经验，阿信描述藏区生活的诗歌（如《冬牧场》）体现出难能可贵的内部视角，以及他者很难掌握的在场感和深入骨髓的触痛感。经验的深度，描写的细微，使诗人明显区别于前来观光的游客，以及通过采撷文化意象和异域风情物象的诗人。

彝族诗人吉布鹰升在诗歌《打工回来的彝人》和《背枯蕨草的女人》中描述了家乡的现代性经验，它们与内地大多数乡村无异：族人成为打工者，在过彝年时赶回家乡，年后"又涌向大江南北"；背枯蕨草的女人则和几十年前一样，"还是那样贫穷"。对家人和邻人生活真相的了解，令诗人难掩忧郁和辛酸。

穿透风景的内部眼光不仅属于知觉，也是一种解释行为。风景的凝视者不仅是诗人，同时也是地理学家、历史学家和考古学家。只有这样的视角，才能更切实地整合一个地方的历史记忆和当下生活，在追求真实的记录与诗歌这种充满想象的语言艺术之间获得完美的兼顾与平衡。

第四章 "模山范水"与文化想象

> 山川与予神遇而迹化也,所以终归于大涤也。
>
> ——[清]石涛《苦瓜和尚画语录》

在中国最早的山水画论《画山水序》中,宗炳对"山水"属性的概括——"至于山水,质有而趣灵"[1]——成为主导后世一千多年的美学典范和纲领。中国山水思想以追求和显现"道""趣灵"等理念和诗人的品格心象为主旨,所对应的"形"与"质",主要是风景秀美的"模山范水":嘉木美竹,奇石冽泉,间有浮云流动,鸟鱼遨游……这种山水观自魏晋南北朝发端,一直持续到19世纪末,才开始遭遇现实

---

[1] [南朝宋]宗炳、王微著,陈传席译解:《画山水序 叙画》,人民美术出版社,1985年版,第1页。

境遇的挑战。

经历了一个多世纪的开发、征服、利用和破坏,至20世纪末,我们周遭的自然界已经遭遇了严重的生态恶化和环境污染。诗人们猛然发现,自己所受的古典文学和传统观念教育已陷入无法对接经验事实的尴尬和分裂状态。这种错位不仅是一种逻辑诘难,更是一种令人难以忍受的情感失落。

自然界的剧变在当代诗人身上产生了两种主要的情感反应和诗学实践:其一为近年来盛行的生态主义视角,诗人正视自然的现状和生态问题,甚至有意以"残山剩水"入诗,在控诉自然问题之时涉及对现代性的反思(将在下一章具体分析);其二是呈现与传统山水观和自然观相接续的观念和意图,择取未遭破坏(实质往往是受到有意保护)的优美风景——即模山范水——予以表现和赞美,突出风景对尘世之"我"的净化、教诲和精神升华过程。

在总体上,上述两种方式都反映了诗人对人与自然关系的有意调整,以及对曾经盛行于20世纪的人类中心主义和科学主义的改正与扭转。只不过,在环境问题和生态问题成为主要社会问题之际,对模山范水的选择需要诗人对经验现实采取更多的规避策略。换句话说,这种写作难免有理念先行之嫌,诗人的写作也不免有"躲进小楼成一统"的文化逸民意识和洁癖心理作祟。近年来,这种"看似逆当代诗歌写作潮流而动的写作"成为不少具有文化保守主义倾向的诗人特别钟情和擅长的方式。因为看上去接续了传统,实现了汉语新诗的本土性,此类写作广受赞誉,被评论界奉为解决现代性问题、"重建诗意栖息的家园"[1],以及重建汉语的"桃花源""礼乐精神""自然性"和"山水精神"的方式;[2]写作者也被冠以"我们这个时代稀缺的'新隐士'"[3]或"自觉承担民族传统文化精神与坚守本土现实价值本位的诗人"[4]等荣誉。

虽然有着充分的客观原因与心理动机,当代自然的古典山水化表达仍然值得怀疑与探究。一方面,当多数名山大川成为生态堪忧的风景保护区和人潮涌动的旅游观光地,当代诗人依然在文本层面构建和吟诵古典山水式的纯净、自足、清雅、静谧、和谐、秩序感,就不免显得诡异。另外,写作者所赢得的极大荣誉,也令我们不禁怀疑,在这个大多数人居住于城市、国家经济主体依赖工商业并混杂着消费文化的非诗意时代,为自然复魅,重建乌托邦和桃花源式的美好存在,唤起人们的古典文化联想,竟是抵达诗歌"真理"(如果存在的话)的正途?

通过梳理山水化表达的诸种路径,本章旨在考量和辨析此类写作是否如评论家的乐观判断那样,可以达到"对现代世界的资本逻辑、物化逻辑的抵抗之后的自我追认"[5]。虽然在审美接受上,模山范

---

[1] 张永峰:《重建诗意栖息的家园——论李少君诗歌的"草根性"》,载李少君:《李少君自选集》,长江文艺出版社,2011年版,第293页。

[2] 尚斌:《当前汉诗的民族品性建构:杨键诗歌研究》,浙江大学(博士论文),2013年。

[3] 霍俊明:《"漂移术"与"新隐士"——关于李少君组诗〈疏淡〉及一种写作可能》,载《中国艺术报》,2013年1月18日第7版。

[4] 尚斌:《当前汉诗的民族品性建构:杨键诗歌研究》,浙江大学(博士论文),2013年。

[5] 张伟栋:《古典的法则与明晰诗意的生成——读李少君〈草根集〉》,载《海南师范大学学报》,2011年第6期,第148页。

水式的风景殊能俘虏人心。这毫不奇怪：对优美风景的喜爱出于人类共有的天性；我们还拥有相似的古典文学教育背景和传统。

第一节 山水思想的回潮

一、山水思想的当代复兴

"五四"新文化运动以来的新诗写作，如王亚平《黄浦江》（1934）那般激烈批判风景阴暗面的诗歌并不多见，更多的诗人延续了古代山水诗的写作情调和抒情套路，这造成了古代山水思想在20世纪的屡次兴盛与回潮现象。这种兴盛和繁荣表现为以下几个方面：

（一）对古代山水诗词进行编选、注释的出版活动十分活跃。编选者有个人，也有地方政府和文化机构。[1]这些诗选的出版发行，为即将到来的旅游文化热潮奠定了一定的文化基础。

（二）古代山水诗词的写作形式再次盛行。1979年以来，当代诗人以古体诗词形式进行写作并冠以"山水"之名的诗集（或合集）

---

[1] 如广西玉林金用编辑部编选《山水行 诗歌选集》（1980年）、朱安群、郭纪金选注《历代山水诗选》（江西人民出版社，1981年）、桂林市文管会选编《古代桂林山水选》（漓江出版社，1982年）、许金榜编著《历代山水田园诗赏析》（明天出版社，1986年）、申屠丹荣等选注《富春山水诗选》（浙江人民出版社，1986年）、周文龄、周文夏选编《中国历代爱国诗 山水寄情》（湖南教育出版社，1986年）、蔡守湘等编《历代山水名胜诗选》（甘肃教育出版社，1987年）、孙光西、李育文主编《当代桂林山水诗词二百首》（漓江出版社，1988年）、陈文新、王山峡编注《历代山水诗选》（云南人民出版社，1989年）等。

不可胜数。[1]

（三）在形式上是新诗，但写作旨趣和抒情模式与古代山水诗一脉相承的诗歌大量涌现。"文革"之后，自然意象逐渐摆脱集体主义的话语模型和革命象征主义的表达方式，恢复其审美内涵。重新拿起纸笔书写的诗人，难免将诗意的标准和意趣追求投向自己更为熟悉的中国古典文化。如叶维廉的诗歌《栖霞山》中充斥着"云浪""青山""竹筏""浴云的白鸟""深远的秋空"等古典性的美词，孔孚诗集《山水清音》（重庆出版社，1984年）直接化用左思和谢灵运的名句"山水有清音"，在写作中着力摒除"文革"抒情模式，让山水成为纯粹而唯美的审美对象，营造出山水与人交融的和

---

[1] 这里略举几例：左可国《山水间》（青海人民出版社，1979年）、谢逢松《新山水诗稿》（作家出版社，1992年）、林焕平《山水文化颂桂林》（漓江出版社，1995年）、晏明《晏明山水诗选》（中国和平出版社，1995年）、卢宪本《山水情缘》（中国文联出版社，1999年）、杨喜贵《人在山水间》（哈尔滨出版社，2001年）、陈天一《阿庐 奇山 奇水 奇洞 山水风物诗词选》（云南人民出版社，2001年）、王爱玉主编《当代江西山水诗词选》（作家出版社，2003年）、张羿《山水情怀》（辽宁人民出版社，2005年）、孙钢《浙江新山水诗词》（浙江大学出版社，2005年）、丁再献《山水平仄》（新世界出版社，2006年）、周裕良编著《纵情山水寄志趣》（西南师范大学出版社，2007年）、于太昌《山水行吟》（黄河出版社，2008年）、周裕良《美丽山水和谐多——周裕良诗词集（三）》（西南师范大学出版社，2010年）、王兴《乐在山水：王兴诗文集》（陕西科学技术出版社，2013年）、高继恒《山水清音》（吉林人民出版社，2014年）、侯适《中国山水名胜诗记》（万卷出版公司，2014年）、贺银燕《燕飞集 山水辑》（线装书局，2014年）、叶辛《叶辛山水情韵》（武汉大学出版社，2015年）、陈秀新《山水间集》（中国书籍出版社，2016年）等。

谐画境。[1]此类诗集虽采用新诗形式写作，但在观念和追求的诗境上大多偏向古典情调。诗人的写作追求与古人庶几相似，通过寄情山水远离尘世喧嚣。[2]

　　1990年以来出版的诗集中，不乏将"山水"充当噱头之作，如柏桦诗集《山水手记》。此名源于诗集中同名作品《山水手记》（作于1995—1997年），是27则诗歌、片断和短章的杂糅，其内容与自然风景和山水无甚关联；[3]西川的《山水无名》由若干"截句"组成，其内容与山水也无多大关系。[4]

---

[1] 1987、1990和1991年，孔孚又接连出版了《山水灵音》（陕西人民美术出版社）、《孔孚山水》（济南出版社）和《孔孚山水诗选》（明天出版社）等三本诗集，虽然在形式上更为口语，然而它们所营造的依然是古典山水诗推崇的清丽纯净之境。

[2] 这种写作还包括罗继长《踏歌山水间》（江西人民出版社，1988年）、孔林《山水恋歌》（山东友谊出版社，1989年）、罗洛《山水情思》（知识出版社，1990年）、唐名生《山水伊人》（广东旅游出版社，1991年）、施立学《醉情山水》（辽宁民族出版社，1995年）、米尺《山水之间》（中国文史出版社，2006年）、周本立《山水行吟》（安徽文艺出版社，2008年）、高云《走读山水》（海风出版社，2009年）、朱田文《旷世奇缘　东钱湖山水情诗100》（宁波出版社，2012年）、牧音《山水牧音》（复旦大学出版社，2013年）、郁颜《山水诗》、（漓江出版社，2013年）、邱德昌《山水性灵　邱德昌旅游诗选》（海峡书局，2014年）、吴仲华《诗乡绥阳文丛　行走山水间》（中国工人出版社，2014年）、林宣雄《山水清音》（中国青年出版社，2016年）、唐颐《山水有道》（海峡文艺出版社，2016年）、箭陵霄《我爱山水间有个你》（长江文艺出版社，2017年）等。

[3] 如"年轻姑娘继续谈着风景／一只燕子的飞翔会带来肉体的潮湿"；"鸟儿，／我心烦意乱／鸽子……／南京清晨的悸动"；"年轻人烧指甲是会发疯的呀"；"星期天，一个中年女教师／在无休止地打一条狗"；"一个深夜爱说话的体育教师今天专程去加拿大的月亮下哭泣"等等。参见柏桦：《山水手记》，重庆大学出版社，2011年版，第151—156页。

[4] 如"黑暗中有人伸出手指刮我的鼻子"，"飞越千山的大雁，羞于谈论自己"，"街上的花瓣，是否西施的碎指甲"等。参见西川：《山水无名》，黄山书社，2016年版，第22、33、37页。

二、山水思想回潮的原因

山水思想在20世纪屡屡回潮，其原因可以归纳为以下几个方面：

首先，国人普遍拥有古典文化教育和文化观念的积淀。

艺术史家发现，18世纪的英国游客在前往北威尔士或湖区时，对风景的想象和预期主要来自他们接受的文学教育和拥有的艺术素养。理想的风景被设定为如克劳德、杜埃和罗萨画作式的优美风光和地处偏远但安宁和乐的乡村牧歌世界。在当时，翻译引进的诗作和英国本土产生的诗歌作品——从德莱顿的维吉尔译诗到亚历山大·蒲柏的《田园诗集》(*PASTORALS*, 1709)，从安布罗斯·菲利普斯、约翰·盖伊到哥德斯密斯，普遍将乡村描述为提供着"黄金时代"[1]的想象、供人们逃避都市或宫廷复杂的生活压力的世外桃源。对于富有艺术修养的游客来说，没有什么比发现一片与艺术作品相似的风景能够产生最大的愉悦和激动了。马尔科姆·安德鲁斯对此感慨地说："文学教育成为了带进田野的额外又昂贵的智力装备。"[2]

不论是20世纪初还是今天，国人最初接受的语言文学教育都是古典文化典籍与古代诗词作品，因此，绝大多数国人对古代诗词的熟稔远远甚于对现代诗的了解。在很多人那里，古典文化教育塑造

---

1 "黄金时代"是赫西俄德在长诗《工作与时日》里提到的克罗诺斯时代。在正义女神狄刻（Dike）的统治下，人们过着神仙般无忧无虑的生活。罗马人笔下也出现了有关"黄金时代"的主题。奥维德就在《变形记》(*Metamorphoses*) 中赞扬了这种理想时代：没有压迫和法律，诚心与美德是准则。这样一个美好开端之后，人类开始堕落，黄金族依次被白银族、黄铜族和黑铁族所取代。黑铁族正对应着人类目前的状态。

2 〔英〕马尔科姆·安德鲁斯：《寻找如画美》，张箭飞、韦照周译，译林出版社，2014年版，第4页。

的审美感知和美学观念是绝对性和难以颠覆的:"采菊东篱下,悠然见南山"是淡泊美,"明月松间照,清泉石上流"是空灵美,"飞流直下三千尺,疑是银河落九天"是雄奇美,"孤舟蓑笠翁,独钓寒江雪"是荒寒美……一方面,古典文化教育使当代人特别青睐于符合古代山水思想的自然风景。那些符合古代山水诗词作品的风景能够带给人特别的愉悦。另一方面,现代诗人在写作新诗形式的风景诗时仍不免追求与传统山水诗相近的古典气质和意蕴,诗中常常复制古典山水诗的典型意象,如刘大白《秋晚的江上》中的"归巢的鸟儿""驮着斜阳""头白的芦苇",塞先艾《雨晨游龙潭》中的"青鸦""流泉""空山""树影"等……"文革"结束后,一部分热衷传统文化的诗人开始重返古典,这带来了山水诗的重新繁荣。

其次,山水思想的回潮与人们的怀旧心理有关。

古典文学教育背景容易使人们混淆文学与现实的差异,将古典文学展现的山水田园生活视为理想现实,进而希望能够重返"黄金时代",如刘立云的《在雁荡山想到写一封家书》:"比如说红叶题诗,比如说灞桥折柳/比如说山高水长,春天/骑一匹老马,嘚儿嘚儿去远方访友/然而不遇,然而朋友也去访友了"。与这个"从前慢"的时代相比,当代是乏善可陈甚至丑陋的非诗意时代:"一个个沦陷在机械的齿轮里,数字的深渊里/还人模狗样,自认为有多么高贵"。在陈先发的《与清风书》所描述的理想世界,"一个儒侠并举的中国"里,出现的意象和经验都是古典性的:含烟的村镇、细雨中的寺顶、河边抓虾的小孩、枝头长叹的鸟儿,总之,"一切,有着各安天命的和谐"。诗人对生活细节的想象完全契合古典诗歌作品："我"演旧戏，在小院煮茶，在松下摆棋局，而"我的老师采药去了"——这番描述与贾岛《寻隐者不遇》的意境完全重合。其他意象诸如枯荷、春风、凄凉鸟鸣等也都是古代诗的常见意象和场景，"起身／去看流水"，以及"离琴声更近一点"等举动也完全是古典性和文化性的。

再者，山水思想的再度流行也与经济发展催生的新的有闲阶级所持的保守主义心理和自我美誉意识有关。

美国社会批评家和经济学家凡勃伦（1857—1929）曾从经济制度和心理学角度分析人们的保守主义心理。从经济制度而言，保守主义的心理惯性与社会成员在"环境的拘束力之前的暴露程度"有关，因为富裕的有闲阶级"对于促进变化与调整的经济力量，就是处于这样的有所荫蔽的地位"，故而更愿意维持现状。（当然，把全部精力消耗在基本生活上的赤贫阶级也是"保守"的，因为他们没有更多的精力和机会考虑明天）；从心理学而言，"人们对于现有的思想习惯，除非是出于环境的压迫而不得不改变，一般总是要想无限期地坚持下去。……这就是社会惯性、心理惯性和保守主义因素。"[1]在我国，清末开始的文化经济制度改革，以及后来具有重要意义的新文化运动，其主要动力便是国外环境和势力带来的巨大压力。这种压力迫使当权者做出反应。而每当因战争等原因造成中西方经济文化交流的阻塞，这一压力时常放缓和减弱，各种复古主义遂开

---

1 〔美〕凡勃伦：《有闲阶级论：有关制度的经济研究》，蔡受百译，商务印书馆，2016年版，第150—151页。

始流行。1990年之后,市场经济的发展将一部分人擢升为富裕而有闲的阶级,个人可支配财富和时间增多,许多人走进自然风景,以洗涤俗世凡尘、消除心中块垒。这不仅加速了自然的商品化趋势,也在诗坛促进了山水诗的重新流行,并使当代诗歌出现了一类"新隐士"的特殊形象。从制度和经济方面而言,富裕而有闲的物质基础决定了某些诗人可以远离外来的压力并与山水自然保持亲密,但是写作中,大多诗人有意回避了这一基础性要素——因为它"非诗意",而仅仅呈现出非生产性的和仿古典的隐逸之趣。

近年出版的两本风景诗合集——王韵华主编的《中国当代风景诗选》(阳光出版社,2011年)和《诗刊》社编的《风景动了一下》(中国青年出版社,2017年)——中,相当多的诗人将风景视为安放身心的"理想国",在书写中努力接替古典性的气韵与情调,如:"文成美丽的山水／是天工造化万古流芳／滋润着温州人的身心／更让远方客人永远向往"(朱先树《文成山水》);"流年飞逝,如今的赤城湖／已然一幅绝美的山水画／满湖烟云,是淡淡的笔墨"(昌历《赤城湖》);"婉转 起伏 这幽妙的山水／是一个诗人的流放地／也是一个诗人的理想国／还是一个诗人／魂牵梦绕的故乡"(沉河《致桃源》)……这种流淌着古典山水思想基因的风景诗写作,因接续了中国古代山水诗传统,不仅被誉为具有古典性或中国性,还被赋予了缓解现代商业社会中人的心灵空虚焦虑等问题的期待。

人心之复杂向来不输于政治生态。自古以来,士子对"山水"的追慕中都不乏主动、刻意和别有用心。陈寅恪曾讽刺山涛、王戎之辈"早岁本崇尚自然，栖隐不仕，后忽变节……其内惭与否虽非所知"，但他们势必会凭借才智为自己寻求开脱和正名，以便"兼尊贵之达官与清高之名士于一身，而无所惭忌，既享朝端之富贵，仍存林下之风流，自古名利并收之实例，此其最著者也"。[1]在今天，这种名利兼收者仍不乏其人。山水林泉仍可作为装饰品，于口头纸端流溢，在满足当代诗人对古代风流的表面崇拜之时，为其收获诸多赞誉和声名。

与"儒侠并举"的古代中国相比，当代诗人的身份已发生整体性和本质性转变。从自我身份认同来说，传统士大夫和官吏往往胸怀兼济天下之宏愿，这种愿望在其执政和写诗作画中都能有所体现；今天的诗人拥有各种各样的身份和职业，当他们不能对自己的职业产生满足感和自豪感时，很容易将工作视为养家糊口的劳动和苦差事。这种身份转变无疑会影响到当代人看待山水的出发点和思维方式。可以说，今人走进山水，已普遍丧失古典时代士人所传达的公共性、讯息性和行动性意义，而仅仅是在为稻粱谋之余达到调节身心、缓解疲乏的目的。

第二节 当代风景的山水化书写

日本学者松冈正刚曾敏锐地指出，人们在现实中寻找幻想世界

---

[1] 陈寅恪：《陶渊明之思想与清谈之关系》//陈寅恪著，刘桂生、张步洲编：《陈寅恪学术文化随笔》，中国青年出版社，1996年版，第100—101页。

景象的理想和愿望,"是风景产生的一个标志"。[1]中国古代山水诗的诞生,便与南北朝时期贵族士子逃避恶劣的政治环境,以及追求理想世界的心理动机有关,因此往往表现为对模山范水和奇景山水的追求、制造和表现——因为只有模山范水才堪寄托诗人不堪同流合污的心志与趣味。所以说,模山范水不仅是山水诗的物质标准,还是一种理念象征。对于深陷工业、商业、城市和技术世界的当代人而言,理想的风景堪称当代避难所与精神乌托邦。

与古代相比,当代诗人即使出仕为官,所能达到的个人成就以及对国家政治产生的影响也与科举时代有着天壤之别。政治性身份的普遍丧失使当代诗人较少在诗中表达"兼济天下"的雄心壮志,却仍然热衷于走进山水和抒写山水。从审美心理和创作心理而言,对自然风景的喜爱出自人类的天性,这一点古今无别。从身份属性(以获取金钱为本质的工作和盈利手段)和写作目的而言,当代诗人仍需借山水表明心志并获得自我身份认同,只是对抗目标从古代的政事俗务变成了以工业生产、金钱文化和城市生活为代表的现代性问题。诗人将山水视作钢筋水泥构成的城市生活的慰藉、滋养和补偿,走进山水成为一场现代性仪式,一场偶尔做一下的美梦:"西塘,当我想到/明天清晨,必须向你道别/我就记起我游客的身份"(古筝《道别西塘》)。

受老庄思想影响,中国古人将自我与自然的交融合一作为最高

---

[1] 〔日〕松冈正刚:《山水思想——"负"的想象力》,韩立东译,中国友谊出版公司,2017年版,第206页。

的修身理想。石涛的说法颇具代表性:"山川与予神遇而迹化也,所以终归于大涤也。"[1]古代诗人和画家与山水自然的关系不是观察和模仿性的,而是互为胎骨、互相代言的"神遇"之交,诗人在山水之间产生的情志之变,是无形的"迹化"。这种古典思想至今塑造着当代人的心识与审美观念,使诗人有意延续古典山水意境和美学风格:将自然进行纯净化、秩序化的表现,赋予其形而上的意蕴,或进行泛宗教化和神秘化的表现,使自我走进自然(或者说被自然接纳)的过程,呈现为"化"和"涤"的过程——本节将之概括为"风景濯我""风景度我"和"风景诲我"等模式。

一、"风景濯我"与纯净化书写

作为隐逸避世意义的"山水"有很多近义词,譬如"山林":"隐士托山林,遁世以保真"(张华《招隐诗》);譬如"丘壑":"得意在丘中,安事愚与智"(张载《招隐诗》),"故人栖东山,自爱丘壑美"(李白《题元丹丘山居》)。但是比较起来,只有"山水"一词既有山之浑厚雄浑,又具水之灵动缥缈,因而颇具张力和意味。另外,"山水"不仅能和"山林""丘壑"一样形成一个场域和意境,还因有"水"而独具漱濯凡俗之功能和特效。郭熙曾言东南之地因地势低下,汇集而下的水流冲击使地表裸露显现——"以漱濯开露之所出"[2],这番地理描述同样适宜拿来作为文化隐喻和心理变

---

[1] [清]石涛著,周远斌点校:《苦瓜和尚画语录·山川章第八》,山东画报出版社,2007年版,第33页。
[2] [宋]郭熙:《林泉高致》,江苏凤凰文艺出版社,2015年版,第44页。

化：山水的濯洗使"我"的主体生存得以显现出来。古代诗人的相关表达较为含蓄，如李白的《梦游天姥吟留别》："谢公宿处今尚在，渌水荡漾清猿啼。"李白以山水之清净作为比兴，隐晦地表现出自我身心在自然中受到的涤荡。

今人所亲近的山水往往是人工化后的第二自然，是纯净宜人的美妙风景区，所以一般情况下，我们既无须像谢灵运那样遣使仆从开山辟林，也无须像柳宗元那样亲自体会"铲刈秽草，伐去恶木，烈火而焚之"（《钴鉧潭西小丘记》）的辛苦劳作。为了表现对尘世的拒斥，当代诗人有意在文本中追求对现实的逃离和对纯净山水的朝拜，这便造成了当代"山水诗"书写的特殊面貌——一种去除芜杂的语言生态主义和洁本式的纯净书写：

> 桃花潭还是自然天成的一个音箱
> 清晨百鸟啾啾，牛羊哞哞，人声渐起
> 黄昏，小溪从山间汇入青弋江的寂静
> 被对面渡江而来的小船的桨声划破……
> 余音未了，又一条鱼泼剌一声跃出水面
> 禽夜，终被纷纷坠落的桃花一一消音
>
> ——李少君《桃花潭》

古典教育和文化熏陶培育了我们什么是理想自然风景的审美意识——那些符合古典诗歌意境的山水：嘉木美竹，奇石冽泉，间有浮云流动、鸟鱼遨游……电视宣传片、明信片、广告等现代传媒也在深化和坚固着这一审美意识。在今天的诗歌或散文中，我们经常可以看到，写作者将自然风景描述为一个纯净无瑕的桃花源和美好宁静的乌托邦，以消除尘世的疲倦。虽然城市中人一般只能在周末或假期才有时间走进自然山水：

>借壶瓶山一日，依然可以发现
>自然之美，并未远离
>树木怡然生长，溪水长流
>石头间的苔藓和蕨类
>毫不晦涩地拓展着地盘
>
>——世宾《借壶瓶山一日》

"借壶瓶山一日"昭示了当代大多数人的日常状态——在城市中为稻粱谋，自然和由自然组成的风景遥不可及，只有摆脱生活，来到远方，才能获得美的享受。怀着这种意念，自然山水成为非尘世的天堂。纵然视野中出现具有生活性和经验性的意象，诗人也能通过"克劳德"式的镜片进行过滤和美化，从而获得安乐图景："群峰怀抱中的村庄、茶园／通过炊烟——／展现着一幅安乐的图景"（世宾《借壶瓶山一日》）。

在今天，对于生活于城市的人们而言，自然的显现稀缺而珍贵。这种珍贵或表现为时间上的稀少（"壶瓶山一日"），或表现为路途的遥迢："我是远道而来者，拍照，摄像"（髯子《绥阳：宽阔水》）。这两项因素都反向地表现着诗人朝拜风景的心意之坚和虔诚："绥阳的宽阔水库／你与我的目光成正比／我的眼界有多宽，你的美就有多宽／你与我的思想成反比——／此刻，我是浑浊的／而你是那么清澈"（髯子《绥阳：宽阔水》）。说到底，当代诗人的态度与古代诗人之厌人情和爱山水几近无别："君子之所以爱夫山水者，……丘园养素，所常处也；泉石啸傲，所常乐也；渔樵隐逸，所常适也；……尘嚣僵锁，此人情所常厌也……"[1]这种以风景濯洗我心的审美范式和情感逻辑在于：当代人居住于远离自然的城市，日常生活陷于熙熙攘攘为稻粱谋的苟且之中，只有摆脱卑俗不堪的生活，来到"远方"的山水之间，才能唤醒陷入沉睡的自然本性，获得诗意、美和心灵的洁净。

为了更明显地形成"风景濯我"范式，诗人常常将自然的纯净清澈与人世（特别是城市生活）的混杂污俗形成对比。诗人如身披尘世污垢的"浪子"，风景如纯洁无瑕的少女，抚慰"浪子"的沧桑，消除其俗世的疲倦："秦岭家族未成年的少女／朝露沾湿的手指／划向你的胸膛／深处／处女峡／我们是酒后的浪子"（佛手《老界岭》）；"就像记忆中故乡柴扉旁的少女／她脸上的红晕一下子将万物勃发的春天压了下去"（剑南《初见三角梅》）；"你沿着河水走了一段，／恍若被冲洗——一个城里人／被冲洗着身体里的沙砾、咒语"（高春林《外出》）；"水和石头在一起／如此贴切，如此简洁／／人的声音显得含混，啰唆"（莫非《龙潭沟》）；自然的通透和纯净，清除了诗人内心的杂芜，使其渴望"做一个简单的人"，"不窃听风云，而

---

[1] ［宋］郭熙：《林泉高致》，江苏凤凰文艺出版社，2015年版，第2页。

是腾空内心"，通过观景打开"身体里原本就有的开阔"（高春林《开阔》。自然美景的沐浴和审美愉悦转换为新的主体和新的语言，纯净的自然不仅构成了生命意义的源泉，还成为诗歌品质的保证："借壶瓶山一日，有一首诗／就要在白纸上诞生／这诗的语言就要重获生命／自然、回忆和喜悦在壶瓶山／再次赋予语言以血和气韵"（世宾《借壶瓶山一日》）；"龙潭沟的石头和水／依旧响着，比我的诗篇更亮更透彻"（莫非《龙潭沟》）……

可以说，当诗人走进山水，以流水灌洗世俗凡心，这水既为事实风景，更是一种观念象征："在绿树如茵的河畔／我入世太久的心／被一颗星迟到的美所击中／……／让喧嚣的城市在黑森林中隐没／让虚假的天使坠入地狱"（汪剑钊《鹳河抒情》）。对于诗人莫非而言，鹳河同样具有神奇的疗效："我们这些漂流的人／转眼成了河上的孩子∥……∥湿漉漉的人们／把一身清水穿在岸上"。作为自然意象的"清水"被漂流的诗人"穿在岸上"，隐喻着清洗行为的持久性和观念性——这是对肉身和内心的双重清洗，结果则是心灵的震动和苏醒："沉在心里的石头／突然间迸发"。经受山水清洗的诗人，轻松而自由，如同天空来回飞翔的鸟儿（莫非《鹳河漂流记》）。当瀑布从头顶倾泻而下，诗人泉子被水整个浇透时产生的感受也非恐惧和狼狈，而是对自我彻底汇入自然的愉悦："你终于发现你是这直立河流的一部分／是那从河面上溅落在岩石上的一滴水"（泉子《黄果树瀑布——赠江离》）。"水"不仅构成了纯净理念的象征，而且进一步化约了"旧我"，象征了"新我"：

焦躁的夏日
一听到珊溪这个名字
许多"高士隐居图"的古画
一页一页地从脑海里走来
……
这条溪水在我周身川流不息
我不再是我啦
没有庸俗的肉浑浊的血
没有苦思冥想殚精竭虑
我是溪中的水
奔流着，不需要任何形式的躲避

——商震《夜饮珊溪》

除了流水，自然界中可以提供感化作用的物象还有很多，比如清风、晨光、明月，都适合作为自然的代言人，因为它们普遍拥有存在的持久性，气质清爽，状态寂静，总之既具有恒定性又有如初生般的洁净，适合构建纯净清宁的氛围，进而度化诗人，使其"顿悟"并得到慰藉，如清晨初生般的纯净使事物"回到先前的明净感"（高春林《神农山诗篇·30》）；主体通过与山间风景的交融而纯净，摆脱了卑俗："山风粗砺，将城市令人讨厌的贪婪、算计／将无聊的哀愁猛烈吹出我们体外"（陈超《登山记》）。

当清风带走了流水，也带走了诗人的入世之心，使其回归到"没有理想"和"像草木一样安静"的自然状态（何三坡《山冈》),一个汇集了风、鸟、流水的山谷成了"灵魂翔飞之所"(江一郎《二龙山速写》)。将自然和尘俗对比,越发能显现它们在境界和格调上的高下分野——纯净悠然的自然世界是高级境界,世俗的经验的生活则是卑俗的泥淖。只有走进自然,才能使诗人(暂时)将现实抛开:"为了驱赶太多的黑暗,我们翻山越岭"(高春林《神农山诗篇·6》);"我们,抛开了涉世学,/抛开了每天我从龙山大道转入广场,/行政路的繁复、固锁、寒暄"(高春林《神农山诗篇·22》);诗人避世道如猛虎,恐人心如暗渠,近山水则如羁鸟归林鱼入池渊。将自然作为内心防护城的诗人还借神农氏之口训诫众生:"你记住了,我愿永远活在植物里,/为了没有饥饿、仇恨"(高春林《筑城人》)。山间纵有危难,与城市生活的险恶相比也不值一提:"危险与艰难还在山上绕着,但这已不同于/在城市被谎言、被欺诈、被背后捣乱/的危难。"(高春林《上山时间》)何况山间还有"筋骨草"为诗人补筋增骨。[1]

高春林为神农山写下了大量诗篇并结集为《神农山诗篇》(长江文艺出版社,2017年)出版。他视神农山为"一首最具神性的诗"。神农山的自然风景以及有关神农氏的种种神话传说,使诗人相信有关该山的表达"包含着与历史的沟通以及对自然的神化"。[2]与城市的远离,丰富的传说,使神农山呈现为"上升的风景",呈托着澄

---

[1] 高春林在《神农山诗篇》《草药》《神农山纪事》等多首诗歌中提及该草,明显出于对该名所隐喻含义的青睐和借用。

[2] 高春林:《诗,最根本是通向明澈之境——〈神农山诗篇〉写作札记》,载高春林《神农山诗篇》,长江文艺出版社,2017年版,第123—124页。

明的"未来":"远离拥挤的城街、谎言、新一轮雾霾,/疲惫真的在消散。这里不必再祈祷一个未来。"……"当我看见了这上升的风景,我就明白了/反复给予我的好像就是确信的未来"(《神农山纪事》)……

在张伟锋的诗集《山水引》中,《江水引》《山中的河流》《樱花的色泽》《山野之趣》《去云雾间》等诗也在反复陈述诗人抛离尘俗,迎奉青山流水洗涤、消融和引领己身的意愿:"流水磨洗石头。去除泥土/去除锋利。我的守着我的心/在孤独处悲凉"(《流水引》);"我们只好起身去向山野/向野花、野草、白露水请教/接受它们富有魔力的指引和祷辞"(《随心词》)……但丁和歌德曾经献给"永恒的女性"的赞词[1],今天的诗人更乐于献给纯净的自然:"我亲爱的朋友们/你们真好,指引着我/去向自然,去向永恒。那空旷和寂静/那干净和纯洁,那自由和闲适……"(《自然之心》)

为实现自我和风景相融相洽,诗人愿意将自我折叠为某种自然物,容纳进风景,进而实现"生命的飞跃":"我愿做西峡的一块石头/安在旷野的龙潭沟/构成一件后现代的雕塑"(飞沙《我愿做西峡的一块石头》);"选择成仙/还是成为化石/留下千古不变的寓言/我选择了化石/点缀着龙潭沟的风景/与龙一样/我已经以另一种方式/完成了对生命的飞跃"(林童《鲤鱼跳龙门》)……这种转换可以帮助诗人获得内部视角。在《双龙镇》中,诗人森子通

---

[1] 《浮士德》最后,"神秘的合唱"中写道:"永恒的女性,领我们飞升。"参见〔德〕歌德:《浮士德》,钱春绮译,上海译文出版社,2013年版,第632页。

过将蘑菇同音化处理为"姑姑",亲昵而谦逊地将自己视作她们的"侄子",从而获得血缘上的联系;诗人华万里在观看襄樊野花谷时想象自己也"浑身花开","香了起来",野花也就变成诗人的"亲兄弟,亲姊妹"(华万里《野花谷》);独立于汉水湾水边的一只白鹭令诗人李圣强认为它或许像自己一样第一次来到这片水域(李圣强《汉水湾的一只白鹭》)……

生活在城市中的当代人普遍怀有对美好他处的憧憬。我们走进纯净山水作短暂休息,而后不得不回返日常生活之中。这是多数人需要承认的事实:山水已不能作为常居之所,而至多是现实之外的度假之地。早在唐代,柳宗元就曾坦言山水间的清冷和不宜居:"坐潭上,四面竹树环合,寂寥无人,凄神寒骨,悄怆幽邃。以其境过清,不可久居,乃记之而去。"(《至小丘西小石潭记》)古人尚且如此,何况今人?对山水浅尝辄止的当代人,将"风景"佩系于腰间,如同一条闪光的腰带。而山水的作用也往往在此。人们借山间一日释放心中的渴望和需求,而后返回自己的所居之地和宜居之所——即被诗人鄙夷的城市。因为纯山净水排斥现实经验,难以与喧嚣尘世相容,更难以形成彼此生长的良性友好关系。它们只能处于此消彼长的互斥状态。从这个角度看,以山水风景濯洗我心的当代诗人,不免有将自然消遣化和消费化的危险。

二、"风景诲我"与理念化书写

自先秦时期开始,"道法自然"的宇宙观和自然观就逐渐形成。以老庄哲学为代表,中国古人普遍相信自然的运行自有其规律和规则。这种观念结合诗教传统，使得中国古人普遍信奉自然山水的教化作用。这是一种超越了道德训诫的力量——因为它将抽象的"道"变得具体而可感。如宗炳的《画山水序》言"山水以形媚道"[1]，"媚"字何其精绝，将山水对"道"的显现方式形容得摇曳和生机勃勃。

经过一个多世纪的祛魅，自然在今天已普遍降低为科学认识的对象和工商业开发的资源，但是传统的"自然有道"观念仍然在很多诗人心中发挥着指导性和规定性的影响。"道"或转换为"灵魂""精神"等概念，然而其功能未变，依然具有启示和教化人心的能力和品格。信奉"自然有道"的诗人，通常有意无意地在诗歌中建构一种"自然诲我"的审美关系。当代诗人不仅想为自然复魅，更要重新赋予自然以至高无上的权威，恢复其为世界立法、为自我提供教化和启示之源的神圣地位。很明显，模山范水更适宜表达这种理念，因为高耸的山和宽阔的河流更易被形而上为精神的高与深："只有巨峰山耸立着／它的下面是众生　上面是过眼云烟／和深不可测的天空"（大解《巨峰山》）。

对自然风景的顶礼膜拜，不仅属于观念的复古，也是对现代语境中自然命运的抗议。诗人试图表明，自然风景仍拥有自足自在开显的风度，蕴藏着宇宙运行的天机和真理："白云浮动，有最深沉的技艺"（陈先发《白云浮动》）；"而要了解任何一滴水，／须得穷尽群峰的秘密"（胡弦《大娄山观瀑》）。自然拥有对信仰和道义的敏

1　［南朝宋］宗炳、王微著，陈传席译解：《画山水序　叙画》，人民美术出版社，1985年版，第1页。

感:"我一向认为植物有人的眼睛／它们的信仰从种子开始,它们选择／或拒绝一个有恶的地方"(高春林《神农山纪事》),还富有"一种远古的自尊"和"自足"(高春林《在鸭河半岛》);自然的存在闪现着"洪荒的秩序"和神秘的和谐,诗人步入其间便是融进了一种"伟大的秩序"和"亘古恒定的呈示里"(韩文戈《在一种伟大的秩序与劳作中》);自然万物"自洽自足,自成秩序",产生着"道德"(李少君《玉蟾宫前》);一只白鹤的飞升也象征着人类与天空各居其所各安其在的秩序(李少君《鄱阳湖边》)……总之,静默、和谐的自然世界践行着神秘的"道",暗含着神圣的规则与秩序。

《在净月潭》一诗中,诗人龚学敏一连使用了数个"我要……",以训诫的话语形式,以浓重的超验性和强烈意志混合自然的散漫与随性,糅出一种秩序的强力和神秘的氛围:"我要你们供奉她""我要你们听见她在水中,绕树而行的歌声""我要五月下雨""我要你们净"……这种酿造神秘氛围和话语效果的写作方式,一般不诉诸经验的细节和主体性抒情,不免有与经验无涉、抽象空洞等弊病。然而,它就像一种副作用强烈但具有速效的药丸,一直流通于诗歌写作市场。当诗人想塑造一种先验性的神圣气氛时,以超验性的口气进行宣告貌似是一种捷径:"道在万物之中／在每一种卑微的事物之中／它支撑起,并维系着我们头顶的天空、太阳的起落／……／是的,道在万物之中"(泉子《道在万物之中》)。泉子的观念道白使用了若干以自然意象为主角的场景铺陈和抒情性的排比句式,并且在末尾展示了一个明亮的展望性的画面。

因为"道在万物之中",所有的存在也就能够被理解为合理的。

在看到一只小鸟啄食一些黄色小花时,诗人也将其视作"秘密规则的执行者"。诗人放弃了自己的道德评价和干涉,"没有理由去颂扬或指责它们中的任何一个",而相信冲突双方及其存在样态各有其理(泉子《秘密规则的执行者》)。基于这一理念,诗人愿意走向自然,向自然学习,并视其为"必要的":"向一面湖水学习辽阔是必要的/就像我们应当向大海学习宁静的法则一样"(泉子《我愿意赞美大海的宁静》)。诗人的意志已经超越审美眼光的发现和偏爱,而是出于心灵深处对某种信念的践行与相信。因为相信,泉子笔下经常出现对可知世界做出判断性的句式,如"不,不是黑暗/恰恰是光为我们构筑出这个世界的深渊"(《不是黑暗》)。他也多次宣告,是自然的培育塑造了今日之"我":"我是在江南的持续教育,/以及二十年如一日地与西湖朝夕相处中/得以与今日之我相遇的。"(《教育》)

泉子常年生活在杭州,写下了大量有关西湖和孤山的诗作。他眼中的风景多是彰显世界存在理念的灵物。譬如在《伟大的至善》一诗中,他罗列自己看见的数个西湖物象的倒影:孤山、云亭、林社、逸云寄庐、细长的堤岸、西泠桥……以确认自己对世界的认识和判断:"你才知道,这个世界依然是完整的"。对观念和意图表达的强调,使诗人并不看重亲近自然的细节经验,而主要侧重于自然物象所负载的文化象征意义。

三、"风景度我"与宗教化书写

中国山水诗诞生伊始,佛教已传入中土。及至摩诘居士,引禅佛意象和意境入诗画之法已经十分娴熟,因此王维有"诗佛"之称,其山水画也为后世推崇为"南宗"之祖。当代绝大多数诗人在生活经验层面与隐逸、归隐无干,但仍热衷于在语言层面师法王维,从而完成象征意义上的隐逸和超脱。

为赋予风景以泛宗教化的呈现,表达自我超脱凡尘的心愿,诗人常见的做法是在自然意象中使用宗教意象或宗教语词,从观山赏水中感悟隐逸之乐,从拜谒寺观中获得灵魂更新的想象。也有诗人为表达对隐居生活的向往,以"隐士"自居,或将隐逸之趣化作自我日常修身的练习。

将与宗教有关的意象和修辞融入自然描写和主体感悟中,有助于为风景增加顿悟色彩和形而上的神秘气息。譬如在李少君的短诗《朝圣》《偈语》中,有"海边寺庙"的意象以及鸟儿"皈依白云深处"、鸟啼"如念偈语"等描述,使诗歌显现出带有禅佛性质的意境,诗人将对风景的欣赏也随之升华为信徒对宗教奥义的领受。此外,李少君的《咏三清山》《西山如隐》《云国》《南山吟》等诗歌也属于此种类型,如:"我在一棵菩提树下打坐 / 看见山,看见天,看见海 / 看见绿,看见白,看见蓝 / 全在一个大境界里"(《南山吟》)。在南山中,诗人拒绝将自己作为一个普通游客,而化身为山中访道的虔诚信徒,进而将山、天、海、绿、白、蓝等自然意象与色彩转化为禅佛之境。

事实上,当代多数诗人并不像王维那样于日常生活中参禅礼佛、学庄信道,这种与经验无法对接的书写不免令人生疑。在古代山水画中,寺庙、道观等宗教场所的出现往往有点缀和装饰功能,王维《山水诀》中就有"回抱处,僧舍可安。水陆边,人家可置","名山寺观,雅称奇杉衬楼阁"等等。我们有理由推测,当代诗人在诗歌中使用宗教意象同样不乏点缀和装饰的考虑,以使作品更接近古代山水思想和意趣:

> 鹿门山终日打坐,满山的竹子都是信徒
> 山石垂默,溪水诵经
> 鹿门山终日端坐
> 一个硕大的象形文字
> 在一幅山水画里,安居
> ——韩簌簌《鹿门山:在一幅山水画里》

如果诗人身处佛寺,此类造境方式和抒情途径就更为方便,如韩玉光的《楼烦寺》:"这一片宁静的古刹似乎比东晋更加宁静/花草铺设的小路上,只有我一个人/与清风注视着落日"……然后诗人的目光随着单薄的余晖依次照拂了寺庙的琉璃瓦、安静的禅房、说法的禅师,最终来到我们熟悉的意象"水":"一溪清水,独自拒绝了尘埃/如同眼前的深井,水深,水蓝",至此宗教氛围得到了最清晰的显现。最终,诗人说出了他受度化之后的意志和选择:"我愿意/将心中的念想沉入井底/愿意独自在这儿坐着,像一个佛前的童子。"

走进宗教寺院获得顿悟的诗歌不胜枚举,如翟永明《枯山水》:"我坐在白砂石的侧面 记得山水/也记得杳无人迹的古泉/寺庙被天下僧众所占/要把我心变成莲花数瓣 只消点一炷香"。谷禾的《燃灯寺》更为明显地对比了参佛者的前后心态变化。跪拜之前的"他"负荷沉重,而在"他深深跪拜的瞬间,打坐的笑佛/真的动了一下"。在这个神秘难解(也难以寻求经验支撑)的细节之后,求佛之人犹如顿悟,变得轻松而坚定:"是的/只要心是静的,落下的尘埃/必将被淙淙的清流带走,当诵经的禅诗/拂开眼前的雾霭,一块巨石砸下/我也会安静地迎上前去……"

自古以来,佛寺名刹多建于山水形胜风景优美之处,殿堂塔楼伴以古木花草,引人入胜,陶养身心。南朝以后,特别是盛唐之后,钟爱山林的诗人多具有参禅学佛求道的学理和生活经验,因此,在古典诗歌中,自然山水、禅佛意象和诗人气质的契合显得相得益彰。在今天,寺庙常常作为旅游景点吸引着大量游人前往——因为名声与自然审美兼备。当代涉及寺庙的诗歌,常以宗教启示杂糅优美静谧风景,建构启示性的宗教气氛,显示自我蒙受自然和宗教的双重情感刺激。不过,以工业文明和商业文明支撑的现代社会在整体氛围上丧失了儒释道交融的环境,诗人个体大多也不再具备文人、士大夫、参禅礼佛者等多重身份,因此,轻易将观赏性的山水与佛道主题结合起来,所产生的诗意效果可能不是淡泊超脱,而是将山水指向景观化和姿态性的文化观念。

《庄子·让王》曾言:"身在江海之上,心居乎魏阙之下。"[1]对于当代诗人而言,可谓是身在城市宦海,心居山水林泉。当偶尔光顾寺庙不足以表示自我的隐逸之志时,诗人会在诗歌中表示愿意抛却凡俗,成为一种隐居的出家人。与该形象搭配的环境,一般是"自

---

[1] 方勇译注:《庄子》,中华书局,2010年版,第496页。

然风景+宗教景观"。相比于清雅的"山水",空寂无人的寺庙更能寄托诗人的旨趣:远离尘世喧嚣、名利纠葛,乃至取缔时间的运行,遁迹于无人所识之地,寂然无声,断绝与世界的联系,甚至取消时间。当然,这一切都是发生于诗人的"理想"之中。诗人所排斥的尘世俗务,相比于起魏晋文人承受的朝不保夕的恐惧感,仍然显得太轻了。世俗纷扰的确令人厌弃,但还不足以令大多数诗人决然抛下城市生活与社会关系。不论是哪个时代,隐匿荒野所需要的勇气都超过一般人的心理准备和承受限度。

回到山水诗诞生的魏晋南北朝时期,名流士子所追慕的隐世之所已经与汉代荒野(如《招隐士》中)有着天壤之别了:首先要安全舒适,二则要雅致宁静。此间山水需有意规避除自然和诗人之外的其他因素。换句话说,去人化,是古代山水诗和山水画的常见构型,即满目皆自然,唯独不见人。即便有人出没,也只能是极少的人,如具有原初性意味的孩童,或具有文化性和古典性的渔樵耕读。只有这类人,并且以孤单的形式出场,才能与自然相得益彰:"烈日下,光屁股孩子在溪水中嬉闹/一个机灵漂亮的女孩笑叫着跑过。/哦,你的美永在!由无瑕的少年相传!"(雷武铃《去西江》)李少君的诗歌中也常见此类设置,如《南山吟》中只有"我"和南山,在《玉蟾宫前》中,诗人也"没有看到人",而是在自然万物中看到了圆融的秩序和"道德",在《咏三清山》中出现的是特殊意义的符号:"书生、剑客、渔人、樵夫"或"寻药客、狩猎者、浣衣女、采莲妹",因为他们是"侠与道的传承人"和"善与美的守护者"。

当"隐于小岛荒洲,藏身草野芦丛"(李少君《站在大海边》)

的旨趣难以现实化,诗人退而将自我的日常生活作为修身养性的修行,这种日常隐逸化的书写为当代诗坛奉献了一种所谓的"新隐士"的形象,如李少君《隐居》:"晨起三件事:/推窗纳鸟鸣,浇花闻芳香/庭前洒水扫落叶//然后,穿越青草地去买菜/归来小亭读闲书//间以,洗衣以作休闲/打坐以作调息//旁看娇妻小烹调/夜晚,井边沐浴以净身/园中小立仰看月"。

白居易曾在《池上竹下作》等诗中不厌其烦地叙述琐屑的生活细节,将"食饱""新睡"等俗事融于"池上""住下"等雅趣之间。李少君的《隐居》在内容和形式上都与白乐天相似:将"洗衣"的俗务和"看娇妻小烹调"的雅趣融合于鸟鸣花香之间。读闲书、打坐调息、沐浴净身、仰立看月,李少君像古代居士一样过着庭园修养心性的闲适生活,俨然"不知身在嚣尘中也"[1]。在句式上,《隐居》使用的也多是古代绝句和律诗惯用的五字和七字形式。

细究的话,从现实层面和生活逻辑来说,不论是在盛唐还是在今天,能够居住于"推窗纳鸟鸣,浇花闻芳香"之所,除了客观自然环境的允许,更需要经济上的支撑,特别是以城市为主要居住地的今天,想要兼顾生活便利与自然之趣需要强大的经济基础。然而一首追崇隐逸意趣的诗歌怎能出现经济这么庸俗的元素呢?所以除了"买菜"之外,《隐居》的全部内容都与经济无关,并且仅此一项也被诗人最大限度地自然化和诗意化了:"穿越青草地去买菜"。诗人对真

---

[1] [宋]邓椿《画继》//[宋]邓椿著;[元]庄肃著:《画继 画继补遗》,人民美术出版社,2016年版,第62页。

实生活中非诗意元素的有意规避，还可见于《隐士》《自道》等诗中。

当名山大川多被圈起来作为风景旅游区，寺庙成为收取门票的景点，"空山不见人"成为小概率事件。李少君在佛山便遭遇到游人如织人声鼎沸的场景："我们在山上的小茶馆里喝茶、聊天、听黄梅戏／另一群人则在宾馆里饮酒、打牌、讲黄段子／在这非人间的世外桃源的佛山上／商店、发廊与喧哗、叫卖一应俱全"（李少君《佛山》）。在我们的古典文化教育中，与山水相搭配的组合风景是"小茶馆"，是二三好友"喝茶、聊天、听黄梅戏"等清逸高雅之事；现代化的"宾馆"和馆内"饮酒、打牌、讲黄段子"等鄙俗事物是"山水"整体意境的破坏者和侵入者，"商店、发廊与喧哗、叫卖"等消费主义的幽灵更属于卑俗的经济行为。但是在《桃花潭》《南山吟》《咏三清山》《春寒》《珞珈山的鸟鸣》等诗中，李少君笔下的自然均呈现为纯净化和古典化的清幽宁谧之境，这种写作倾向为其赢得了"自然诗人"的美誉[1]。在文化观念上持自然中心主义态度的诗人往往表现出对城市和现代性经验的反对和拒斥，特别是那些被认为"不美"的东西。诗人描写青山绿水，青睐各种薄雾、雾霭等疑似古典山水画的东西，但一般不触及"雾霾"这个更为日常性的经验，因为后者无法轻易转化为诗人所习惯操作的审美公式和诗学理念。

当诗人以规避机制作用于山中乱象，山顶的一烛灯火即刻便湮灭了宾馆的黄段子和发廊的喧哗："但半夜我们走到大悲寺时／抬头

---

[1] 如易彬《"自然诗人"李少君》（载《文艺争鸣》，2010年第3期）；张立群《"自然"诗人及其"现代"实践——论李少君的诗》（载《扬子江评论》，2010年第6期）；徐晗溪《"自然诗人"李少君》（载《海南日报》，2017年7月3日第B04版）等。

看见山顶有灯，一灯可燃千灯明／那一瞬间，我们全都驻足，屏气息声／每个人心中的那盏灯也都被依次点燃"（李少君《佛山》）。

在诗歌《新隐士》中，李少君借"新隐士"这一理想形象表达了自己的价值理念，以及面对"世界伤口"所采用的医治之策。在诗人看来，面对世界的伤口，某种做法将是雪上加霜。诗人虽未言明何种做法正确，答案却非常明显，那就是回到内心，寻求"灵魂自治"以应对外界芜杂："我会日复一日自我修炼／最终做一个内心的国王／一个灵魂的自治者"（李少君《自白》）。此时此刻，风景彻底成为乌托邦。

第三节　当代语境中的古典意趣

将传统山水思想奉为至高理念的当代诗人，往往秉持古典化的写作立场。李少君曾撰文论及中西诗歌"在根本上"的分野：西方诗学，尤其是现代主义，强调"对抗""个体"，而中国传统诗学更多强调"超越"与"和谐"。基于中西方在历史和社会背景上的差异，李少君认为，自然山水对于当代中国诗人仍然拥有宗教般的价值和指导性意义："自然是庙堂，大地是道场，山水是导师，而诗歌就是宗教。"[1] 杨键也坦言，其画山水是"想画出中国人的桃花源"，写诗同样是为了"在山水里寻找一条回家之路"。[2] 对古典山水精神和理想化空间的思慕，使当代诗人倾向于将自然风景表现得古典化、神圣化、模

---

[1] 李少君：《李少君自选集》，长江文艺出版社，2011年版，第122—124页。
[2] 杨键：《山水是一条回家的路——二〇一四年在台湾国际诗歌节上的讲演》//《学问·中华文艺复兴论6》，花城出版社，第141页。

山范水化和乌托邦化；为追求所谓的汉语的"民族性"，诗人们有意无意沿袭古典意象，竭力与古代文化情调保持一致，刻意与全球化的现代性经验拉开距离。若所涉风景曾为古代名人所驻足和体悟，当代诗人可能甘愿放弃自己的观察，仅做古人的追随者和转述者。不得不说，这样的写作十分危险，它过于强化中西差距，而忽略了中国古今经验的巨大差异，同时忽视了当下经验的个人性和独特性。

一、古典意象沿用与文化想象

贡布里希曾言，在能够"复现"现实之前，艺术家和作家"需要一套继承来的词汇"。[1]18世纪的英国人往往使用古罗马田园牧歌或17世纪的克劳德和萨尔瓦多·罗萨的绘画来赞美本土风景；源于古典山水文化强大的覆盖力和影响力，21世纪的中国诗人在描写风景时，则会有意无意地使用陶渊明和王维诗中的惯常意象和造境方式赞美眼前的自然，并尽力营造与古典山水诗画相似的气氛和情调——因为这样的风景类型最能令国人感到审美满足和陶醉。

李少君那则有关辍笔十年突然重启写作的故事曾为众多评论家津津乐道：诗人2006年在黄山开会，宿于新安江边的旅馆，夜晚出来散步，恰逢烟雨蒙蒙，江水显得格外宽阔。诗人心中一动，看着细雨展开了联想："要是几百年前，这里该是一个村庄，河流流到这里，村庄该有一个码头，古时叫渡口。"如此一番遐想催生了一首名为《河

---

1 〔英〕马尔科姆·安德鲁斯：《寻找如画美：英国的风景美学与旅游，1760—1800》，张箭飞、韦照周译，译林出版社，2014年版，第3页。

流与村庄》的诗歌。诗人之后"一发不可收拾,写了很多"。对于这段戏剧性的写作史开端,李少君多次表示:"这是天意,……我的诗歌乃是神赐,冥冥中,乃是伟大的自然和诗歌传统给了我灵感,是自然的回音,传统的余响,是我内心的感悟与致敬使我重新写作。"[1]

从诗人的自述中可以得知,《河流与村庄》主要出自诗人的文学记忆和联想:河流、渡口、村庄、酒楼、小店铺这些意象,不仅是对中国古代山水田园诗的呼应,也与数百年前诞生于新安江畔的山水画派"新安画派"颇为相映。可以说,这首诗的写作与诗人的实际观看经验几乎无涉——那至多是充当了一个由头,就像那阵轻风,吹皱了诗人胸中古典文化宝藏的一江春水。

在一首有关观看的诗歌中,"眺望"这一视觉行为也变成了对送别文化的回望:

眺望,可以是码头
白帆消失的长江尽头
久久伫立的船头身影
长风浩荡一路送行

眺望,可以是车站
列车通往的远方
窗口挥舞的一方纱巾

---

[1] 李少君:《李少君自选集》,长江文艺出版社,2011年版,第121—122页。

以及一双深不见底的泪眼

——李少君《眺望》

诗人罗列性地排出"码头""白帆""身影""车站"等一系列送别意象,以及因送别而产生的情绪意象:"一双深不见底的泪眼"。这"深"既是思念之深,也是中国古代送别文化的渊源之深。我们从中可以看到李白的《送孟浩然之广陵》和《赠汪伦》,也可以看到王维的《送元二使安西》和《送沈子归江东》……只不过,诗人将古代的"渡口"改作了现代的"车站"而已。接着,诗人将"眺望"指向了更具乡愁性质的故乡:"眺望,可以是山顶／一行大雁指引的方向／一缕炊烟升起的地方／一段家书描述的故乡"。送别和去乡是中国古诗词中最常出现的主题之一,"大雁""炊烟"和"家书"则是其中频繁出现的意象。可以说,诗人的"眺望"不是站在某座具体的山下仰望山顶,而是坐在现代化的书房里仰望整套唐诗宋词。

日本评论家柄谷行人曾感慨道:"在山水画那里,画家观察的不是'事物',而是某种先验的概念。同样说来,源实朝也好,松尾芭蕉也好,他们并没有看到'风景'。对于他们来说,风景不过是语言,是过去的文学。……看似'描写'的东西亦非'描写'。"[1]在李少君的多数诗歌中,诗人所"眺望"的也非事实风景,而是古代文学的典型意象和意境:"眺望,当然也可以是眺望本身／流水能流

---

[1] 〔日〕柄谷行人:《日本现代文学的起源》,赵京华译,生活·读书·新知三联书店,2003年版,第11页。

多远,眺望就可以有多远/思念能保持多久,眺望就会有多久/历史一样地眺望,在宜宾/这是眺望的源头,这里的眺望/长江一样长,长江一样远/长江一样悠久……"(《眺望》)

不论是白居易的"汴水流、泗水流"(《长相思》),还是李之仪的"共饮长江水"(《卜算子·我住长江头》),以江水源源隐喻情意绵长是古代诗词常用的手法。在一个当代诗人的文本中,当眺望的实际对象完全缺席,诗人的"眺望"不免地沦为一种文化姿态。诗人在诗歌末尾对"眺望"进行的看似本体性的分析,也因仰仗"长江"这一典型意象而继续沉溺于历史的长河。

中国古代山水诗对意象的选择具有明显的优化性和典型性。在酿造理想意境之余,意象同时担任着诗人品格对应物的功能。微风、浮云、青山、流水、烟霞、嘉木等意象,在物质形态上具有非功利的审美优势,又经无数诗人锤炼、沉淀、歌颂和赞美,已成为一个个附着顽固审美苔藓的"不明物体"。当代诗人对它们简单组合排列即可轻易生成熟悉的诗意,譬如幽静、淡泊、悠远、优美,与此同时,也极易落入旧调重弹的危险。若不能写出自己看到的那座独特的山,听到的那条特殊的溪流,所谓的当代诗歌不过是与古同质而已。如同一个盆景或一座假山园林,看似"艺术"和诗意,却与真实的自然世界和当代经验相距遥远。

然而,因为古代山水意境的经典地位,不少当代诗人依然将其奉为艺术典范——不仅是致敬对象,而且是模仿对象。秉持这种观念的诗人往往对现代性经验和当代艺术持鄙视和不信任的态度,而将趋古视为写作本土化和民族化的出路。杨键曾诘问道:"为什么我们现在连唐代的一只手、宋代的一座山、元代的一棵树都画不出来了？"他随后列举了艺术的典范和标准：绘画作品为顾恺之的《洛神赋图》、范宽的《溪山旅行图》、黄公望的《九峰雪霁图》等，诗文为陶渊明的《归去来兮》《桃花源记》和庾信的《哀江南赋》，音乐则是《高山流水》……杨键表示，当代艺术之所以落后于传统经典艺术，是因为"我们没有山水生活"，我们的心"不再是空的"，从而"难通于"眼睛、手、柳树、山水、语言和琴音。诗人自嘲为"一个没有山水的山水诗人"。其"非常愿意过山水生活的"[1]的诉求也是当代诸多诗人的共同理想。有此愿望的诗人尤其钟爱那些在古典文化中有脉络可循的风景样式，喜欢在观看和书写时展开对古代文化的联想，以及对文化典故的转引：

> 雨夜，在白堤眺望华灯初上的宝石山，
> 我突然获得一双黄宾虹的眼睛，
> 一种无爱亦无恨的看与深情：
> 那繁华落尽后的澄澈，
> 那干枯深处的浑厚华滋，
> 那孤独中的虽存已殁，
> 那绝望中的丰腴与满盈。
>
> ——泉子《虽存已殁》

---

[1] 杨键：《山水是一条回家的路——二〇一四年在台湾国际诗歌节上的讲演》//《学问·中华文艺复兴论6》，花城出版社，2017年10月，第150页。

第四章 "模山范水"与文化想象　　191

在诗中,泉子在杭州西子湖畔观看雨景时发觉自己突然获得了一双"黄宾虹的眼睛"。这当然是一个戏剧化的说法。事实上,是黄宾虹的水墨山水相似于此刻风景,并从诗人的脑海中泛现出来。诗人随后对宝石山风景不吝形容词的描述,更像是对黄氏山水画的赞美:澄澈、浑厚华滋、丰腴与满盈……在诗歌《不知从何时起》中,泉子再次写道:"不知从何时起,我看到华灯初上的宝石山,／就会想起黄宾虹的画",这种联想令这位"凝望者"感到"深深的慰藉"。因自我所处氛围与古代山水画相似,诗人恍若退回到了古画中:"风把一池的水吹皱之后,岸便移动起来。／你终于成为倪云林笔下那个面目不再被世人所辨识的舫公"(泉子《舫公——赠祝铮鸣》)……这些正是古代山水诗和山水画所推崇的言外之境。诗人的审美愉悦和幸福感来自于,此刻所见是曾长久流传于经典文本中的理想形式。它们也曾为多年前的黄宾虹所见,为倪云林所见,为宋代郭熙和更久远的屈子所见(泉子《麦积山》《青山》)。因而,观看的关键不在于此刻风景的动态,而在于是否能借得古人的视角和风骨:

　　这是孤山的最高处了,
　　或许,这还意味着所有的前方都是一条向下的道路,
　　如果你不曾借得林和靖的白鹤,
　　如果你不曾与东坡居士分享这尘世的绝望与孤独。
　　　　　　　　　　　　——泉子《领要阁》

很明显,这里的"高"与"下"更多是文化和精神意义上的。

当古代文化经典成为代表真理的永恒"理式",对"理式"的致敬和模仿——构造类似的古典境界,便成为当代诗人的重要任务。换句话说,描摹当下的风景形态不足为要。因此我们常能看到,诗人如何偏爱形容词铺陈以抒其情,却疏于细节描述以显其态。因为诗人相信,书写自然风景的要义在于显现永恒的理念,传递经典文化情怀,而非表述当下的经验细节:

> 我总是遇见苏东坡
> 在杭州,在惠州,在眉州,在儋州
> 天涯孤旅途中,我们曾相互慰藉
> 这次,在黄州,赤壁之下,你我月夜泛舟高歌
> ——李少君《我总是遇见苏东坡》

对苏东坡的流放路线的勾勒,对其文学化形象的美好想象("月夜泛舟高歌"),明显来自阅读获得的二手经验。因为相似的古典文化背景,作为读者的我们,在阅读类似作品时会条件反射式地将"孤旅""月夜""泛舟"等古典意象转变为对古典诗情画意的回想,对古典气韵如疏淡、隐逸、逍遥、清雅的沉浸,进而获得预期的审美满足。当代诗人对古今时空同一性和经验重叠性的强调,以及对当下经验的忽视,都能说明他并不在意是否看见了今夜的月亮,是否真的泛舟湖上,而在意是否能够抒发当下经验的历史感、神秘感和文化性。诗人所追求的,是能够"从心中取出"对古典文艺教育的记忆(泉子《保俶塔从来不是被我看见的》),以印证永恒的理念和审

美范式：

> 在月光的映照下，我看见了松树的枝干，
> 那些古人曾以画笔在泛黄的宣纸上凝固的浑厚与苍凉。
> 而它曾作为一种虚构的美，一种被创造与发明出的真实，
> 一种人世注定永远无法企及的至善。
> ——泉子《一种人世注定永远无法企及的至善》

　　诗人于月下观松，却没有描绘松的姿态，而主要渲染自我对最高理念（"至善"）的向往。这种理念表现为古典审美范式：宣纸上的古代文人画。今夜月光的映照不过是对古典气氛的呼应。可以发现，泉子在这首诗中设置了三个等级范畴：第一等级也是最高范畴，就是"道""理"和人类无法企及的"至善"；第二等级范畴是试图对第一等级范畴进行模仿和显现的古代绘画；诗人眼前真实的风景"松树的枝干"则是对第二等级范畴形成回应的第三等级范畴。

　　值得注意的是，诗人对第二范畴的古画也没有进行具体描述，而是用形容词从精神层面概括了它。这种理念的出场方式颇为符合古代绘画和诗。郭熙曾在论及绘画技巧时言："学画竹者，取一枝竹，因月夜照其影于素壁之上，则竹之真形出矣。"[1] 古代山水画家认为，整体之形更能显现"道"的存在，因此可谓"真形"。"真形"

1　[宋] 郭熙：《林泉高致》，江苏凤凰文艺出版社，2015年版，第34页。

与形象之真无关，也就是与看见无关，而与其"气韵生动"[1]并显现"常理"的能力有关："画见其大象，而不为斩刻其形，则云气之态度活矣。"[2]这种观念与西方柏拉图主义的"理念"论虽不尽相同，但在对"理"的看重上颇有相通之处。对柏拉图而言，现实可见世界中的实物或影像不是最重要的，可知世界的"理念"才是真理所在，"只有用思想才能'看到'的那些实在"。[3]当泉子以"被创造与发明

---

1 "气韵生动"为谢赫"六法"第一，其余五法分别为"骨法用笔""应物象形""随类赋彩""经营位置"和"传移模写"。见〔南朝齐〕谢赫、〔南朝陈〕姚最著，王伯敏标点注译：《古画品录　续画品录》，人民美术出版社，1959年版，第1页。"六法论"最早提出了初步完备的绘画理论体系框架和批评准则，为后世历代画家、评论家所推重，是中国古代美术品评作品的标准和重要美学原则。如唐代张彦远在《历代名画记》对其多加论述，宋代郭若虚也在《图画见闻志》中誉曰"六法精论，万古不移"。"六法说"视神韵呈现为绘画之最，形色之象（"应物象形"和"随类赋彩"）乃在其次，组织结构（"经营位置"）更在其次，最末则是摹仿古人。对此张彦远曾有应和之言："今之画，纵得形似，而气韵不生。……顾恺之曰：'画人最难，次山水，次狗马。其台阁，一定器耳，差易为也'。斯言得之。至于鬼神人物，有生动之可状，须神韵而后全。若气韵不周，空陈形似，笔力未遒，空善赋彩，谓非妙也。"见〔唐〕张彦远：《历代名画记》，辽宁教育出版社，2001年版，第13页。
2 〔宋〕郭熙：《林泉高致》，江苏凤凰文艺出版社，2015年版，第34页。
3 〔古希腊〕柏拉图：《理想国》，商务印书馆，郭斌和、张竹明译，2017年版，第272—273页。在古希腊时期，完美的艺术品，比如雕塑，正是理念的外在显现。柏拉图之后，包括文艺复兴之后，直至现代艺术出现之前，对艺术表现的真实性问题一直是人们讨论的热点："传统的审美给艺术家提供了两种自文艺复兴以来便方兴未艾的辩论思路"，贡布里希对此曾总结说，"第一种辩护来自米开朗琪罗就新圣器室里的美第奇雕像不够逼真这一质疑所做的回答：千年之后，这些人像不像有什么关系？米开朗琪罗创造了一件艺术品，这一事实才更为重要。第二种辩护意见可以追溯至拉斐尔以及菲利比诺·利比所受的颂辞甚至更远——别人称赞他画了一幅比被画像者本人更像的肖像。这个颂辞建立在新柏拉图式的天才理念上，即天才的眼睛可以穿透表象的面纱而揭露事实的真相。"这种理念使很多艺术家在长久的时间里将追求外表的相似视作庸俗之见。

出的真实"取代了事实风景，并视前者为至高无上的真理和"至善"时，可以猜测他所向往的是对主宰宇宙运行的"道"的领悟，也可以说是对柏拉图所言的"真理和理性的决定性源泉"[1]的热望。柏拉图曾因为艺术作品是对表象世界而非本质理念的模仿而将其贬低，泉子则诉诸于对本质理念的模仿（古代绘画）的再模仿，这似乎符合中国传统文化重视常理漠视表象的典型做法，但是因为在艺术与真理之间设置了两层间隔，诗人当下的观看和艺术呈现（我们读到的这首诗）难免过于远离表象世界而彻底模糊了当下经验。

  柏拉图的"洞喻"说还有一点值得我们注意，即个人性的"行"（走出洞穴）构成了其产生新知（认识太阳）的主要前提和内容。置换为中国当代语境即是，有关松的"虚构的美好"虽然曾经生成于一幅古代文人画中，却也需要当代诗人做出更多"行"的努力，才可能获得新知（不仅是认知，也是知觉），起码也要激活那些来自书卷的文化印象与知识（即第二等级范畴）。虽然说"虚构的美"和虚构之真实并非不能超越或提取自现实经验的粗糙和芜杂，但关键在于这种"美"在诗人"虚构"过程中是否能展示出艺术首创性和独特性，不然，将当代经验等同于古代经典作品中的"气韵"，进而视作"人世注定永远无法企及的至善"，难免会因缺乏有力的细节经验而流于平面和武断。这种简易的精神升华，连郭熙所言的"见其大象"也舍却了，仅成为对古典文化的模仿仪式。

---

[1]〔古希腊〕柏拉图：《理想国》，商务印书馆，郭斌和、张竹明译，2017年版，第279页。

柄谷行人曾经批评山水画家描写松林时"乃是把松林作为一个概念（所指）来描写，而非实在的松林"。他的论述至今仍然振聋发聩，"为了看得到作为对象的实在的松林，超越论式的'场'必须颠倒过来。"[1]当代诗人是否适宜师法古人，以一种不追求写实和"形似"的"文人画"的方式抒写当代风景，值得我们探究与深思。当大多数自然意象被传统赋予了深厚的文化象征内涵，如果缺乏个人的生活细节和观察，当代风景诗写作很容易陷入对传统文化观念的复读。换言之，此类写作不是用自己的眼睛看风景，而是用文化记忆和传统的诗学观念陈述一个有关理念的文化景观。

若观光地是文化景点，并留有某位古代名人（特别是诗人）的遗迹，当代诗人的写作更容易成为对古代文化的朝圣。这种写作甚至无须加入"我"此刻的体验，仅对古代名人的罗列、对古人逸事的传颂、对文学典故的重述，以及对古代生活的想象，即能组成一首古典意趣的文化朝圣诗。譬如，在黄鹤楼想到李白（杨克《黄鹤楼》），在杏花村念及杜牧（洪烛《杏花村》），在湖南常德想到刘禹锡、陶渊明、李白、屈原、范仲淹，以及当代已故诗人昌耀（胡丘陵《下车常德》），登鹳雀楼除了忆起王之涣（胡云昌《鹳雀楼怀古》），可供回想的还有一大串人名：李白、陆游、张居正、白居易、贾岛、杨慎……（林国鹏《鹳雀楼伏笔》）；在郏县三苏园，诗人杨克不仅拜望了苏门三父子，还一一联想到方圆百里的多位"豪

---

[1] 〔日〕柄谷行人：《日本现代文学的起源》，赵京华译，生活·读书·新知三联书店，2003年版，第17页。

杰"，从北朔杜甫、韩愈、刘禹锡、白居易，到西望李贺、范仲淹，继而南望二程旧宅、张衡坟茔以及诸葛亮、张仲景、范蠡，向东则有刘秀陵、关公墓……诗人标示了一幅河南文化景观地图，并佐以"寻隐者不遇""柴门犬吠""故人具鸡黍""何似在人间""行行重行行""但愿人长久""乘风归去"等古代诗文（杨克《三苏园祭东坡》）；在江油，诗人罗列李白、赵敏、郭同旭、袁瑞君、陈大华等名字并"确信每个名字的背后都有一片风景"（张新泉《名录：结缘江油的中国诗人》）……相同的地点，相似的风景，弥合了古今裂痕，使当代诗人恍然以为自己是古人的同路人。这种古今同一性，或使诗人穿越回到古代（李景《一缕疾速的风穿城而过》），或请古代诗人穿越记忆隧道挪置于当下时空（宇剑《宣城山水》、陆健《桃花潭》、马培松《青莲行》、胡弦《谒李白衣冠冢》）。

另外，诗人或将古代时空和经验（主要依靠当代诗人的美好想象）与当代经验进行并置，以表达对古人或古代文化的敬意和虔诚追随，如："公主，就像你早已预言过那样／我是一个追随者／也是一个转述者——"（泉子《在文成公主像前》）；"我在这片土地上走动，在完成一个隐者的朝圣。"（高春林《神农山诗篇·2》）当代诗人对古人的追慕之情有时过于浓烈，以至于对自我的存在产生怀疑，如："我看敬亭山，有点浮光掠影／敬亭山看我时莫要生厌"（子川《敬亭山》）。对于当代诗人而言，敬亭山是一座文化名山，其地位和属性由李白所确立："唯有这座山／一千多年来只出产寂寞"，李白同样也制造了敬亭山难以仰望的高度："仰望这座山时／我是一棵细嫩的小草／赞美这座山时／我的字词都体弱多病"（商震《敬亭山》);这个高度令后世诗人心生敬畏与自卑,甚至对发掘此山的当代意义产生放弃之念:"我们所有的努力都抵不上／李白斗酒写下的诗篇"(李少君《敬亭山记》)……

在情感上,那些至今尚存的风景的确见证了世界变幻沧海桑田,不过,这种具有共性的情感体现,尚需得到此时此刻的经验作为回应,方能形成诗人所期待的互文性效果。对古典意象的挪用,对古代文化的联想,以及对文学典故的重述,可以快速形成一个古典诗意装置,但往往缺乏目之所及之感。沉浸于历史想象的诗人,常常对当下经验采取忽视和漠然的态度,或有意避开当代经验——因为古今差异很可能令诗人的慕古之情遭遇水土不服的症状。诗人陈先发曾在《醉后谢朓楼追古》中反思了今人对古人的过度追捧:

这里的山水、城楼,有着
过剩的寂静。我不喜欢这种过剩

酒桌上我的话题是
如何抛弃
一个强大的死者
在清风中,夜色中,湖水中
他仍在侵扰着我们

他过度的寂静与
过度的精致——我们的

> 蓬头垢面，甚至不是被自己
> 而是被这些遥远的死者深藏了起来
> ——陈先发《醉后谢朓楼追古》

　　古典文化资源可能是一种"过剩"的负累，一首当代诗的写作或许可以"从这些死者远未被洞穿的匮乏开始"。陈先发还在一篇创作谈中论及当代诗人汲取古典文化资源所存在的严重问题："中国古典诗歌系统有个显见的缺憾，即对人性的光影交织、对个体心理困境、对欲望本身的纠缠等掘进较少、较浅。……似乎山水真的能够缝合一切。我觉得这种状态下所获得的超越，其实只是一种名义上的、臆想中的超越。"[1]对古代诗学中的"超越"观念的迷恋，使我们丧失了观察当下世界纵横的冲突、矛盾等问题的能力。古典山水思想产生的"过剩"，而今正滋养着部分诗人贫乏的想象与才情，使他们写下各式各样的拟古诗——通过隐藏自我经验而追求所谓的"寂静"与"精致"。因为几乎不加入实际经验——因为大多数现代经验无法被融合进古典性的境界之中，这样的书写是"过度"的：过度虚构而显得虚假，过度美化自身而显得虚伪。在"强大的死者"的阴影下，观光玩乐被视作隐逸修身，放弃思考被理解为自足超越。

---

[1] 陈先发：《创作谈：困境与特例》//臧棣、张执浩等《新五人诗选》，花城出版社，2017年版，第338页。

二、空间布置与古典意趣构造

出于对境界的追求,中国古代山水诗和山水画十分重视空间位置的组织和布局,谢赫六法之一正是"经营位置",绘画中位置经营之重要性犹如作文章之句法安排:"画之树石山寺,村墟桥梁,如文之句法也。丘壑位置,景物境界,如文之章法也。"[1]自《画云台山记》《山水诀　山水论》到《芥子园画谱》,中国古代艺术家一直致力于对空间设置、布局安排的研究,以尽力抵达幽深的意境,形成画面灵动的气韵。

在当下诗人的一些作品中,空间的设置感也十分明显:

树下,我们谈起各自的理想
你说你要为山立传,为水写史

我呢,只想拍一套云的写真集
画一幅窗口的风景画
(间以一两声鸟鸣)
以及一帧家中小女的素描

当然,她一定要站在院子里的木瓜树下
————李少君《抒怀》

---

[1] [清]唐岱:《绘事发微》,山东画报出版社,2012年版,第41页。

诗人首先树立了两种对比形象："你"为山水立传写史的"固念"，"我"闲看风景的随意散淡。在有意无意之间，诗人涉及了古代山水与当代风景之别：前者为文化观念和理想，后者为生活瞬间状态；从感官上，前者重心意流转，后者重即目所见；前者有恒定性，后者属偶然性……然而诗人所罗列的视听对象（"云"和"一两声鸟鸣"）却与古代山水诗画中的典型意象并无二致。可以说，《抒怀》因空间设置感和诗人的意图过于明显，反而损害了诗人有意营造的自然感。另外，据诗人自言，《抒怀》一诗中的"院子"和"木瓜树"是现实所有，"小女"却仅是"理想"。[1]这番自述也可证明，诗人希望将整首诗打造成一幅理想的风景画，"小女"这一虚构意象正是其中最为吸睛的所在。比较用词可以发现其中的细味：诗人使用的是"小女"这个古典化的雅致谦称，而非现代化口语"女儿"，更不是淘气顽劣的"小儿"。并且，"小女"一定要站在"院子里"——而不是现代性的楼厦；一定是要在"木瓜树下"——而不是海南常见的三角梅，因为三角梅开得太过纷繁喧闹，与该诗追求的闲雅气韵不合。而木瓜不仅能使人联想到"投我以木瓜，报之以琼瑶"之典，还拥有高大挺拔的树干和单纯的颜色，在审美维度上与单纯可爱的"小女"形成同质性，在形体上又能突出错落有致的对比效果。

李少君很擅长将具有对比性、矛盾性或相犯性的物象并置以生成特殊张力。譬如《在纽约》中的"摩天大楼"和地上"小如蚂

---

[1] 李少君：《我的自然观》，载《湖南工业大学学报（社会科学版）》，2012年第1期，第14页。

蚁"的人,《疏淡》中阔大的华北平原上与"一个小村落":"冬日疏淡的几笔/速写的华北平原的一个小村落/细雪还沾在杂乱的枯草间/乌鸦还散复聚,聚拢/是集体停落在一棵瘦树之上/散开,是稀稀落落的几栋房子"。与"小村落"相携出场的是一系列细瘦萧疏的意象:"细雪""枯草""乌鸦""瘦树"……整个华北平原被诗人速写成一幅荒寒意境的水墨画。随后,诗人拿起画笔,在背景和前景上略动几笔作为必要点缀:"背景永远是雾蒙蒙的/或许也有炊烟,但最重要的/是要有站在田埂上眺望着的农人"。将一位"农人"设置于冬季阴冷的、雾蒙蒙的且空旷萧瑟的华北平原之上,土地更显荒凉,农人也更加寂寥。"但最重要的/是要有……"一句,与《抒怀》中"当然,她一定要……"一句有着异曲同工之处:它们都是强调性的判断句式,诗人的强力决断意志即刻跃然纸上。

三、时间偏好与古典气氛塑造

唐代诗人王维创水墨山水,并视其为"最上"之法:"夫画道之中,水墨最为上,肇自然之性,成造化之功"。[1]于画纸祛除青绿金碧之浮华,以纯墨渲染山水,不仅在艺术上成就造境之需,也颇为符合古人对"自然"和"淡然之趣"的追求。如果为一天中的不同时辰寻找对应的颜色,我们会发现,傍晚稍晚的时间最符合墨色,

---

[1] [唐]王维著,王森然标点注译:《山水诀 山水论》,人民美术出版社,2016年版,第1页。

人们常谓之"暝""暮色"等。

首先,暮色大象无形,是最虚幻的实象,舒卷无定,如同起于微茫之际,兼具流转和朦胧之美、瞬息和永恒之质。

纵观古代诗歌史可以发现,中国古代诗人特别青睐于黄昏时分登高远望,抒发主体情思,如阮籍《咏怀·其六》和《咏怀·其十》:"登高临四野,北望青山阿","步出上东门,北望首阳岑";谢灵运《晚出西射堂》:"步出西城门,遥望城西岑";李商隐《乐游原》:"向晚意不适,驱车登古原"……可以说,黄昏时分是古代诗人最为钟爱的时辰,与之相伴的暮色、余晖、遥望、远山、飞鸟(或归鸟)等构成了古典诗歌的典型意象。它们及其文化联想和隐喻,组合成中国古典诗歌典型的抒情范式:"羁雌恋旧侣,迷鸟怀故林"(谢灵运《晚出西射堂》);"江城寒角动,沙洲夕鸟还。独在高亭上,西南望远山"(白居易《晚望》)……将暗未暗的时刻,最易散发人的思绪,不仅视觉,个人的呼吸、感知也随同朦胧的暮色荡漾了出去。这种望远忧叹、情景交融的情感表达模式至今在当代诗人身上有所沿袭。喜欢复现古典意趣山水的当代诗人尤为青睐薄暮、薄霜、暮色等具有水墨画质感的意境,喜欢在暮色中远望嗟叹,如李少君的《疏淡》《傍晚》,泉子的《薄暮中的大雁》《逝者如斯》《如果》《砌筑》,杨键的《薄暮时分的杉树林》等。

其次,从色彩和感受生成方面而言,弥散的暮色最能营造寂静与沉默的气氛,孤独、苍茫和荒芜的氛围。远去的飞鸟加深了诗人的孤独和沉郁心境,因此暮色中的风景更容易抵达"言在耳目之内,情寄八荒之表"[1]之境:"薄雾中,鸟迹闪现,旋即隐没/……/陪伴在山中乱走的人,又带着/谶语般难以自明的孤独。"(胡弦《清凉山》)这种无以言表而又不言自明的荒凉和孤寂,历来为文人所沉迷。当"大雾给村庄披上被子,茫茫大地沉入梦乡",一点灯火,"偶尔溅起"的犬吠,构成了诗意的呼吸,"像是醉后的诗章,汉字的间隙/漏出几点月光"(津渡《冬夜》)。

再者,"暮色"使眼前之物处在显隐之际,可见与不可见之际,有无之际,也是表象被吞没而意趣显露的转折点:事物"不再标示自身之卓异,而是令一切标界的基底呈现出来"。[2]法国汉学家朱利安发现,中国古代文人和画家通过使界限远逝,而在"近"当中"打开远",将风景"从现实抽离出来"而没有"放弃它的可感觉性"。[3]这种感觉不属于某个特殊的客体,而是具有普遍性的感知。

还有,朦胧的暮色能使远方的事物更加深不可测,模糊古今时间的界限和远近的距离,引发诗人的情思并伸向"远方":"地平线上,暮色如同逝去的年代。/我想起钟摆上的污渍、闪烁的光,想起/一支忘掉了很久的老曲子"(胡弦《窗外》);"而你感激于这孤独,/这自足与欢喜为你捎向的远方"(泉子《远方》);"浓雾堆垒出远山的轮廓,那里正是你意欲前往的地方"(泉子《远山》)……

---

1 [南朝梁]钟嵘:《诗品·魏步兵阮籍诗》//[南朝梁]钟嵘,[唐]司空图:《白话诗品 白话二十四诗品》,岳麓书社,1997年版,第54页。
2 [法]朱利安:《大象无形:或论绘画之非客体》,河南大学出版社,张颖译,2017年版,第15页。
3 [法]朱利安:《山水之间:生活与理性的未思》,华东师范大学出版社,卓立译,2017年版,第124页。

与暮色相关的"远"既是视线之远、时光之远，更是观念之远、想象之远和遐思之远："能够抵达的都不成其为远山。"（泉子《远山》）诗人充满殷切地将目光投向缺席者，他呼唤"不在"的欲望，对不可见的虔敬，填补了诗意的空隙。

画家和诗人钟情于对极目难至之地的眺望，这眺望取消了地平线的限制。观看者所心心念念的，是视线之外的看不见的部分，即唐岱所言的"使观者望之，极目难穷，起海角天涯之思，始得远山意味"。[1]这也是中国人（不仅古代，也包括部分当代人）对视觉不甚看重的又一证明。"气韵"的显现多决于"势"，塑造幽远情境的关键在于"远"的呈现和暗示，包含着对界限的延伸，对极限的超越和对无限的遐想："远山的淡蓝永恒！／一种不可能更远的远，／一抹即将消散于透明的薄烟。"（泉子《淡蓝》）因为远，它显得若有若无，并处于随时消逝的动势中，转瞬即逝，殊难把握。从谢灵运的"晓霜夕曛"之时，到泉子等当代诗人遥望的"薄烟"，它们都为原本稳固的山体赋予了流动和轻盈，也都接近于"道"之原初时刻的混沌和缥缈。

暮色之中，远岫遥岑之上，雾霭流岚缥缈，如同水波流动，最易形成"气韵生动"的灵虚之境和气氛。因此古代山水画家和诗人都喜欢描绘烟霞之动感，古代画论也常见对此技法的研究："远岫与云容相接，遥天共水色交光"，"远景烟笼，深岩云锁"。[2]远山和云

---

[1] ［清］唐岱：《绘事发微》，山东画报出版社，2012年版，第83页。
[2] ［唐］王维著，王森然标点注译：《山水诀 山水论》，人民美术出版社，2016年版，第1页。

雾，构成了古代诗人最钟爱的景象。

傍晚时分，薄暮笼罩摄统天地，风景呈现为整体性和朦胧美，更有悠远玄奥之神秘感，令人生出恍兮惚兮不知今夕何夕的错觉，更容易使人返回和追溯久远的过去："暮色像一条巨鲸悬浮／我看到的那个侧面，它的骨刺／正在吸附河流与树木。∥那未知又玄奥的鱼头，山体／上承古老星系的天穹，下巴搁浅大地／呼吸随风鼓动。∥……∥是的，我注视，同时在大脑里／乘船入海，淹死，或飞翔／在茫茫涛浪中感受宇宙间隐含的痛苦。"（津渡《暮色》）"一条小径在树荫下伸展，／通向薄暮中的流水。／古代沉睡的智慧从那里苏醒，／死去的亲人，从那里回来。"（杨键《薄暮时分的杉树林》）暮色取消了时间，模糊了生死的间隔，不仅"古代沉睡的智慧"能够在薄暮中的流水中苏醒，死去的亲人也能从暮色中"回来"。这种感觉超越了经验，存在于理想化的空间和想象之中。

最后，暮色还有吞噬、收拾一切的神秘力量，隐隐彰显着宇宙的统摄权威："但我等着暮色，等着学习这里的江山用空蒙调色／等着黯淡铺天盖地，把骄傲的山巅淹没"（黄梵《登阳明山有感——致白灵》）。《在大海边》一诗中，阿信描绘了日落之际的海边风景：墨绿海水的反复涌起、椰风和潮汐的声音……它们浩渺壮阔，却不令诗人恐惧，因为诗人知道暮色会按时抵达并"掩埋好这一切"。这正是自然的特殊魅力：它按时、守约，永远不失信于人。正是这种品格和魅力令人心生安慰与"难得的宁静"。

在当代，显现和模仿理念的自然风景书写凸显了诗人寻找与建构"乌托邦"的渴望。这种的书写的首要目的是寻求审美的愉悦和快感的满足。它实际包含着若干对比与对立结构：

第一，将理想化的自然风景与现代经验对立视之。

当自然被奉为拥有纯净、秩序、辽阔、悠然、神秘、和谐、有道等精神内涵并使人愉悦的桃花源，城市生活和现代性经验就相反地被视为充溢着污浊、混乱、窄狭、急促、平庸、虚伪、功利等负面特质的存在。基于这种对立观念，诗人一面信仰与崇拜自然，一面鄙夷和拒斥日常生活经验。这种对立态度，使诗人对后者的描述不免流于象征意象的抽取和粗略概括："我们从城市来，／我们撇开谎言、欺诈、欲望的绳索，／给自然以另外的自我——"（高春林《断肠草》）

第二，在古典生活与当代经验之间建立对比。

诗人将古代生活（基于文学想象）和诗歌意趣作为典范，贬斥当代生活经验，或忽略与轻视当下经验。其中，所谓的"古典经验"主要是作为一种文学理想与典范，实际细节如何并不重要："人们已经不看月亮，／人们已经不爱劳动。／我不屈服于肉体，／我不屈服于死亡。／一个山水的教师，／一个伦理的教师，／一个宗教的导师，／我渴盼着你们的统治。"（杨键《命运》）比如杨键认为逝去的时代是"伟大的时代"，汉唐和宋"都是崇尚空性的时代"；而当代崇尚"有"，崇尚"金钱决定一切"，所以今人难以在自我与世界之间建立感通，故此，"也就没有伟大的兴起"。[1]

---

[1] 杨键：《山水是一条回家的路——二〇一四年在台湾国际诗歌节上的讲演》//《学问·中华文艺复兴论6》，花城出版社，2017年10月，第146页。

第三，将自然与自我的属性形成高下对比。

一方面，自然被奉为美、至善等神圣地位，提供着意义和理念。与之对比的是"我"的渺小和卑俗："高远明亮的天空如一面面镜子"，"蔑视着躲在峡谷里的那个渺小的自我"（蓝野《雁荡山》）；自然成为真理的负载，人世则成为羞耻和腐烂的渊薮（杨键《一棵树》）；生活于尘世的"我"，被尘世的欲念纠缠，需要自然的清洗与拯救："浑浊纠缠了我一辈子／何时才能变得清澈？／何时才能把内心的垃圾倾吐掉？"明月的神秘光辉沐浴"我"，就是清洗"我"，解放我，救赎"我"（周瑟瑟《赵州桥》）；"山水，它不是美人靠。／它是你的指甲，你的呼吸。／后来，我的眼睛因你的存在突然复明。"（高春林《缘于山水》）自然成为真善美的化身和诗人努力成长的方向："这次我绝望极了／站在厚厚的土地上／发誓要成为一棵树"（柳亚刀《绝望》）。诗人泉子也曾表示，相对于人类，自己更愿意"成为一朵花，一根草儿，／一棵树，一只飞鸟，一列青山"（泉子《给伪善的人们》）；诗人对自然的赞颂有多热切，对生活于现代世界的自我和他人的不满可能就有多深切。当人们成为伪善、蝇营狗苟、无情无趣和面目可憎的庸众，自然物象便成为个人修行的模范和道德标准："你要比青山更孤独，／你要比落日更圆满。"（泉子《落日的圆满》）泉子多次将自我的成长与自然山水的教诲相关联，与自我和一座山、一条河流、一棵树、一颗露珠的对话相关联（泉子《对话》）。他将自我蜕掉"龌龊""卑贱"和"丑陋"的过程比拟为"当山水落向大地"（《山水落向大地》）。诗人直言"山水是最好的老师"，宣称自然之风的沐浴使其历久弥新，并"放下对即将到来的生命之秋的恐惧"（泉子《山水是最好的老师》）；自我的成长，也被诗人理解为"终于没有辜负这片山水"（泉子《我终于没有辜负这片山水》）。

参照上述对比可以发现，延续古典山水思想的当代诗人对自然风景的表现，更多指向象征功能而非实际能指——缘于山水的洗涤，诗人得以脱胎换骨，获得身心的生长和成熟。前文已述，山水思想的当代重现可能会造成诗人对当下现代性经验的忽视，使诗人在观察风景时忽视风景的此刻性和偶然性，转而将瞬间风景固化为一种文化形态表现，将自我与风景之间可能产生的独特性关联，转换为自我与文化之间显而易见的"回馈"关系，因此降低和损坏了一首诗歌可能具有的生机和活力。这种普遍性情况，也在某种程度上说明了当代仍有不少诗人对"诗意"概念的理解是古典性和保守主义的。或许可以这么说，我们需要首先取消"山水"，然后才能以其本来的面目看待它，继而书写它与我们此刻经验之间的关系。毕竟，诗人一旦离开模山范水的风景区，离开文本中的诗意空间，其轻松、安逸、逍遥和自由感还能支撑多远，十分值得关注与深究。写下浩浩《神农山诗篇》的诗人高春林就曾陷入"貌似"而非的自我怀疑旋涡："我踱步。我蜗在貌似的安逸里，/也许可以不想什么了。/可是报纸上无聊的花边爆料像雪片/覆盖暴力、拆迁和悲伤群体。"（高春林《在一个人的世界里踱步》）

无论是基于自然的剧变还是诗学理念的更新，山水思想或许都应该成为传统了。从某个方面来说，现代诗与古代诗歌的区别之一正在于当代诗人须具备精准"复现"现实的能力，具备观看与思辨的能力。诗人可以羡慕大雁翱翔，羡慕树木在山间"安静地生长"，可以在思慕理想中的"乌有之乡"时叹息自己不得不转眼"回到俗世"，"在一片残山剩水之间／以梦游，替代风的行旅"（江一郎《雁荡：遇雨记》）。只要诗人愿意从青山净水的审美范式中跳出，睁眼看看这个俗世，就无法忽略种种令人不悦的事实风景：大部分的海不如"想象的那么美丽"（李少君《并不是所有的海……》）。近三十年来，自然的非自然化和尘世化是更为普遍的经验和事实。追求山水纯净化表现的诗人，面对被污染的事实自然或束手无策，或利用规避方式将其移除于视野和"风景"的界限之外：

但这并不妨碍我
　　只要有可能，我仍然愿意坐在海滩边
凝思默想，固执守候
直到，夜色降临、凉意渐起
直到，人声渐稀、潮声渐小
直到，一轮明月像平时一样升起
　　一样大，一样圆
　　一样光芒四射
照亮着这亘古如斯的安静的人间
　　　　　　——李少君《并不是所有的海……》

当工业发展带来的各种污染问题随处可见，继续沿用陶渊明、李白和王维的语言和意象来赞美21世纪的自然，在现实逻辑层面很难避免难以自圆其说的困境。诗人的应对之策是寻找巨变中的不变：大海虽已污秽，明亮的月光却千年不变；只要明月按时升起，"人间"就依然可以被视为"亘古如斯"——虽然"人间"与"大海"的关系不可能弱于与"月亮"的关系。这种忽略生活逻辑的"诗歌逻辑"，或可以理解诗人对纯净、稳定和秩序化的审美空间的执着需求？

接下来的一章可视为本章的对比，所分析的文本是具有生态环保观念的诗人对被破坏的环境和令人不悦的自然的观看与思辨。

第五章

环境问题与『风景即我』

> 去除你们理想中的风景,你们那种学习得来的风景观,忘掉柯罗吧。不是习惯于该现象,而是把它整合入你们的视觉里,重新从大地去建构"风景"。
>
> ——〔法〕朱利安《山水之间:生活与理性的未思》

整个20世纪,在工商业发展、战乱、革命斗争等滚滚洪流中,到世纪末时自然的命运以另一幅截然不同的面貌重回人们视野:她已经从人类的教育者和教化者,从"道"之载体的神圣地位,跌落为生态恶化的风向标和脆弱的受保护对象。

上一章导言部分已经提及,面对自然的剧变,当代诗人产生了两种主要的诗学反应:其一为前章论述的古典山水化表达,其二是伴随着思想观念与审美观念的转向而产生的以生态主义和环境观念为出发点的自然写作。后者发端于20世纪90年代初，至新世纪开始成为主流，以孙文波、雷平阳、桑克等诗人为代表。

葡萄牙诗人佩索阿曾言："在艺术中，一切都是形式，一切都包含观念。"[1]诗人接受的文化教育、秉持的文化观念和审美习俗，在很大程度上决定了审美导向、抒情路径和价值判断。反过来，观念同时决定了艺术的形式。从文化角度来说，凋残的自然成为古典山水观念和文化想象难以容纳的剩余物和异质物，衍生为特具现代性的环境问题，对它的观看和描述需要新的表达形式。进入20世纪，诗人在思想观念与审美意识的转向，很大程度上改变了诗歌的面貌。特别是1990年之后，诗歌较以前大大增加了思辨成分。诗人对事实风景的观看和描写，往往伴随着诗人对造成这种现状的社会学、政治性、经济学以及哲学层面的批判与反思。

近年来的诗人对环境问题的关注，形成了颇具时代性和启发性的文本价值和诗学意义：首先，通过对现代性的工业开发造成的自然破坏，以及乡村在物质、生态和人们的精神层面都发生的剧变，诗人发现当代人不仅失去了避难的桃花源——优美的自然风景，更可怕的还有在精神层面丧失了返乡的可能。

其次，诗人对环境问题的思虑最终折返到对自我命运的反思，在自我与受创的自然之间建构了同病相怜的联结。这种"风景即我"的结构，加深了诗人痛悼自然的肉身化感知，以及对复杂的现代性

---

1 〔葡〕佩索阿：《坐在你身边看云》，程一身译，人民文学出版社，2017年版，第428页。

经验的理解与认识。

再则,对事实风景的关注引发了"语言的革命"。孙文波、桑克、臧棣、森子等诗人,将自我对传统审美范畴的质疑,转向了风景诗在语言本体论层面的辨析,这是他们在失去故乡之后不得已寻找的栖身之所,也是他们之于当代诗歌的特别贡献。

第一节 自然的终结与风景的消失

一、自然的终结与"环境"的出现

在现代社会之前,自然是人类的养育者和教诲者。在中国古人的观念中,自然还扮演着"道"之化身的权威角色;现代社会的核心观念则是科学、理性、计算和机械化,是对自然的征服、开发、奴役、统治、利用和剥夺。科学和技术的不断进步,加强了对自然统治,促使了自然的物质化、机械化、资源化、商品化和非灵魂化。人逐渐发展为"理性实体",和自然之间不再是受教者和布道者的关系,也不再是亲密的伙伴关系,而是变成了主客体的占有关系。

随着现代化的发展,自然界的重要组成部分,同时也是风景的重要元素——山、水、空气、土壤、植被等,频频告急,学者们纷纷痛惜"自然的终结"(比尔·麦克基本)和"自然之死"(卡洛琳·麦茜特)。这种变化催生了"环境"的概念和生态保护运动的出现,也使人与自然的关系转变成理性保护的实际行动和社会关系。

1949年,美国科学家和生态学家奥尔多·利奥波德(1887—1948)的自然随笔和哲学论文集《沙乡年鉴》出版,该书被视为同

19世纪最著名的美国自然主义经典著作《瓦尔登湖》占据同等重要的位置。美国海洋生物学家蕾切尔·卡森（1907—1964）也被人们视为现代环境保护运动的先驱之一，其代表作《寂静的春天》的出版（1962）促成了美国第一个民间环保团体的出现，该书初版10年后，人类第一次专门就环境问题在瑞典斯德哥尔摩召开国际会议（中国也派出了代表团参会）。同年，《增长的极限：罗马俱乐部关于人类困境的研究报告》（丹尼斯·米都斯）与《只有一个地球——对一个小小行星的关怀和维护》（芭芭拉·沃德、勒内·杜博斯）出版，提出了环境污染的严重性问题，以及生态保护的迫切性任务和理念。随后，大批关注自然环境变化和生态恶化的书籍纷纷面世。

1973年8月，国务院委托国家计委在北京组织召开了中国第一次环境保护会议。会后，从中央到各地区相继建立环境保护机构。不过，因为种种原因，当时环保事业尚未成为国家政策和行政事务的重心，思想界和学界也尚未发展出明确的环保意识。从图书出版情况看，在20世纪70年代，《只有一个地球》仅以"内部资料"的形式露面。

20世纪70年代末80年代初，中国处于改革开放的开始时期，也是环境问题开始暴露，同时国人的环境保护意识萌生、传播和普及的时期。当时，工业化还处于初期阶段，环境污染开始在局部地区特别是城市暴露出来，污染事件陆续出现，但国人对环境污染、环境公害仍知之甚少。此时开始出现与环境相关的书籍，如科学出版社策划出版的"环境保护科普读物丛书"，包含有莱特的《大气污染物分析》(1978)，R.卡逊的《寂静的春天》(1979)，傅海靖编的

《海洋污染与保护》(1979)、艾伦（R.Allen）的《救救世界》(1984)等，作为科普读物，内容较为浅白易懂，适宜大众阅读。[1]

国内学者开始从以审美为中心的自然意识转向大地伦理觉醒意识和环境批评思维，相关学术论文和著作于80年代中后期大量发表与出版，如余谋昌的《当代社会与环境科学》（辽宁人民出版社，1986年）、郝志功的《当代环境问题导论》（湖北科学技术出版社，1988年），以及徐刚的《伐木者，醒来！》（中外文化出版公司，1988年）等，思想界和文学界越来越多地意识到环境问题的严峻性。

90年代初，既是中国经济快速发展的时期，也是中国现代化历程中环境污染加剧的时期，国家政策层面与环境意识已由"请听我说"转向了"请跟我来"，中国"自然之友""绿色江河"等民间环保团体纷纷涌现。1997年至2000年，由吴国盛主编，吉林人民出版社策划出版了"绿色经典文库"丛书（16本），翻译出版了《瓦尔登湖》《沙乡年鉴》《寂静的春天》《封闭的循环》《增长的极限》《只有一个地球》《自然的终结》《自然之死》等著作，对启蒙和培养国人的环境意识颇有助益。

文学总是任何一场思想革命的探测器与助推器。1994年前后，有关学者在人与自然的审美关系以及人与环境的相互关系方面寻找到一个特殊的结合点，产生出一种从生态学角度研究美学问题的

---

[1] 在《寂静的春天》前言，译者写道："《寂静的春天》在世界许多国家中已成为一本家喻户晓的环境科普读物，它在唤起广大公众重视环境问题方面所起的作用是公认的"；"希望这本书在帮助我国读者了解有关环境科学知识方面能起到一些有益的作用。"见〔美〕R.卡逊著，吕瑞兰译：《寂静的春天》，科学出版社，1979年版，第11页。

"生态美学"概念和理论形态。[1]21世纪到来后,相关专著和论文开始大量出现。总体而言,国内生态文学创作与美学批评的主要思想基础为生态中心主义,以及对人类中心主义的反思和批判。

二、"风景"义界的扩展

诗歌领域,从20世纪90年代初开始,特别是新世纪以来,诗人开始注意到环境危机、生态危机等自然变化和种种问题:沙尘暴的频繁爆发、热带雨林的消失、物种灭绝速度的加快、土壤污染和水污染、雾霾等等,逐渐造成了"风景的消失"。这种变化促使诗人不得不调整审美观念与抒情习惯,对自然的热爱和审美热忱,开始借助生态伦理观念的中介和重构。充满理性、洞察力和价值关怀的观念,以及冷静、审慎、哲思的语言风格开始出现在风景诗创作中。这种诗学转变,表层上是从"山水—氛围"转向了"风景—环境",内里则包括一系列感物方式、语言表达习惯的转向。诗人在作品中建构了"风景即我"的抒情模式,重新赋予了自然以肉身、精神和灵魂。

在感物和表达方面,诗人开始着意于对事实风景进行具体入微的描写,诗歌捕捉动态画面的能力和叙事功能大大提升,说理成分也明显加重。

在审美范围方面,诗人有意突破"风景"的传统范畴和义界,

---

[1] 据统计,我国最早以"生态美学"为题发表的专文是1994年李欣复的《论生态美学》(载《南京社会科学》1994年第12期)和佘正荣的《关于生态美的哲学思考》(载《自然辩证法研究》1994年第8期)。

将视线投射到遭受污染和破坏的风景的反面和阴暗面,这种视觉转向同时带来了语言的革命。如诗人桑克在《风景诗》中对"风景诗"约定俗成的内涵提出了质疑与反讽:

> 上周,我暗下决心:
> 只写风景诗,田野的起伏,
> 植物由绿转黄的熟女之美;
> 或者省略大大小小的楼群、地铁工地,
> 肮脏的空气与人,
> 而写花园中的灌木(当然
> 必须省略树杈上的塑料袋)
> 幽微如格格不入的隐士。
> ——桑克《风景诗》

散落在桑克诗中的物象,诸如楼群、肮脏的空气与人,以及树杈上的塑料袋,很难被纳入传统的风景范畴,它们显得非自然化,同时丑陋、琐屑、日常。它们是来自生活中的景观碎片,在事实与象征两个层面构成了我们的生活实相。而风景在原始意义上却代表着对此岸世界的排斥、对理性世界的向往,因而它们必须被"省略"。直面生活即景的诗人陷于道德和审美判断相对抗的古老困境:"为什么抛弃风景与新闻的互喻?"在这里,桑克既是反躬自问,也是在问询他的同仁。《风景诗》不仅涉及自然环境和审美观念的转变问题,更涉及由此引发的观看伦理问题:"不,风景不是处女的。/田野与城市的结合部，工农联姻／更值得书写。垃圾站的欲望，／正在侵犯道德底线的黄昏。"

在桑克看来，局限于田野和植物之美的"风景诗"犹如一个近视者摘下眼镜，所有的事物立时变得"简约而柔和"，甚至原本丑陋的环境也能因为朦胧而生出美感。这无疑是一种自欺欺人和虚假循环的审美满足。换言之，将风景局限于传统的模山范水，势必造成诗人对事实风景的有意筛选，以及对非诗意风景的漠视和阉割，就如近视者有意摘下眼镜，以获得的朦胧美和诗意满足来加固生锈的风景观念。对于生活在垃圾站旁的当代诗人而言，这种作为何尝不是"侵犯道德底线"的行为？

"不，风景不是处女的。"——桑克的断言揭示了当代风景的主要特征和属性：风景是鲜活的、当代的、复杂的，时刻处于变动之中。风景不是一处纯净不变、令人沉醉的桃花源，它可能包含时代的创伤和令人不适的景观碎片。这些碎片都是亟须解码的符号，可以告诉我们关于自然状况、社会问题、时代境况等方面的深度信息。

早在20世纪初，西方艺术界就已开始发生审美观念与范畴的转向。当时的人们发现，美似乎已经沦为"一种脆弱、过时，甚至微不足道的价值，一种俗艳，或至多不过是某种别具感伤意味的或精致复杂的漂亮而已"。在这个忙于工业生产和科技发展、生态遭到严重破败、爆发了两次世界大战、经历了无数次种族灭绝的世纪，作为感官愉悦的美似乎显得"过于轻浮无聊"，连"政治倾向"都令人怀疑。艺术家面临一个重大选择：是把美看作过时之物，还是努力恢复美感，又或者转变对美的理解方式，使之继续刺激我们的感受。表现主义者、立体主义者等画家的做法是拒绝创作取悦人的作品。对他们而言，作画是为了对人形成"感官上的冲击"，以及"改变世界"。[1]孙文波曾在诗歌《向达达致敬》中论述过这次审美转向，同时发表了自己对完美模型与混乱现实的辨析：

> 他们不断努力，在画布上证实自己，紊乱的色彩
> 说明内心躁动——不满意看到的一切。
> 难道他们连风景也不满意？阳光照绿树，
> 雀鸟叽叽喳喳，提菜篮的妇女赶往早市。
> 这些为什么不能进入视野
> ……
> 我知道世界不应该这样；
> 它应该是模样只在人心中：典型的空中楼阁。
> ……
> 这儿那儿，到处是观念的陷阱。
> ——孙文波《向达达致敬》

不论是中国古代山水观念还是西方的传统风景文化，所理解的风景都是一个理想空间和桃花源，即世界"应该是"的样子。然而，现实景观却像"煎煳的蛋饼"和一地鸡毛。身为一名当代诗人，不

---

[1]〔美〕克里斯平·萨特韦尔：《美的六种命名》，郑从容译，南京大学出版社，2017年版，第14页。

得不将认识和表达当代风景作为责任,将自我对树木、雀鸟、天空、女性等物象的浪漫主义想象拉回到现实的参照中。

审美意识的转向可能带来的后果是,立足于现实经验的诗人对语言构造的风景和文化想象表示深深的怀疑。譬如在杭州,孙文波认为将西湖风景称作"世外桃源"太离谱了:"我看见的是／不断的悲剧;美人塚、镇妖塔,佞臣像。／我要说的是:山水里有政治。山水里／有宗教。我很瞧不起简单的赞美之辞。"(孙文波《在南方之六》)当历史经验和现实的浓重阴影深入诗人视野和认知,诗人的风景观念随之大变:"当你说到风景这个词,我想到的是风景的反面"(孙文波《关于沙漠》);所谓"时代的风景"就是"鬼扮人"(孙文波《一二三四五六七》)……诗人直言自己的内心和语言中已经没有"花园"(孙文波《从意象"花"开始写的诗》),那些"小风景"仅可作为"闲散阶级"的标配(孙文波《从"革命"一词开始的诗》)。诗人需拨开各种帷幔和迷雾,透视被"政治经济学"和"地狱"阴影沾染的当代经验,容纳复杂的现实维度和"大风云"般的审美气度(孙文波《抒情之诗》),这是包含了"反风景"的"大风景",是杂合了风景、感怀、情绪和现实遭遇的综合产物。就如诗人所追问的:"表面上仅仅是自然现象。隐含的难道不是／法律问题?"(孙文波《长途汽车上的笔记之一——感怀、咏物、山水诗之杂合体》)风景和"反风景"的表象,以及它们隐含的政治经济和社会问题,难道不值得当代诗人给予关注与探究?

W. J. T. 米切尔曾观察与总结说,对风景的研究在20世纪经历了两次重要转向:"第一次(与现代主义有关)试图主要以风景绘画的历史为基础阅读风景的历史,并把该历史描述成一次走向视觉领域净化的循序渐进的运动;第二次(与后现代主义有关)倾向于把绘画和纯粹的'形式视觉性'的作用去中心化,转向一种符号学和阐释学的办法,把风景看成是心理或者意识形态主题的一个寓言。"米切尔认为第一种方法是"沉思性的",因为它的目的"是要挖掘言语、叙述和历史的元素,呈现一个旨在表现超验意识的意象";第二种方法是"阐释性的",其例证就是"试图把风景解码成许多决定性的符号"。[1]1990年以来的汉语风景诗写作,特别是对以受创自然为代表的负面事实风景的观察和思辨,便属于第二种阐释性的方法和路径。

三、环境问题的抒情向度

自然状态的改变,环境问题的凸显,加之诗人审美观念以及审美范畴的变化,带来了诗歌抒情向度方面的调整。1990年以来的风景诗不再局限于隐逸、散淡、逍遥和悠远,而是掺杂了讽刺、愤恨、悲哀、无力、痛苦、恐惧等负面情绪。孙文波曾在诗歌《与王阳明无关》中以现实图景嘲讽了自己曾经的"浪漫主义"想象和"山水"情怀:

我身在其中完全不像一幅山水画卷。

---

[1]〔美〕W.J.T. 米切尔:《风景与权力》,杨丽、万信琼译,译林出版社,2014年版,第1页。

> 我周围的景色：柿树、引水渠，
> 无名氏的墓地，构成的也不是美丽风景。
> 而当地人比我清楚，不用风景安慰自己。
> ——孙文波《与王阳明无关》

当代诗人面临着从"山水画家"的想象到现实图景的时代转变，不论是古典性的山水观念，还是风景意识，都有待置于具体的时代语境中进行探察："虽然山还是山，／水还是水，我看到变化已经发生——／索取，已经改变山水的性质，使之成为商品。"（孙文波《长途汽车上的笔记之九》）

近年来，张曙光、孙文波、桑克、雷平阳等诗人，为我们展示了一种现代性的风景观念与抒情方式。他们祛除了传统的和理想的风景模型，更新了古典文化和山水观念，以冷静的凝视、思考、反讽、痛斥等态度，直面综合性的时代风景。他们向我们展示和证明了，风景不是一幅稳定的画面，而是持续变动的自然体验，交织着权力和资本运作的社会活动。当代诗人很难再占据一个远距离的视点欣赏迷人的风景，而是被无可避免地裹挟进一条崎岖难行的窄道。一种积极的选择是主动迎上去，近距离地观看"反面的风景"，并将之视为明确而具体的生活面向（孙文波《致——，反对朦胧之诗》）。

当诗人破除了对风景的理想预设，将其作为生活的一部分内容进行观察，这种态度一如法国汉学家朱利安曾告诫风景欣赏者的话:"去除你们理想中的风景,你们那种学习得来的风景观,忘掉柯罗(Corot)吧。不是习惯于该现象,而是把它整合入你们的视觉里,重新从大地去建构'风景'。"[1]坦然接受生活,坦然面对风景中"刀疤"——天线塔、变压器、丑陋的棚子、围墙等美观的破坏物,坦然接受风景的终结……然后思考自我与风景的关系。

作为现代性和时代性的风景样态,"反风景"不再表现为土地、劳作、经济、权力等现实因素的对立面,它就是现实的一部分,是现实打在其上的触目惊心的烙印。被规训的自然不仅是节假日寄出的漂亮明信片、栅栏圈起来出售的优美商品,更映衬着我们存在的真相。受创的自然看似不能为我们提供愉悦,却与我们的命运休戚相关。事实上,它恰恰构成了艺术家和学者希冀寻找的现代性的媒介:不仅是为了表达价值,更是为了表达意义,表达人与人、人与自然和人与现实的交流。

第二节　时代境遇中的风景和自我意识

一、对现代性发展的反思

在近年来的诗歌中,一种广为流布的观点是,自然的受创首先与现代工业的发展进程相关,汽车洪流与"污泥浊水"可堪构成互文的关系:"云烟无障,天下到处都是嘻心的／残山剩水,我且再一

---

[1]〔法〕朱利安:《山水之间:生活与理性的未思》,卓立译,华东师范大学出版社,2017年版,第103页。

次睡去／逃避窗外车流的咆哮／一如远离滇池的污泥浊水"（雷平阳《怪兽》）。诗人将风景与现代化发展对立起来，旧日山水因为遭到汽车、水电站等现代工业技术的侵夺而节节败退：

> 江水被开肠破肚之后，一座座电站
> 就是一座座能量巨大的天堂
> 上帝的牧羊人，在山中迷路了
> 赶着羊群，沿着电网的线路向前走
> ——雷平阳《渡口》

"天堂"和"上帝"，"牧羊人"和"羊群"，在我们熟知的文化背景中，这些意象稳固地指向田园风景和精神救赎，但在《渡口》一诗中，却被诗人用来讽喻工业时代的政治经济景观：高耸的水电站成为新的天堂。然而，疑似为新的福音之路——电网的线路——并不能让迷路的人找到出路。诗人沉痛地发现，澜沧江的今日景况已与清代赵翼所见截然不同。

客观地说，由于人口数量在20世纪迅速激增，人类对粮食、水、电力等资源的需求远非传统的农业社会可比。为了提高生存质量，拓展生活空间，人类的脚步逐渐深入高山大川、原始森林。然而，在具有生态意识的诗人看来，现代工业的发展，甚至农业的发展，都是以牺牲自然的生存权利为代价的："种植庄稼的地方，是野草和荆棘让出来的／——有些地方，则是人们／从野草和荆棘那儿横刀夺来／比如煤窑、采石场和木材加工厂"（雷平阳《渡口》）。

诗人雷平阳曾长时间在西双版纳残存无几的雨林之中穿行，在红河、澜沧江和怒江之畔踱步。他认为自己生活在"伟大的云南高原"，一座座山巅为"灵魂"所居住（《哀牢山行》），每一个角落"都有碰到神的可能"（《酒歌》）……原始自然的神秘、纯洁与现代人的活动形成了巨大的冲突，对峙的张力构成了雷平阳诗歌重要的诗意生成方式：《布朗山之巅》中汽车"扬起灰柱"；一座座水电站对澜沧江一再腰斩，驱逐了孟加拉虎和野象群，草木和寺庙（《渡口》）；挖掘机在小山的胸膛里作业，使它"浑身抖作一团"（《小山》）……风景的古今之变为很多诗人所注意和描述。比如诗人孙文波，早在20世纪90年代已经注意到"风景的消失"：

我们已经看到风景的消失，原来是草地，今天
传来了搅拌机打夯机的轰鸣；……
——孙文波《聊天》

诗人所言"风景的消失"，和"自然之死"（卡洛琳·麦茜特）、"自然的终结"（比尔·麦克基本）等断言异曲同工，象征了自然时代向工业时代迈进的过程中难以避免的阶段。草地与河流为"搅拌机打夯机的轰鸣"和"化学泡沫"所侵扰，在工业化发展过程中殊为常见。在诗人看来，当下是一个机器的时代，计算效益的时代，展示现代化建设与成就的时代，人们砍伐树木用于修建城市和道路，改造河流用于发电照明……然而，发展的代价令诗人内疚和不安，他们或哀戚大地的"遍体鳞伤"（孙文波《我们称之为母亲的

大地》），或沉痛于山水的受伤："我稍微抬头，就看到有人在山里探矿，砍伐／有人在挖山，追杀猎物"（韩文戈《人类的秘密》）……

我们还应看到，正是"自然的终结"和"风景的消失"造成了人们对风景的加倍需求。那些在广告页、明信片和业余绘画作品上出现的风景模型虽然平庸雷同，却一直保持着永不衰竭的诱惑力；被圈围起来收取门票的风景区虽然乏善可陈，却常常人满为患。也正是这种需求，为风景的商业化积蓄了巨大的空间。这是一个利益的循环。因为风景提供了反尘世、反现实的理想，并允许和鼓励我们对此理想怀揣梦想，风景成为一种现代性的崇拜对象。人们表达崇拜和珍视的现代性方式，就是将其商业化。一方面，优美的风景被圈起来收取门票，这种商业运作彻底改变了风景的本质。诗人来到风景游览区，除了被"门票打劫"，还将发现自己对风景的追慕实际造成的是对风景的伤害："热爱等于破坏"（孙文波《长途汽车上的笔记之六》）；"连孩子们，也成为兜售者"（孙文波《长途汽车上的笔记之五》）。这种图景在风景区随处可见。

现代人对风景的膜拜如同对神灵的敬奉。当风景成为新的"宗教"，涌进寺庙的人们也如同踏入任何一个平常的风景区。浩荡人潮组成的现代性景观恰恰构成了对崇拜的消解和反讽："带领人心对物质祈求，结果是糟蹋好山水"，崇尚自然的最后"使自然变成了反自然"（孙文波《在南方之七》）。

另一方面，人们热衷于生产、制造新的风景。不过，囿于各种因素，风景的生产或许会走向反面，形成对审美的挑战，对原始风景的破坏："沿途风景只有一个调子：新。／新到夸张程度"（孙文波《大连行》);"秋天打上了混钢型水泥桩","山水的腰身/涂抹着建筑的花脸"(高春林《风景论》)……

二、风景即我：自然映现的个体创伤

在人类历史上，对自然的征服曾经作为确立人类主体性与行动力的一种现象和表征。对自然的统治和利用使人类成为支配自然界的主人，因此它一开始就拥有启蒙思想、自我解放与实现等理念的支撑。不过，这项看上去实现了人类欲求和追求的事业和征程，却在近年来饱受诟病，譬如它形成了工具理性的自然观念，以及将自然客体化，使人们失去了与自然世界相联系的古老感觉等问题。这些问题造成了新的思想危机，与人类在征战伊始的理想和雄心——解放自我和自我实现——产生了根本性的冲突。在这项长期事业造成的种种负面影响中，有一种严重的心理危机时时浮现在当代诗歌中，那就是个体的人面对受创的自然所产生的同病相怜：诗人发现自己与受创的自然同样脆弱和不安。这种"同情"，使诗人与自然恢复了古老的联系，形成了一荣俱荣一损俱损的"风景即我"之感。

舍勒在论及同情现象时说道："他人的经验似乎直接为我们所'理解'，于是我们便也'参与'这些体验。"这种"同情"是比爱和恨"更具有原初性质"的情感体验。[1]它的首要基础在于我们对他者经验的再感觉的理解。

---

1 〔德〕舍勒:《同情现象的差异》//《舍勒选集(上)》，朱雁冰译，上海三联书店，1999年版，第277页。

在《孤儿》一诗中，雷平阳感叹自己年轻时的雄心壮志、对美好风景的理想、对神性远方的向往以及自身背负的责任都随风消散了："穷途末路上，我早已现出了原形／一个手无寸铁的人，不可能／把寺庙改做铸剑铺。"诗人对自然物质层面的创伤的同感，本身一种心灵感受，然而诗人却将这种感受再次肉体化："我"成为"漏洞百出的躯壳"，成为"一个孤儿，在炼丹炉里／硬生生地活着"。换言之，通过同感，诗人在自然的物质形态和自我的身体状况之间，建立了同构和互喻的关联，自然的穷途与自我的末路互相反衬和象征。

"孤儿"——这是雷平阳赋予当代自然的一个贴切形象，也是他对自身处境的隐喻：他发现自己无力反抗，无能所为。面对日益缩减的热带雨林和大量筑起的电站，雷平阳的写作既是哀悼性的，也是同病相怜的和自我肉身化的。云南的山石河流动物树木所遭受的苦痛同时打在他的身上：瘦骨嶙峋的大象和孟加拉虎如同颓唐无望的自己，被树干压断脊梁的麂子和被腰斩的河流同时痛在己身……他常在诗中铺陈死亡意象，形成充满压迫感的暴力美学："正如路边偶尔碰上的小水塘／你正想低头狂饮／却发现水底全是昆虫的尸体"，"太阳是暴君／雨水是酷吏"（《从碧色寨去芷村》）；"在蒙自／一间扳道工住过的小屋里／水门汀地板上，则横陈着上百只老鼠／细碎的骨架，紧张、密集、孤独"……这些惨烈的景象折射着诗人"内心的风暴，以及一点点旧的忧愁"（《滇越铁路沿线》）。

"山脚下建起的那座铁厂／巨大的熔炉一如虎口，吃人不吐骨头／我们默默地眺望，三条丧家犬／有着同一种异化的乡愁与孤独——"(《过无量山》)。雷平阳对环境问题的持续关注和哀叹,将自我变成了工商业时代的"遗民":工业、城市等现代性发展力量充当了新时期的"强夷",将自然和诗人逼迫至丧权丢土之窘境。受伤的山水象征着现代人的生存境况,风景的黄昏同时也是自我存在的困难:"个体的基诺山王国中,真相即虚无/我不能开口说话,甚至不能在灭顶之际/反反复复地呼救。"(雷平阳《卜天河的黄昏》)

舍勒曾分析东方哲学和宗教(包括婆罗门教、佛教和老子道家学说)中存在的对万物和世界所抱持的"无限同情——尤其是同苦——的伦理"。舍勒认为,这是一种不同于西方基督教的爱的伦理,一种真正的"同一感伦理",即"同一受苦的特殊伦理形式"。这种伦理基于两个前提:其一是人与自然的东方式关系,其二是"对实在所持的否定价值观:一切事物皆是恶"。在此伦理指导下,东方人与万物的关系是"交往"性的,人们将自然看作自己的兄弟、同伴、朋友,总之是"以同类相待",而非俯视或上帝式的怜悯的爱。[1]与古典时代相比,现代社会的人们有更充分的理由认为"实在"世界是"恶"的。面对自然饱受的丧失和褫夺,诗人与自然的感受和意识愈发趋向于同一性的受苦感,人与自然的相互依存状态与伦理责任加剧了诗人的悲伤、忧愁与愤懑。这种反应也令我们再次发现自然和自我的社会属性。不论是边地的热带雨林,还是诗人自己,都处于社会之中,受制于各种力量的作用和摆布。共同的境遇令二

---

1 〔德〕舍勒:《历史的心性形态中的宇宙同一感》//《舍勒选集(上)》,朱雁冰译,上海三联书店,1999年版,第315—318页。

者的生命交织一起，诗人的自我身份认同建立在对自然经验的一体感的基础上。

当代自然的状态重新定义了诗人与风景的关系：一损俱损，休戚与共。山河哀泣，诗人就是"露宿于／天地之间的孤魂野鬼"（雷平阳《过哀牢山，听哀鸿鸣》）。死亡感成为一种无所不在的网，一种氛围，将诗人笼罩在内，无处脱身。看山水，"实际上是在看自己。／当山水变化，就是我在变化，譬如一条河／被污染，就是我被污染。一座山，在大雨中坍塌，／就是我在坍塌"，跋涉山水的过程也就变成了"自我的胡乱改写"（孙文波《长途汽车上的笔记之十》）。

第三节　故乡的消失与无可寄托的乡愁

一、田园牧歌的消逝

在作于1996年的诗歌《白棱河》中，诗人小海尚能够以舒缓而自足的心态咏叹故乡风景的持久性："我必将一年比一年衰老／不变的只是河水／鸟仍在飞／草仍在生长／我爱的人／会和我一样老去∥失去的仅仅是一切白昼、黑夜／永远不变的是那条流动的大河"。但是，这样的抒情语调在1990年之后，特别是新世纪以来的诗歌中，越来越罕见了。诗人们发现，比自我的衰老显现更快的，是周遭环境和故乡风物的变化。

当风景之变成为普遍性的现代性问题，诗人从自己的生活空间或故乡村野的变化入手，越发凸显了经验的切身性和肉身性：

> 再次走上后山，
> 围墙外的树木已被砍得精光。
> 当然，也包括那些小红果实。
> 我总是喜欢从远处观望，
> 然后再走到树下去。
>
> ——张永伟《在后山上小憩》

山上的树木被砍伐，树上的小红果实随之消失。这些果实，曾经是诗人远望的风景，也是个人生活的愉悦来源。它们是自然给予生活的馈赠，足以在某个月圆之夜幻化成一行闪闪发光的诗句：在给朋友的信中，诗人称它们为"一颗颗心，在枝头翘望"，并将它们比作"艺术系那几个诱人的女孩子"，足见诗人对它们的珍爱与怜惜。当它们终被墙外传来的哗哗的废水声所取代，诗人"再也没有了翻越墙头的愿望"。一座象征了现代性工业的高墙，自此耸立在诗人的生活与写作中。

这堵墙也出现在孙文波的诗歌《曲城祭》中。诗人也使用了古今对比的手法描述故乡的变化：在过去，诗人"从后墙翻出就到了坡上，就到了／一片庄稼地"，这里有柿树和喜鹊，有远处的平原，华岳庙在阳光下闪烁着琉璃瓦顶……而今，华岳庙成为军营，城门楼坍塌，祠堂破败，垃圾堆在角落，坐在院子里能听到汽车在高速上行驶的声音。诗人再也"无法跨过高速路再到坡上去"了。

1990年以来，中国的乡村发生了很大变化。随着物质生活日益富足，人们翻新房屋，建起小楼，村落越扩越大："在种庄稼的地方蹭蹭地长出来了／大厦"（刘洁岷《蛛丝集：咒语或故乡颂》）；"新街道呈现旧面貌。／如果不是导航仪，我们会找不到进入村庄的路。"（孙文波《长途汽车上的笔记之七》）"我们儿时的伙伴，／在外省呆了三年回来，告诉我，／他已找不到熟悉的街道，被人力车夫狠狠地敲了一大笔。"（孙文波《聊天》）

  乡村格局的改变令诗人感到不适和抗拒，发生在乡村的"工业革命"及其代价则令人不安和忧心："堆积如山的矿渣／压住了树木、田野、河流，以及祠堂"（雷平阳《在坟地上寻找故乡》）；排污管道"曲曲折折流到我亲人的嘴里"（刘洁岷《蛛丝集：我醒来的一瞬望见窗外枝头》）……

  在一个新的故乡，诗人看了"破"口："唐诗宋词里的意象渐渐失去对应物"（刘洁岷《山河破》）。矿渣之上寻不见朝雨轻尘、柳色清新，更可叹久别重逢的故人已难辨认：当年"卧在／溪头手剥莲蓬的小儿"，而今已变成油腻的中年人，"昏睡在洗头屋的水莲蓬头下"（刘洁岷《关于故乡对口招商在南京被勒令迁出的化工厂有感》）。

  新修的道路、化工厂和洗头屋联合起来，彻底改变了故乡的自然与人文生态。远行的诗人丧失的不仅是返乡的路，更是回到故乡也无法梦回"田园生活"的精神失落——亲人之间因为争夺田地、墓园和宅基地，以致"亲情彻底消失"，供奉祖先的祠堂"已近坍塌，却没人出面修葺"。诗人的返乡变成了更彻底地失乡："认祖归宗的过程，变成感受边缘化的过程"。诗人在反复自问中一步步接近残酷的真相："来，就是为了离开？这是无所归依的永久的逃亡"，直到其最终承认"回乡已不是翻越秦岭山脉那么简单",自己"似乎已经丧失了精神上回家的可能性"(孙文波《长途汽车上的笔记之七》)。

安·简森·亚当斯在分析荷兰风景画时说:"荷兰的风景画为解决都市问题而非乡村问题提供了场所。"[1]我们可以借用这个句式作出判断:中国古代田园诗,为士子远离城市的行政繁务提供了场所——譬如归田园居并开创了中国田园诗传统的陶渊明。当代诗人对于乡村的田园牧歌式想象,很大程度上也与他们内心深处对城市生活的排斥有关。特别是身居城市多年却坚持不将城市视作归属地的人们,很自然地在内心埋藏着一个美好的乡村观念和形象。每当他对城市生活和现代文明失望时,这个观念便冒出一点芽儿,并逐渐结出一串美好的形象:亲切的祖屋、熟悉的小路、拥有一切美好品质的亲人和乡邻、唤起儿时记忆的饭食、代表着家族历史的宗祠……对于将城市视为失乐园的当代人而言,乡村承担着一份特殊的职能:作为"黄金时代"的理想寄托,记录自我历史与记忆的空间。在美好构想中,故乡犹如一条持久流淌的小河,湿润着主人的心田。

然而,大多数乡村的现状却可能是,故乡这条河流在被污染后日益枯干,仅"留下几尊肢体残缺的泥胎和几张老得模糊失去性征的面容"(刘洁岷《蛛丝集:我醒来的一瞬望见窗外枝头》);甚至,它已被彻底抹平和消失:"几千年建成的故乡／说没就没了。"(雷平

---

[1] 〔美〕安·简森·亚当斯:《"欧洲大沼泽"中的竞争共同体:身份认同与17世纪荷兰风景画》//〔美〕W.J.T.米切尔:《风景与权力》,杨丽、万信琼译,译林出版社,2014年版,第70页。

阳《春风咒》）"以后的每一年清明，我都只能，在坟地里／扒开草丛，踉踉跄跄地寻找故乡"（雷平阳《在坟地上寻找故乡》）。

二、哀悼与自我身份认同

从"模山范水"，从逍遥散淡悠远的山水间来到发生改变的现代自然景观，包含着当代诗人的审美意识转向以及智识判断。对事实风景的观看，需要诗人破除文化传统赋予自然的理想模型和预设，正视现实并追问造就现实的成因。造就这一切的主要元凶是否如多数诗人所声讨的，属于现代性的发展，其实有待商榷，不过不断关注与追问的诗人仍然为我们展示了可贵的姿态和责任心。

W.J.T.米切尔说过，从拥有明确的、毫无争议的权利的角度看，没有人"拥有"一片风景。但是，每个人"都必须承认或坦白自己对这片风景负有一定责任，与它有着某种牵连"。从这个意义而言，每个人又都"拥有"（或应该拥有）一片风景。这不仅是一个地缘政治问题，还是一个"全球诗学的问题"。[1]近年来的诗人对环境问题和事实风景的关切，展示了他们对一片风景所负载的诗学责任和伦理义务——将自我放置于这片风景以及它所折射的后现代境况中，将自我的思考和写作的责任，与这片风景的衰变紧密关联起来。

对于深受传统文化影响的东方人来说，自我身份意识的出发点往往建立在自我与神性自然的联结，而今，这种传统联结方式因自

---

[1] 〔美〕W.J.T.米切尔:《帝国的风景》// 〔美〕W.J.T.米切尔:《风景与权力》，杨丽、万信琼译，译林出版社，2014年版，第31页。

然的终结而变得难以为继,摇摇欲断。不过,生态意识也为当代诗人发现了另一种联结途径提供了可能:在哀悼中体会一损俱损的痛苦和联结感。这不啻为一种现代性的自我身份认同方式。美国当代哲学家朱迪斯·巴特勒(Judith Butler, 1956——)在分析哀悼与暴力的力量时曾指出,"同他人之间的纽带联系构成了我们"。当我们失去了联结的对象,后果不仅是对失去的"哀悼",更严重的结果是"变得无法理解自身":"没有你,我'是'谁?"因此,哀悼与悲伤并非"私人的事情",在巴特勒看来,悲伤会让我们"意识到自己同他人之间的关系纽带",而这一纽带"有助于我们理解人与人之间最根本的相互依存状态与伦理责任"。[1]承认这种关联,不论是我与他人的,还是与自然的,都相当于正视塑造我们的社会条件。

　　问题到这里并未结束。诗人与自然的关联,不仅仅是社会性和政治性层面的问题。即使是"生态诗学",也需要关注诗歌层面的技巧与表达。巴特勒也提醒我们:"关系建构了我们,同时也褫夺了我们。"[2]这种警示对诗人来说更是需要铭记的。环境生态问题催生了"我"对"我们"的代言。这种状况很容易令诗人不自觉地滑入到一种诗学困境:"我们"共通性的悲伤,制约和阻碍了"我"体验更加个人性的痛苦与感知,展示"自我"的言说与抒情。

---

[1] 〔美〕朱迪斯·巴特勒:《脆弱不安的生命:哀悼与暴力的力量》,何磊、赵英男译,河南大学出版社,2016年版,第32—33页。

[2] 〔美〕朱迪斯·巴特勒:《脆弱不安的生命:哀悼与暴力的力量》,何磊、赵英男译,河南大学出版社,2016年版,第35页。

第六章 城市景观的诞生

> 城市经验构成了我们现代生活的重要组成内容，城市风景就是我们得以存活的重要条件。
> ——〔法〕卡特琳·古特《重返风景》

人类对自然的控制活动，除了宣示所有权、追求物质利益增长，也包含着审美需求和实现。中国很早就出现了宫苑园林，人们通过类似化妆术和整容术的改造活动，以反自然的技术令自然看上去符合理想的自然样态。随着生产方式的变化和生产能力的提升，规划与改造自然成为全方位笼罩我们生活的系统工程。在当代人的主要居住环境（城市）中，景观设计和规划的痕迹随处显现：从广场位置、公园设计、街道宽窄、花坛放置到楼层高度和外立面色彩、灯光效果等。可以说，当代人的生活空间，已成为完全受制于权力、资本和技术规划、统治的空间。鉴于这种时代背景，本章在讨论城市风景时选择以"景观"作为替代概念，因为该词突出了人工和技术的作用，更适宜于表达一个现代化的社会表征和样态。

1967年，法国思想家居伊·德波的《景观社会》和瓦纳格姆的《日常生活的革命》出版，两本书都基于日常生活经验批判阐述了"情境"（situation）和"景观"（spectacle）的概念。其中，德波在论述现代资本主义社会的文化和意识形态、总结各先锋派艺术历史的基础上，将工业资本主义经济物化的现实抽离为一幅割裂生产环境的现代资本主义意识形态的"总体视觉图景"，将马克思所提出的经济拜物教转变为一种"景观拜物教"。根据德波的观察，在"景观社会"阶段，生活的每个细节都被异化成景观的形式，成为表征和影像。1988年，德波再次推出《关于景观社会的评论》一书，提出一种新的景观形式：综合的景观，并归纳总结出五个主要特征："不断的技术革新、国家与经济的结合、普遍化的隐秘状态、无可置换的谎言、永恒的当下。"[1]德波之后，波德里亚、凯尔纳、哈维、阿甘本等学者对景观和图像化问题进行了更多研究。学者们普遍发现，在当代社会，触觉、听觉等感官丧失了用武之地，起决定作用的感官是视觉。如艾尔雅维茨指出，当下社会是"视觉（visuality）成为社会现实主导形式的社会"，只要是大众媒体和晚期资本主义出现和发展的地方，"图像社会"（society of the image）就会如影随形地

---

[1]〔法〕居伊·德波：《景观社会评论》，梁虹译，广西师范大学出版社，2007年版，第7页。

得到发展。[1]

1990年以来，中国加速行驶在现代工业和商业发展的全球化道路上，人们的日常生活（特别是城市生活）呈现为无所不在的表征和影像，建构、控制着当代人的日常生活，令其难以改变，只有沉默而孤独地观看，或自得其乐地观看。陌生人之间也由图像的中介而建立关联。这些现代性特性在1990年以来的诗歌中均有突出体现。

第一节　城市风景的前世今生

一、古代诗词中的城市书写

在中国古代社会，城（特别是国都）的兴建往往伴随着统治权的确立，以及随后的保障和完善。不论是"鲧作城郭"[2]的传说，还是与"城"相配套的护城河、沟渠和城墙等附属建筑，都在彰显着"城"的主要功能：对外御敌和自我保存。作为权力的出发点，王朝最重要的城市，从选址、方位、建造规模到建筑样式，都被赋予了浓厚的象征内涵，承担着统治者祈愿帝国永昌和皇权永恒的愿景，所以中国古代城市培养的是权力等级观念。

---

[1] 〔斯洛文〕阿莱斯·艾尔雅维茨：《图像时代》，胡菊兰、张云鹏译，吉林人民出版社，2003年版，第5—6页。

[2] "鲧作城郭"的说法见于诸多文献之中，如《世本·作篇》："鲧作城郭"；《吴越春秋》："鲧筑城以卫君，造郭以守民，此城郭之始也"；《吕氏春秋·君守篇》："夏鲧作城"；《淮南子·原道训》："昔者夏鲧作三初之城"；《通志》："尧封鲧为崇伯，使之治水，乃兴徒役，作九初之城"等。

"市"最早见于《周易·系辞下》,意为货物交易之所。[1] "城市"一词较早出现于《韩非子·爱臣第四》[2]和《毛诗序》[3]中,所指皆与政治因素紧密相关。随着社会的发展,物品交换的"市"逐渐从市井和郊市向"城"内靠拢,"城"与"市"的功能逐渐融合起来,"城市"的内涵扩展为融合了政治、文化和商业活动的场所。如《三国志》载:"腾少贫,无产业,常从彰山中斫材木,负贩诣城市,以自供给。"[4]

　　蕴含于古代"城市"基因中的权力图式和象征内涵,影响到了中国传统诗词中的城市面向和主要特性:

　　首先,城市作为权力的象征物而出现。两汉辞赋和乐府诗中最早出现了和城市相关的内容,极言都城之形势险要、物产富庶、宫廷恢弘、建筑富丽堂皇等盛况,以赞誉帝国的富饶和天子的文治武功;[5]建安时期,城市生活的某些细节开始出现在有关游乐和饮宴的诗作中,内容多局限于权力核心圈的贵族人士的交际活动;[6]至唐代,

---

1　"包牺氏没,神农氏作。……日中为市,致天下之民,聚天下之货,交易而退,各得其所,盖取诸噬嗑。"见〔魏〕王弼,〔晋〕韩康伯注:《周易注疏》,中央编译出版社,2013年版,第380页。

2　《韩非子》:"是故大臣之禄虽大,不得籍威城市",见〔清〕王先慎集解,姜俊俊校点:《韩非子》,上海古籍出版社,2015年版,第29页。

3　《毛诗序》言:"齐桓公攘戎狄而封之,文公徙居楚丘,始建城市而营宫室,得其时制,百姓说之,国家殷富焉。"见严明编著:《〈诗经〉精读》,上海古籍出版社,2012年版,第46页。

4　〔西晋〕陈寿:《三国志·蜀书六(卷36)》,上海古籍出版社,2002年版,第872页。

5　如司马相如《长门赋》《子虚赋》《上林赋》,扬雄《羽猎赋》,班固《两都赋》,张衡《二京赋》,左思《三都赋》等。

6　如曹丕《芙蓉池作》《与朝歌令吴质书》《雨玄武陂作》,曹植《公宴》《侍太子坐》,刘桢《公宴》等。

出现了更多将城市景观和城市生活作为表现对象的诗歌。细究这些文本能发现，诗人往往将自我与城市的关系替换为自我与政权的关系，诗人与他者的交往也局限于同僚知己之间的酬谢应答。这种状况与古代中国以儒家思想为正统的政治性体制和意识有关，也与贵族世袭制度的强劲影响力有关。城市（特别是国都）的建造既以巩固王权为旨归，自然吸引着四面八方的人会聚于此，以谋求入仕显达。基于此，唐代诗人眼中的城市风景主要呈现为瑰丽明亮的宫殿王庭、车水马龙的通衢大道，以及觥筹交错的饮宴场面和宝马香车的王侯公子等权力衍生物就毫不奇怪了。[1] 描述城市风光和盛世繁荣气象的诗句常见于初唐、盛唐和北宋时期，出现最多的城市是长安、洛阳、汴梁等帝国之都。总之，其风光与权贵的"风光"——即政治权力——有着紧密的联系。诗人的艳羡、讽刺、怜悯和同情，更多源于权力导致的阶层差异和贫富差距，如王维的《洛阳女儿行》、杜甫的《丽人行》，以及白居易的《卖炭翁》《买花》等。

其次，中国古典诗词中与"城市"有关的第二种书写方向，即都城的反复毁坏及其所象征的山河易主王朝更迭，引发诗人怀古凭吊，仍与政治和权力相关。此类作品于唐代"安史之乱"后更甚，如杜牧的《阿房宫赋》、罗隐的《经故洛阳城》、司马光的《过洛阳故城》、张养浩的《山坡羊·潼关怀古》、程立本的《出洛阳城》等。

---

1 如"长安大道连狭斜，青牛白马七香车。玉辇纵横过主第，金鞭络绎向侯家"（卢照邻《长安古意》）；"九天阊阖开宫殿，万国衣冠拜冕旒"（王维《和贾舍人早朝大明宫之作》）；"俯十二兮通衢，绿槐参差兮车马"（王维《登楼歌》）；"陌头驰骋尽繁华。王孙公子五侯家"（王维《同比部杨员外十五夜游有怀静者季》）等。

第三，从经济学角度和生活层面来说，城市的出现是生产力水平提高和生产资料丰富的结果。充盈的食物供应和剩余的劳动力是形成城市生活的两个先决条件。城市生活是与乡村自给自足的农业劳动相区别的以钱物交易为主的生活方式。北宋时期，坊市分离制度的打破带来了城市的繁荣，城市的含义也随之扩展为商业繁华、喧嚣的聚居之所。北宋之后，对城市商业生活的关注和描述开始增多。这也与科举制度定期而规范的举行有关。士人阶层在北宋获得了社会权力，大量寒门子弟跻身高位。社会阶层的松动同样助生了商业繁华、市肆发达、市民阶层活跃的整体社会风气。于是有柳永作《望海潮·东南形胜》，裴湘作《浪淘沙·汴州》等，极言商业发达和万物充盈之况。宋室南渡之后，江南的重要性和繁华程度更进一步。明代工商业的兴盛为江南诸地带来了繁荣和富庶，也使整体社会风情在世俗生态之外多了几丝奢靡之气。文人筑园修林，诗酒雅集，琴曲相和，成为流行的士家风气，诗词文章明显流露出浮华之气。

总体来说，在中国古典诗词中，有关城市经验的诗歌较为稀少，对商业活动的涉及更是罕见。这既与古代中国由农耕文化和儒家意识形态为主导有关，也与人们潜意识中对商业活动和商人的鄙视心理有关。

二、基于二元对立的城市观念

中国古典诗歌以自然物象和乡村经验作为主要的诗意资源和风景来源，这种"山水田园"式的文化传统与审美意识延续至今，使不少当代人即使长时间生活在城市，仍将城市排除在"风景"的范畴之外。基于城—乡、自然—人工二元对立的观念，相信城市是无关风景的：一方面，城市的构造物——星罗棋布的街道、钢筋水泥的建筑、川流不息的车辆——都是与自然世界相对立的人工构造物；另一方面，就生活体验以及人们的交互关系而言，在城市里我们遇见的普遍是冷漠的陌生人，而陌生人似乎缺乏令诗人将其转化为诗意形象的一个重要驱动因素：感情的维系。

因城市特性与我们的审美惯性——熟悉的人和富有诗意的自然物象——相排斥，便产生了如下后果：其一，写作者拒绝书写城市；其二，写作者基于二元对立的观念将城市视作乡村对立物进行审视与批判；其三，写作者以猎奇眼光捕捉城市的现代性器物层面，以符号化、阶层化、性别化的眼光观察城市中的他人。这些状况不仅构成了中国现当代城市诗歌书写的基本面貌，也普遍表现在世界各国文学和艺术的发展中。

荷兰风景画在最初诞生之际极少触及商业活动和形象，原因是具有普遍性和共适性的：首先，商业活动尚不属于"适合公开表达的个人理想"之一（可以公开的理想是对精神事务的热衷）；其次，风景画的出现与工业革命和资产阶级的壮大有关，所以风景画旨在为都市人提供"一个视觉上的逃往乡村和欣赏乡村风景的机会"，并"减轻人们因当时的商业活动给过去的风景带来剧变——如果不是摧毁——而产生的负疚感"。[1]到了19世纪中期，作为工业革命的

---

[1] 〔美〕安·简森·亚当斯：《"欧洲大沼泽"中的竞争共同体：身份认同与17世纪荷兰风景画》//〔美〕W.J.T.米切尔：《风景与权力》，杨丽、万信琼译，译林出版社，2014年版，第61页。

结果之一，英国的城市人口首次超过了乡村人口，这在人类历史和世界范围内都是首次。然而，"直到整个英国社会已经绝对城市化以后，在整整一代人的时间里，英国文学主要还是乡村文学"。就如雷蒙·威廉斯所抱怨的，即便步入20世纪，在这个工业化和城市化高度发达的国度，"一些以前的观念和经验仍然有影响"。[1]华兹华斯、柯勒律治、骚塞、卡莱尔、哈代等纷纷指责城市的出现颠覆了传统的集体意识，使人们变得可怜、冷漠、缺乏共同情感："他们坐在自己被砖块或木板隔开的小隔间里，彼此是陌生人。……这是一个巨大的集合体，由许多小系统构成，每个系统又处于一种无组织的混乱状态，它们的成员不是在一起工作，而是在一起争抢。"[2]

在中国现当代诗歌史上，城市生活和城市书写的不对称性和滞后性更为明显。20世纪90年代以来，中国的城市化进程突飞猛进，城市化率已在2011年突破了50%。[3]可以推断的是，近年来应有半数以上的诗人在城市中生活，然而将城市经验作为写作资源的诗歌依然显得不相匹配的稀缺。很多诗人虽生活在城市，书桌摆在城市，却能做到写作内容与城市毫无关涉。在某种程度上，今天的诗人是否将自己生活的城市空间视为新的诗意来源，并能够对城市经验进行积极的文本转化，可以作为观察其审美意识是否需要现代性的一

---

[1] 〔英〕雷蒙·威廉斯：《乡村与城市》，韩子满等译，商务印书馆，2013年版，第296、2页。

[2] 卡莱尔：*Thomas Carlyle*，1831，转引自〔英〕雷蒙·威廉斯：《乡村与城市》，韩子满等译，商务印书馆，2013年版，第294页。

[3] 据2012年10月31发布的《2012中国新型城市化报告》称，中国城市化率在2011年突破了50%。

项参考。

　　法国批评家蒂博代（Thibaudet）曾指出，"一直到19世纪，城市生活也就只是诗人及其读者的庸常生活而已；一种心照不宣的，而且是建立在某种深刻法度之上的陈规，似乎是将城市生活排斥在诗歌之外的。"[1]也是基于这种偏见，波德莱尔在《恶之花：一本禁书的题词》的开篇中就写道："温和的、田园诗的读者，／谦虚朴实的善良的人，／请扔掉这充满着忧郁、躁狂的、土星人的书本。"（钱春绮译）作为第一批将城市当作主要诗意资源的现代性诗人，波德莱尔敏锐地认识到，一个人对乡村生活的留恋，对田园诗的尊崇，会影响到他对城市的看法，以及对现代诗的理解和接受能力。当波德莱尔的好友请他赐稿一篇有关自然的文章时，波德莱尔明确表示自己"不会为植物而动情"，自己的灵魂"对这种怪异的新宗教是十分反感"的。这位现代主义诗歌的鼻祖人物坦陈，自己甚至认为百花盛开、春机盎然的"大自然"中"有某种恬不知耻且令人痛苦的东西"；"在森林的深处，"波德莱尔写道，"我想到的是我们那些令人惊叹的城市，而在那些山巅上鸣奏的奇妙音乐对我来说就仿佛是在表达人世间的哀号。"[2]

　　然而，在波德莱尔之前和之后，"反城市化"一直是诗歌界、文艺界与思想界的主流。城市被认为是非诗意的和无关风景的存在。

---

[1] Albert Thibaudet, *Intérieurs*, 1924, 转引自刘波：《波德莱尔：从城市经验到诗歌经验》，北京大学出版社，2016年版，第33页。

[2] 波德莱尔1853年底或1854年初致德诺瓦耶的信，转引自刘波：《波德莱尔：从城市经验到诗歌经验》，北京大学出版社，2016年版，第71—72页。

在中国，在21世纪，这种偏见并未随着全面城镇化进程而得到克服和本质性改变。在移居城市多年之后，除了少数诗人自觉于新的审美意识，对城市生活和现代性经验给予了积极关注和中肯描述，大多数城市诗歌流淌的仍是古典诗词所培养的农耕文明意识、挽歌式的田园乡愁情结。诗人以温情歌咏乡村，在"有毒的大街"上"含着铅"写着"关于落叶和树的诗歌"（于坚《便条集·292》），在被城市的"拒斥"和疏离中黯然神伤，在他人的冷漠无情中叹息失望……对多数诗人来说，把城市从传统的乡村意象中区分出来，超越城乡二元对立意识，以真正现代性的意识观看城市风景，发现城市独特的魅力和诗意，仍需较长时间的调整。

针对拒绝将城市视为"风景"的观念，法国学者卡特琳·古特从生活经验与后现代主义思想方法两个方面提出了反驳意见：一方面，城市经验构成了我们现代生活的重要组成内容，城市风景就是我们得以存活的重要条件；另一方面，透过每个城市风景，我们可以"得知其中的文化属性，特别是作者的感官状态，他的智识，他的欲望，他的恐惧"。[1]

三、中国现当代诗歌中的城市书写

肇始于19世纪末的第二次工业革命席卷全球，开始带给中国城市深刻变化，也引发了国人的城市观随之发生本质变化。对中国传

---

[1] 〔法〕卡特琳·古特：《重返风景：当代艺术的地景再现》，黄金菊译，华东师范大学出版社，2014年版，第2页。

统文化和政治制度的反思，导致人们迫切地希望引入西方的工业形式和生活方式，甚至有学者直接提出"打倒旧城郭，建设新都市"的主张。更具西化的"都市"一词一时取代了凸显传统文化和政治属性的"城市"概念。[1]据《申报》全文数据库检索，1912年至1949年间，"都市"出现2.2万多次，"城市"出现1.9万多次。这在某种程度上可以说明，民国时期从官方到知识分子对"都市"的认同和使用频率都要大于"城市"。这种情况一直持续到20世纪40年代末。中国共产党在确定自身话语体系的过程中明显表现出对"都市"一词的拒斥，以及对"城市"一词的选择与重新定性，这种回转随着新中国的成立而日益深入和稳定。[2]直到今天，官方话语体系中，"城市"仍然超越"都市"成为政治经济领域的主流话语。鉴于此，下文在需要区分中／西、政治／资本等方面的文化差异时，会分别使用"城市"与"都市"。

　　在以农耕文明为基础的古代社会，城市和乡村在生活方式和物质形态上并无本质性区别。科举制的实行在城乡之间建立了一条稳定而通畅的社会流动渠道，使得读书人入可进城出仕，退可归根还

---

[1] 20世纪20年代，留学日本、欧美的一批新型知识分子"受西方市政建设的影响，形成一股大的社会思潮，'都市'被作为近代西方带来的新事物而被广泛宣传"。相比"城市"，"都市"强调工商业和生产功能。参见赵斐：《近代以来"都市"和"城市"话语地位的变迁》，载《云南师范大学学报（哲学社会科学版）》，2018年第2期，第76页。

[2] 王稼祥于1948年起草的《城市工作大纲》中提出："城市工作的方针，就是变敌伪国民党统治的城市为经济上、政治上、文化上新民主主义的城市。"此引言及前述《申报》检索数据皆转引自赵斐：《近代以来"都市"和"城市"话语地位的变迁》，载《云南师范大学学报（哲学社会科学版）》，2018年第2期，第76—78页。

乡。科举制的废除，以及现代都市的出现，不仅造成了这条流动途径的消失[1]，也带来了城乡的分裂乃至对立。

郭沫若的《笔立山头展望》（1920）作于留学日本期间，一般被视为中国现当代诗歌史上第一首城市诗。在这首诗中，郭沫若热情地赞美海湾和轮船，将轮船冒的黑烟誉为"二十世纪的名花"：

> 大都会的脉搏呀！
> 生的鼓动呀！
> ……
> 黑沈沈的海湾，停泊着的轮船，进行着的轮船，数不尽的轮船，
> 一枝枝的烟筒都开着了朵黑色的牡丹呀！
> 哦哦，二十世纪的名花！
> 近代文明的严母呀！
> ——郭沫若《笔立山头展望》1920.6

虽然诗人的修辞方式沿袭了古典趣味，但他给予工业文明的赞赏态度和审美意识非常超前和出类拔萃。诗人意识到"近代文明"是供"轮船"畅游的工业时代，是机器施展动力的海湾，并对这一趋势表示吁请和欢迎。《笔立山头展望》最初发表于1920年7月21日

---

1 〔美〕余英时：《试说科举在中国史上的功能与意义》//《余英时文集（9）》，广西师范大学出版社，2006年版，第67页。

上海《时事新报·学灯》，在同时期的留学诗人和上海诗人笔下，充斥着各种现代器物意象，既显示了诗人对现代性生活的新奇和热情，也交杂着拥抱现代化的渴望与焦虑。

在中国近代城市规划和建设中，上海无疑是最西化的城市。自开埠以来，该市的城市规划建设深受欧美影响，是国内新兴"都市"的代表。及至战后重建，主持者和参与者也多有深厚的欧美城市规划渊源，重建计划也被命名为"大上海都市计划"。[1]及至后来风向转换，"都市"一词遭受诟病，也与这个词的西化倾向有关，真可谓成也萧何，败也萧何。

比之新都市建设的如火如荼，在诗歌界，诗人对"都市"的态度显得暧昧而复杂。写下《笔立山头展望》之后，郭沫若的审美眼光更多停留在新柳、长亭、粉蝶儿、泥燕儿（《晴朝》，1920.9），微风、晚红、皓月（《岸上》，1920.7），月光、沙滩、松林、海水、鸡声、鸟声等自然意象，这些更容易让诗人觉得"我的心琴也微微地起了共鸣"（《晨兴》）。

包括郭在内的新诗诗人，特别是有"左翼"倾向的诗人，关于城市的书写开始充斥着负面内容和仇视情绪。因为现代都市生活被理解为西方的舶来品，人们在提及"都市"时也越来越多地与西方"帝国主义""殖民主义"等负面情绪和信息联系起来。用学者张英进的话说，19世纪以来国人对城市的多种文化构型中，"深埋着一种

---

[1] 侯丽、王宜兵：《大上海都市计划1946—1949》——近代中国大都市的现代化愿景与规划实践》，《城市规划》，2015年第10期。

对现代城市道德后果的根本怀疑，尤其是它对中国传统之根基的渗透力、腐蚀力、颠覆力。"[1]这种怀疑在左翼知识分子和学者那里更为明显，如李大钊和陈独秀先后在《青年与农村》(1919)和《马克思学说》(1922)等文中将"都市"和"乡村"在环境（污秽—洁净）、精神（堕落—淳朴）、生产（工业—农业）、民族（西洋—东洋）等层面进行二元对立比较，将前者斥为罪恶之地，将后者美化为桃花源，生活于此不仅可以获得幸福，还可安置理想和施展志业。李、陈二人的观念代表了一批处于转型期、不能或不愿适应现代化城市的道德反应和美学惯性。基于此种原因与心理，20年代之后，包括郭沫若在内的中国诗人，由热情讴歌转向批判立场，或在礼赞都市器物层面的同时声讨其道德原罪。都市变成充斥着"游闲的尸，/淫嚣的肉"，"满目都是骷髅，/满街都是灵柩"（郭沫若《上海印象》，1921），以及"污秽的垃圾"和"嘈杂的声响"（王亚平《黄浦江》，1934）的荒原。从郭沫若的《上海印象》《海舟中望日出》《仰望》《西湖纪游·沪杭车中》到冯至的《北游》组诗，都市被符号化地处理为"罪恶的渊薮"（李白凤《从商日记》）、"黑黝黝的墓园"（李白凤《墓园》）、"灰黑的地狱"（蒋光慈《北京》，以及人情淡漠、贪婪、精神搁浅和沉沦的泥淖（袁可嘉《上海》）。诗人将自我对工业文明和城市文明的抵触，对帝国主义的愤恨和仇视，转喻为对"都市"这一地理空间和现代生活方式的批判。当引入国

---

[1] 〔美〕张英进:《中国现代文学与电影中的城市：空间、时间与性别构成》，秦立彦译，江苏人民出版社，2007年版，第5页。

家和民族主义作为出发点时，诗人对都市的批判占据了卫护中国传统的道德高地。

到了20世纪80年代，始有诗人公开擎起"城市"大旗：1984年7月，《太原文艺》杂志改刊《城市文学》，从1986年起连续三年举办"中国城市诗展"，并辟"中国城市诗"专栏；居于上海的诗人宋琳、张小波、孙晓刚和李彬勇四人自称"城市诗人"，出版诗歌合集《城市人》（学林出版社，1987年）——虽然该诗集里只有少数诗作与城市相关；伊甸、柯平、宫辉、力虹四人的诗歌合集《城市四重奏》也于1988年出版（浙江文艺出版社）。彼时中国的城市性尚不突出，诗人与城市的接触也相对有限，尚未有充分机会领略城市的复杂和丰富。他们（特别是刚刚离开乡村进入大学不久的诗人）对城市的书写难免流于青春期的憧憬和波西米亚气的浪漫怀想（如孙晓刚的《南方，有一座美丽的城市》《水果交响诗》，宋琳的《城市波尔卡》），以及文学经验的移植、虚构和"无中生有"（如宋琳《白鲸·我·印象城市》《城市波尔卡》）。多数诗作也不具备现代城市意识，部分诗歌甚至未能褪尽"文革"文学遗风，充斥着革命象征主义和颂歌体的抒情腔调。

短暂的甜蜜期之后，诗人们开始流露出对城市的不适和焦虑，他们或将城市视作一个被时代给定的生存空间和不得不接受的现实（张小波《旧时地》《城市和它的驯兽师》），或将城市的工业化进程视作压迫自身的青春期生理冲动和心理健康的元凶（张小波《钢铁启示录》《题21岁生日》），以及挤压他们灵魂的物质怪物。这种抱怨和谴责至今仍盛行于不少诗歌中。直到今天，城镇化进程最为发达之地，几乎也是诗人对城市攻击最为强烈之地。城市成为道德堕落容污纳垢的沼泽地，是"掀起裙角的荡妇"："四通八达的阴沟暗河／被盖上现代、文明、繁荣的阴井盖／正在悄悄地布满你的全身"（丁成《上海，上海》）。

本章在波德莱尔、卡特琳·古特等人观念基础上认为并相信，城市非但不是自然的对立物和情感的荒漠；相反，如罗伯特·E. 帕克所言，是"自然的产物，尤其是人之自然，即人性的产物"。[1]城市景观是一种值得我们重视的现代性风景样态。它包括外在显现的物理设施和器物世界，以及人类的文明样态、精神生态、时代风俗等内容。城市景观不仅展示着现代性的生存危机、精神危机和混乱状态（正如很多人所批判的），更隐藏着丰富的秘密和生活真相，酝酿并生成着珍贵的现代性情感与交往温情。对城市景观的观察，有助于我们了解当代诗人对现代生活、现代文明的接受程度，以及对自身的现代性体验进行文本转化的技艺和能力。说到底，对城市景观的书写，也是诗人对自身经验和现代处境的自我解释。值得庆幸的是，1990年以来，特别是新世纪以来，已有不少汉语诗歌表现出对城市景观的发现和细察，并展现出这个时代的文本应有的现代性特征和诗学探索。

---

[1]〔美〕罗伯特·E. 帕克：《城市：有关城市环境中人类行为研究的建议》，杭苏红译，商务印书馆，2016年版，第5页。

第二节　城市景观与自我认同

不论是古代诗人还是当代诗人，看待城市的视角和表现都与其自我身份认同有着紧密关系。在古代社会，对心忧天下的士大夫而言，城市的兴衰往往具有政治象征内涵。当代诗人因身份的改变，已普遍丧失这一政治敏感和审美视角，而相应表现为以下几种身份意识：都市流浪者、城市寄居者、现代消费者和诗意栖居者等。本节的书写以诗人的自我身份意识为切入点，梳理出若干类型的城市风景显现：如骆英、孙文波等"都市流浪者"笔下庞大、坚硬、冰冷的城市建筑景观和照明景观，于坚、李森等诗人笔下变化迅捷的街景，李建春、杨克等诗人笔下的商品风景和现代消费景观，以及香港诗人黄灿然、舒明笔下充满温情的动人风景。

一、都市流浪者：物与他人的围困

城市的不断完善与现代性的个人主义是同步发展的，它们共同追求的都是快速和个人化的舒适，这造就了现代城市人的典型特征：对自我的关注和对他者的漠视。从另一个角度而言，对自我的关注也昭示着诗人自我身份认同凭证的匮乏，以及与他者联结关系的脆弱。

墨西哥诗人帕斯曾指出，随着古老的自然的消失，取而代之的是"抽象的城市"和"机器可怕的新奇"。从前，我们和宇宙交谈（或以为它在讲话），20世纪之后，现代人孤单地和巨大的城市在一起，"而他的孤独就是千百万和他一样的人的孤独"。新诗歌的主人公正是"人群中的一个孤独者"，或者说是"一群孤独的人"。这构成了"唯我论的开端"。[1]

20世纪80年代以来,有相当多的中国诗人是在怀揣录取通知书进入大学那天才告别了乡村,进入了陌生的城市。面对城市道路、建筑,以及陌生的人群,移居者产生出难以相融的漂泊感。这种情况形成了诗人看待自我身份的集体意识:一个漂泊的外乡人。大量诗人在对故乡的思念中以"外省人""流浪者""局外人""寄宿者""游荡者"等身份自谓:"这都市的繁华与我无关/我宁愿像乞丐游荡在街旁"(骆英《午夜在洛杉矶》);"我是囊中空空的局外人,大千世界/一个漂流的诗的符号"(张烨《街景》);"局外人、旁观者,这似乎就是我现在的/角色"(孙文波《给小蓓的骊歌》);"你说我们就像流浪的尤利西斯"(孙文波《给曙光》)……归属感的缺乏,带来当代城市风景书写的一个显著特征:诗人在仰望城市风景时产生的漂泊感、孤独感和被拒斥感。

总结来说,"都市漂泊者"眼中的城市风景,多具有以下几种面貌与特征:

第一,城市器物在体量上的庞大反衬着个人的渺小和衰弱,在质地上的笔直、坚硬和冰冷,映现着个人的脆弱、迷茫和彷徨。

段义孚曾概括说,人们可以简单地将生活环境分为"自然的"和"匠气的",后者充斥着"直线、棱角和方方正正的物件",而城市这是"方形环境的杰出体现"。[2]在人们的传统审美观念中,美体

---

[1] 〔墨〕奥克塔维奥·帕斯:《批评的激情——奥·帕斯谈创作》,赵振江译,云南人民出版社,1995年版,第31页。

[2] 〔美〕段义孚:《恋地情结》,志丞、刘苏译,商务印书馆,2018年版,第110页。

现为自然、圆融、蜿蜒、优美、轻柔等特质,而城市表征却呈现为相反的技术、笔直、硬挺和滞重。这种情况不仅影响了人们对城市景观的接纳,还滋生了对城市的排斥情绪。当孤单的个人仰视高耸的建筑、壮观的立交桥、矗立的高墙,或踱步于漆黑的柏油路,徘徊于宽阔的广场,很容易产生出彷徨、恐惧和无力感:"城市,一只老虎的胃,可以吞食任何东西。"(孙文波《在傍晚落日红色的光辉中》);"硕壮的钢楼俯视我"(骆英《都市流浪之歌·1》);"于都市的长夜在墙角潜行/这辉煌的日子让我自卑/这都市的浑大让我惶恐"(骆英《都市流浪之歌·17》);"在汗水中/混凝土越来越硬/皮鞋痛得流泪"(徐君《小城鸟鸣》);"这水泥的坚硬让我痛恨"(骆英《都市流浪之歌·5》);"被禁闭的风在水泥中呻吟"(骆英《午夜酒吧》);"盲目的漫游者,在车站广场"(杨克《广州》)……

在乡下,少量的物服务于人的需要。在城市,庞大的器物作为显赫的景观成为空间的主宰者。居伊·德波曾评价汽车作为"商品富足第一阶段的领先产品",用"专政"的方式,"以高速公路的统治铭刻于土地上,拆散了从前的中心,指挥着更加严重的分散"。[1]在城市中,空间由标志性建筑物所提示,道路为汽车而规划,通行规则为汽车而制定:"走在大街上/脚步,回响在月亮/地面的每一分钟,强化我的/贫穷意识。"(张烨《街景》)"那条街/是属于汽车的/它碾碎了我的影子"(李建一《我坐在这个城市的角落里》);"汽车"作为城市最常见的意象,经常被诗人作为现代工业以及权

---

[1] 〔法〕居伊·德波:《景观社会》,张新木译,南京大学出版社,2017年版,第110页。

力的象征:"每天／不是在鸡鸣中／而是在汽车的喇叭声中／早早醒来"(徐君《在城市生活》);汽车代表着一种强势的权力,使人的存在受制于物的改造和排挤,人与汽车的关系构成了当代人被驱逐到边缘和依附位置的生存隐喻之一:"在城市的器官里／这些已经被汽车的尖叫／改造成配件的耳朵／保存着倾听的样子"(于坚《便条集·104》)……汽车的强势衬托并加剧着自我的孤独感和消瘦:"从汽车车身锃亮的油漆反光里／我看到我瘦下来的青春／与城市的繁荣成反比／从查暂住证的吆喝声中,我才知道／在普通话的语境里／方言显得多么无力"……(郁金《狗一样的生活》)

城市发展进一步扩大了贫富差距,或者说使人们的贫富差距表现得更为显在了,因此,不少诗人对城市的抱怨中夹杂着阶层意识的不满。伊沙在《又写到公共汽车》中以等级制和阶级化的眼光将公共汽车这一微型空间作为城市的一个缩影和象征进行批判:"一个真正的富人／可从来不会让我／因为他们／从来不坐公共汽车。"孙文波则通过对比几款车型及他们的车速,嘲讽城市街道上的等级制度:"狂妄的凯迪拉克超过去了,／资产阶级的奔驰超过去了,而'小面'／卑微的压低自己的姿态在后视镜中摇晃。"(孙文波《在路上》)

在物的强力压制和围歼中,人们感到前所未有的低能、无力、恐惧和异化感:自称"来自一个很小的地方"的杨森君,坐在朋友中间一起举杯的时候仍自况这不是自己的城市,它"也不是你们谁的"(杨森君《这不是我的城市》);"当我穿行在汽车的洪流中,／在繁华的、人群拥挤的春熙路,／我清楚地知道我像什么:／一只

甲虫；一个卡夫卡抛弃了的单词！"（孙文波《聊天》）

第二，现代器物的出现所导致的对古典经验的取缔。

当高楼大厦成为"城里的庄稼"，城市化发展代表着对乡村资源和乡村经验的无情剥削和罪恶争夺："跟水稻争地，跟玉米争地／……／如今高楼大厦是城里的庄稼"（杨克《如今高楼大厦是城里的庄稼》）。以"都市流浪者"自居的诗人，一边怀念着家乡的小河（骆英《在都市流浪》）和逝去的少年情怀（骆英《KTV》），一边怀着逃亡之念和诅咒之心穿行于这座噩梦空间（骆英《城市》）。

汽车、高楼、电梯、电灯等现代器物的出现，不仅改变了人们的生活方式和背景，在某些方面也使得城市人被日益隔绝于"诗意"的意象和乡村经验之外。本雅明很早就发现，"煤气路灯比高楼大厦更成功地把星空从大城市的背景中抹去"。现代照明工具的出现，改变了城市的主要面貌与属性。路灯、楼体灯、霓虹灯、广告牌灯光等，将城市的黑夜变成白昼，诞生了"夜生活"这种现代经验，不仅改变了空间，也取消了时间，进而解除了自身与太阳、月亮的古老依存关系。[1] 诗人王小妮也在诗歌中感慨城市的灯光太亮太炫，令"独自旅行的月亮还没进城就紧张"（王小妮《在十九楼天台上》）。在另一首诗中，王小妮将城市电能与人的生存做了讽刺性的对比，更加凸显出"电"先于"人"的必须性和首要性："可以没有人，但是不能没有电"。人所发明的技术，不仅改变了我们与自然

---

[1] 〔德〕瓦尔特·本雅明：《巴黎，19世纪的首都》，刘北成译，商务印书馆，2015年版，第116页。

(太阳、月亮、星星)的关系,甚至将自我的存在推向可有可无的境地。相反,深夜炫亮的高楼大厦构成了现代城市的主体景观,它"独自一个站在最黑暗的前线",像个"壮丁""傻子"和"自封的当代英雄"(王小妮《深夜的高楼大厦里都有什么》)。现代照明的声势浩大,与个人的凡俗和普通形成对比,并构成了压迫性的震慑和威胁,使个人的存在越显孱弱而衰微。

第三,他人的冷漠无情与威胁。

在以宗法制为基础的乡村社会,一个人就生活于乡邻亲属之间。城市在本质上表现为陌生人的聚集和交往(以权力为基础的官僚交际和基于经济利益的物质交易)。这种城乡差异,可用一位当代诗人的诗歌概述说:"在街上看见的人很多/熟悉的很少/在村里遇见的人很少/熟悉的很多"(徐君《在城市生活》)。一个从乡村迁居城市的人会明显意识到,自己曾经习惯的建立在熟人基础上的"初级"(primary)关系网被城市流动的人口冲散了,变成了由陌生人组成的"次级"(secondary)关系,自己抬眼所见皆是彼此无涉的陌生人。[1]这种转变使人们的参与感、融入感、归属感大大降低,并相应滋生出无所依靠的孤独、恐惧和沮丧:"邻居/是另一个邮箱/是另一个开门密码的主人邻居"(骆英《邻居》)。骆英的《邻居》一

---

[1] "初级"(primary)关系和"次级"(secondary)关系出自美国芝加哥学派社会学家罗伯特·E.帕克。帕克提出这两个概念受到了美国社会学家和社会心理学家查尔斯·霍顿·库利(Charles Horton Cooley,1864—1929)的影响。后者在1909年出版的著作《社会组织》中提出了初级群体(primary group)的概念,指代由亲密的、面对面的交往与合作所塑造的群体。

诗颇有象征意味地指认了城市生活中人们交往关系和感知细节的缺席。在乡村和小城镇，邻里的熟稔和亲近程度并不逊于血亲，大城市中，邻居的形成多取决于经济状况、阶层结构和偶然性因素。他们之间无须维系情感交往，甚至没有机会互相照面和认识。这使"邻居"降低到了和所见物——"门""车位""电表"——同等的符号和数字化代称。除《邻居》外，骆英还在多篇诗歌中诉说作为一个"脱群"之人的孤独——不是脱离群体，而是在群体之中的孤独——"像丛林的孤独狼在网上流浪／像脱群的骆驼寻找着牧场"（骆英《今夜我在网上》）。可以说，城市重新更新和诠释了"孤独"这种人类的永恒性感受，使人品尝到置于人群和喧嚣中的孤独："生活在这座人口稠密的城市，／如果我对你说：我们仍然是孤独的"（孙文波《聊天》）；"秋天，你在一座人口多如沙粒的城市，／成为名副其实的异乡人"（孙文波《客居》）；"即使在人群／我仍然与你们无法团结"（余丛《广场》）……

在城市漂泊的人会觉得，川流不息的人群与自己无关，这是一个缺乏人情味，交往规则根据金钱、利益的规则来界定的冰冷空间："一路上，没有人与我谈天气／在一滴水里，我独自一个人被天空照见"（黄礼孩《独自一个人》）；"我来到北京汇入陌生的人流／……／我来到人间看到这么多陌生的同类"（程一身《我来到北京》）。孤独感驱使着一些勇敢的人主动打开自我，试图与陌生的路人建立关联，然而却接连体会着失败：他既不能跟"一个忧伤而美丽的女孩""说说话"，也不能邀请一个青年"到茶餐厅／喝杯奶茶"，既不能和一个老人聊聊天，也不能追上一辆"正载着／失业者、求职者、离婚者、逃学者，/还有怀着一些秘密的希望的人回家"的电车……（黄灿然《走在下午的大街上》）孤绝，独立，被人漠视，构成了城市人的日常痛苦："自殡仪馆返回现实/大街两旁闪烁着水果、陶器、烟火、怀孕的女人/闪烁万象/城市依旧生机勃勃/它对一个人的消逝无动于衷/对我的悲哀无动于衷"（汗漫《一个残酷的春天》）。诗人刚在殡仪馆体味过天人永隔的距离和孤独，返回现实中的大街，不得不继续品尝被疏离的孤独和失落：那存在于活着的人与人之间的距离和"无情"。如果殡仪馆里的生死象征着生命的脆弱，大街上人与人的距离就代表着人性和交往的失败：在这样一个悲恸的日子，街上的人和物还兀自"闪烁万象"着，无耻地"生机勃勃"着，与诗人的惨淡心境形成了强烈反差，这真是一个"残酷的春天"和无情的世界！从另一个角度而言，诗人的伤悲已不再局限于"悲秋"这一历史悠久的文学史传统和氛围，而是发生在"一个残酷的春天"。熙熙攘攘的现代街道改变了诗人的抒情模式。

恩格斯——也是最早对城市人群进行关注和思考的人之一，认为大城市街头拥挤的人群中包含着"某种丑恶的违反人性的东西"。这些人本来具有"同样的属性和能力"，同样地渴求着幸福，但是他们却谁也不看谁一眼，"彼此从身旁匆匆地走过，好像他们之间没有任何共同的地方"。恩格斯相信，孤僻冷漠、目光浅短、追逐私利构成了"现代社会的基本的和普通的原则"，并且，人们"愈是聚集在一个小小的空间里，每一个人在追逐私人利益时的这种可怕的冷淡、这种不近人情的孤僻就愈是使人难堪，愈是可恨。"最后，恩格斯断言，"这种一盘散沙的世界在这里是发展到顶点了。"[1]在乔尔·迈耶罗维茨（Joel Meyerowitz）的摄影作品《百老汇大街与西四十六街，纽约》（1976）中，街道上往来的人们之间没有邂逅与相逢，就连前景中两个进行物质传递的男人之间也没有任何目光交流。在客观上，街道设计的要旨与通行规则的实施，加剧着人们缺乏交流的城市景观。人们在路上行走，往往是为了更快速地到达家、单位或其他目的地；另外，文化习惯、礼貌或自我保护等原因也使人们谢绝与陌生人发生视觉的对视与交流。

　　生活在最早实现工业化都市——伦敦的作家哈代，曾将伦敦形容为一个"有着400万个头颅和800万只眼睛的怪物"。他怀着一种怪异的感受记述了1879年伦敦市长游行中人群的非人化，随着人群变得越来越密集，它渐渐变成了"一个有机的整体，一种跟人类完全没有相似之处的黑色的软体动物，……这个生物的声音是从它鳞片状的表皮渗透出来的，它身上每一个毛孔中都有一个眼睛"。[2]这种将人群视作危险来源和引发不适的心理反应至今未被免除，反而随着人口的膨胀而加剧了："我感到我是一群人。／但是他们聚成了一堆恐惧。"（萧开愚《北站》）桑克在地铁出站口同样感觉到了"扑面而来的敌意"。他感慨"证明自己是困难的"，遂绷脸以冷漠回应

---

[1] 〔德〕恩格斯：《英国工人阶级状况：根据亲身观察和可靠资料》//《马克思恩格斯全集（第二卷）》，中共中央马克思恩格斯列宁斯大林著作编译局译，人民出版社，1957年版，第304页。

[2] 转引自〔英〕雷蒙·威廉斯：《乡村与城市》，韩子满等译，商务印书馆，2013年版，第295页。

冷漠,以防备回应防备:"紧紧将挎包扣在胸口,仿佛每一个经过者/都是一个潜伏的窃贼。他们也是如此,/机警地盯着我。"诡秘的气氛使所有人可悲地具有了同一性:"红色的灯光使每个人看起来都有些相似。"(桑克《出站口》)

人头攒动,从而取消了每一个个体。大量的人群汇集成一个现代性的怪物,吞噬了每一个人。这种现代景观造成了写作的困难:因为诗人与环境产生的关联感,以及这种关联的唯一性感觉,在城市的街道上显得难以追觅。如果诗人从人群中跳出,以一种旁观者的视角审视人群,其描述就可能如哈代那样,将人群隐喻为群体性的失性和低智的动物:"城市的庄稼遮天蔽日/行人和汽车穿行在密密麻麻的根部/像水蛭、蚯蚓和蝌蚪——"(杨克《如今高楼大厦是城里的庄稼》)。当一群人共同聚集、拥挤着穿越城市的钢铁森林,整体性的存在抹除了他们各自的独特性,他们的姓名、职业、身份和感受。城市的高楼大厦使所有人如低级动物般在其"根部"蠕动,没有名字,没有面孔,更没有表情:"我走在大街上,/我看见人群蠕动如蚁群,/我看见肮脏的河水流过热闹的码头。"(凌越《肮脏的河水流过城市》)会聚街头的人群"蠕动如蚁群",像一个紧挨一个彼此撞击的细胞。它们共同组织成一摊"肮脏的河水",随着街道的方向和形状盲目流动,趋向无名化和客体化。

与街道、高楼、车站等令人不悦的城市空间和设施相比,公园和绿地就相当于城市的肺部,使城市得以呼吸和吐纳。公园和城市与自然的亲近性,也使居住于城市的诗人对其趋之若鹜。当诗人的目光停留于公园——如武汉东湖公园之于刘洁岷,杭州西湖之于泉子,昆明翠湖公园之于雷平阳和于坚——他们的声调旋即温和了很多:"是一场刚结束的阵雨,打开了清新／……／是的,生活不能只用新的街道来验收——"(黄梵《城市之歌》)。

城中自然资源稀缺,使诗人联想到被距离隔开的亲人和物是人非的故乡:"我还是把老柚子树比作故乡,鸟比作人／那些羽毛蓬松的斑鸠鸣唱着人的方言"(刘洁岷《东亭集:老柚子树之忆》)。老柚子树"颤颤巍巍"的衰老形态,隐喻着自然风景以及与之相伴的古老主题(故乡、方言、亲人)在城市空间中的式微。在当代城市诗歌中,这种现代性的忧伤不绝于耳:

我与那鸟之间隔着玻璃或窗纱
我的老父亲来了电话,隔着几声模糊的鸟鸣

晚间,朝南的阳台上晾衣架晾着斑斑驳驳的月光
附近是几乎悬空的故乡小镇,人影倒立着走动
——刘洁岷《滨湖集:珠颈斑鸠》

现代性的"玻璃或窗纱"既为实物,也可作为一种文化象征,就像"我"与"老父"之间若断又连的电话线,以及窗外"斑斑驳驳的月光"。在城市中,自然风景的显现不再是自足而明确的,相反总是有所隔膜的,被有所削弱和偏转的。

对于"都市流浪者"来说,城市的道路、高楼、灯光、他人,甚至公园里的树木和花草,都在提醒着诗人远离和丧失的东西:自

然、乡村、感性、柔软、亲信、尊严……故此，有人感慨"在城里做一名诗人是很难的"，在城市居住久了会令诗人"江郎才尽"："城市是一个大超市／城市是一个魔术师／城市应有尽有／唯独不提供炊烟"（李强《炊烟》）。"炊烟"构成了整个乡村世界和农耕文明的提喻，是城市的对立物。基于看不见炊烟无法写诗这一假设性前提，诗人举例说古代诗人曹植和王维"在城里呆不住"，继而描述了一个当代诗人对城市的不适应："江一郎进城领完奖／就急匆匆地赶回台州乡下去了"。就事实逻辑而言，曹植与王维不仅有很长时间生活于城市，并且二人都拥有积极的政治抱负，希望在最高政权所在的都城得到施展；二人的离开皆因政治上的被动，并非主观上"在城里呆不住"；最重要的，即使曹植和王维的生活如同当代诗人理想化的想象，也不能作为当代诗人"在城里呆不住"的原因。再说，如此恐惧城市的诗人何必要前往城市领奖呢？可见，《炊烟》对城市的拒绝主要是审美层面的。于生活经济等其他领域，当代诗人仍乐于分享城镇化进程带来的各种便利和舒适。就连诗中的江一郎，能够于城乡之间急匆匆地来往，也赖于科技工业的发展带来的交通运输能力的提升和完善。

诗人一行在《反对隐士之诗》中讽刺了当代诗人在面对城市所表现的自我矛盾和分裂：

早上，我读到的诗中……有菊花、飞鸟与群山。
菊花在院子里开放，诗人走向这被花托托起的
小小的自然："一只返回山中的飞鸟，正窥见

我在篱旁细嗅菊花。"阅读时,我仿佛变成了
这只飞鸟,看着一位隐士漫步在诗行间,
沉醉于芳香的世界……但我并不想
返回山中,尽管此刻,我就住在山边。
我活在城市里,即使是这远离市区的城郊——
或许,我也活得像一位隐士:离群索居,每天在书斋
……
但我知道,我全部的生活、思想都与城市相连,一刻
也不能分离,如同飞鸟在远离山林的地方
从未真正与山林分离。我每日需要的食物、供水、电力,
我身边的器物与家具,都由不同的路线和管道
从城市运来,抵达我身边。……

——一行《反对隐士之诗》

  不论是魏晋、盛唐还是今天,城市与乡村相比,不仅提供了更多的就业机会、发展机会和更自由的空间,也提供着更大的生活便利。这种优势随着科技的发展而更加强烈。值得深思的地方正在此处:为何诗人一面享受着城市提供的现代化便利——自来水、照明、洗衣机、抽水马桶、互联网,一边追念着幻想中的隐居生活——炊烟、小路、月光、辘轳水井呢?这种现实与理想的分裂,确如一行所言,是"用一根手指就可以捅破"的轻飘虚浮的谎言。它往往是诗人为自我酿造的一个满足身心愉悦的乌托邦设想,以及对自我形象的拔高性的虚假认同。

二、城市寄居者：发展之快与视觉混乱

当诗人慢慢接受自我作为城市人的角色，他开始注意到城市在运作表现出的特性：快速，以及在发展中呈现出的各种问题。

于坚的诗歌《事件：铺路》（1990）写到了城市道路的变化，凸显了城市发展的最明显特征：快速。在快速奔赴"平坦和整齐"的过程中，被城市裹挟的诗人越来越远离自然和审美化的"故乡"。对待这一"社会事件"，于坚的态度是暧昧而矛盾的。面对一截用旧了的坏路，诗人将其喻为"好地毯上的一条裂缝／威胁着脚"，然而对于快速修复这条裂缝（"从设计到施工　只干了六天"），诗人又表现出难以适应的迟缓心态。他对修路的过程和新修的柏油路充满讽刺，将其比喻为"报纸"和"黑色的玻璃"，因为它们同时具有黑、亮、硬、平整、光滑等特征；而与旧路一起消逝和被抹平的是一些"旧词"。这些旧词的消失令诗人无限感伤。

李森也在《修街》一诗中写到家门口熟悉的老街仅在几天后就被"彻底换成了新街"。街道的快速更换，刺痛了诗人的归属感，使自己走在街上恍如外地来客："我走在街上，变成了一个陌生人／我像一只幸存的老灰鼠，／东张西望，小心翼翼，心有余悸"。

帕斯曾总结说："现代性以对双重无限的发觉开始：宇宙的和心理的。人突然感到他实实在在缺乏的，就是地面。"[1] 现代性进程在城市中获得了加速度的表现。城市器物方面的过快变化，改变了人们

---

1 〔墨〕奥克塔维奥·帕斯：《批评的激情——奥·帕斯谈创作》，赵振江译，云南人民出版社，1995年版，第14页。

的心理感知，令那些以城市为故乡的诗人猛然发现，即使从未离开，也已不认识故乡：

> 从未离开　我已不认识故乡
> 穿过这新生之城　就像流亡者归来
> 就像幽灵回到祠堂　我依旧知道
> 何处是李家水井　何处是张家花园
> 　　　　　　　　　　——于坚《故乡》

在《故乡》中，于坚罗列了一堆城市的旧意象："李家水井""张家花园""外祖母的藤椅"和"她的碧玉耳环"，"母亲的菜市场""城隍庙的飞檐"，还有隐藏在黑暗中的"窗帘""风铃""蝙蝠"……在一般的认知中，故乡与故旧之人物有关，它们堆积的灰尘构成了记忆的"骨节"，支撑着诗人理想中的"故乡"观念。当这些人事物象纷纷消逝，并被"新生"所取代，诗人的自我身份认同也在"故乡"一词的飘散中变得困难重重。换言之，当理想的记忆储存器"故乡"——这一概念被现代性的进程所颠覆，受伤的诗人自然地将批判的矛头对准了城市。

对于更年轻的"城二代"来说，身份认同可以变得容易（因为没有乡村经验作为介质），也可能会显得更为艰难（想象中的介质仍可以发挥作用）。"90后"诗人陈万走在后一条路上。因为他的诗学前辈有太多"住在小区的八楼／也能写荒原与麦子"的范例，而他自己却因乡村经验的阙如而不能遥望这一理想的乌托邦。此外，诗人也不能与自小生活的城市建立更亲密的关联:"我也代表不了城市／它的华丽和肮脏与否／都是门晦涩陌生的技艺"(陈万《一代人》)。这令年轻的诗人陷入前后失据的尴尬境地,其身份认同也遭遇到远比上一代人更巨大的困难。

不论是"故乡"和"麦子",还是记忆中的"四月花雨",一旦作为诗人心中的介质,城市的表现往往是令人失望甚至是遭人痛恨的。美好属于过去,优美属于自然,城市生活的首要表征却是反诗意的技术化,是快速变幻的流动和反复无常。米歇尔·德·塞托等人曾言:"动作才是一个城市真正的档案记录。它每天都在改变城市的面貌。"[1]城市生活所包含的一切,不仅是物理层面的器物(街道、建筑、路灯),还有精神层面的生活细节(乘车、购物、夜生活),都指向一种流动性和活动性。

对"快"的控诉在城市诗歌中俯拾皆是:"随造随拆 一座城市／一堆随心所欲的器物"(李永才《城市器物》);"再过10年,县城将成为一座／骑在速度上的城市"(谭克修《县城规划》);在《"缓慢的感觉"》中,诗人杨克将城市的速度感比喻成一条忙疯的狗,"一再追咬我的脚跟"。诗人"想让内心的钟摆慢下来",但因为"所有人在奔跑",自己也不得不逆本性而行;诗人何房子感慨城市的加速度使我们的感知日趋零碎,生活成为"无处不在的碎片"(何房子《一个人和他的城市》);诗人庞培将城市的"快"隐喻为

---

[1] 〔法〕米歇尔·德·塞托等:《日常生活实践:2.居住与烹饪》,冷碧莹译,南京大学出版社,2014年版,192页。

当代人的整体生存境遇："汽车在公路上奔驰。／这座城市像一场巨大的车祸"（庞培《下午》）；孙文波在《骑车穿越市区》一诗中指出，"快速到达"构成了我们最单纯简单的愿望和目标，这种快速移动带给我们的生存体验和存在感知尚待更深层的体认："是城市加速了我们流亡的性质"（孙文波《搬家》）……

在乡下，诗人可以目睹"一头牛或一只羊诞生的过程"，这种具体、缓慢、连续的经验，构成了诗人"在童年时代关注的乡村风景之一"（汗漫《诞生》）。城市提供的却是变幻不定的镜像和图片，光滑、虚幻、缥缈，难以被连缀成完整和稳定的叙事；在乡村，"辘轳水井"和"陶罐汲水"所构筑的经验（汗漫《短歌》）是朝向地下的、深入的和挖掘性的，城市常见物象——"写字楼""因特网""数字电话"等——则耸立于半空或漂浮于看不见之处，就连我们居住的房屋也悬处半空无所依傍。

在城市，物象的组合和排列是混乱无序的，就如同"盲目的风"，佛堂、女性用品传销机构、天主教堂、药店、火烧铺子，混杂共存，不遵循任何秩序（韩文戈《谈固北大街》），也在一定程度上阻碍了审美诗意的建构。

除了混乱和快速流动造成的身心不适和认知困难，城市的发展同时产生了各种生态问题，推土机铲平了小山，污染成为"最新的潮流"（李建春《小城》）；"肮脏的河水流过城市，／……／河道一度被堵塞，像要命的肠梗阻，／使得欢快的粪便得不到宣泄。"（凌越《肮脏的河水流过城市》）1990年以来，市场经济政策使城市收获了最早和最丰厚的红利，同时也带来了工业化发展附带的环境污染等各种问题。大量当代诗人延续了现代诗歌史上有关城市书写的主要态度，在城市的环境问题与人们的精神生活状态之间建构起互喻和比兴的关系。城市成为环境破坏的失乐园及精神荒原。

三、现代消费者与商业景观

1851年，第一届世界博览会在伦敦海德公园举行。英国人为这次世博会建造了一座宏大的以钢和玻璃为主要建筑材料的展馆。这座后来被称为"水晶宫"的建筑一时成为首届世博会最引人注目和赞叹的作品和展品。挑高的中空，透明的玻璃窗栏，使空间显得恢宏通透；日光照射下，展馆晶莹闪亮，使人如坠梦幻。感受到这一现代性气氛的马克思，在《资本论》中留下了有关商品拜物教的思考。意大利学者阿甘本对此情形评价说："商品的第一次伟大凯旋就这样在既具透明性又是幻景的双重象征之下发生。"[1]直到今天，玻璃和钢仍是城市商业建筑的主要材料和方式，提供着工业时代的奇幻景观。

工业时代和现代城市的出现，改变了人的社会性和其他属性。有学者曾分析说，与古代社会不同，"现代市民所聚集的地方是购物中心，而它不具有任何生活共同体的意义，聚集也不是为了追求政治权力。"[2]波德里亚也曾指出，在我们的周围，不断增长的物、服务和物质财富，如同"大量繁衍的植物和热带丛林"一般"包围"着人、

---

[1] 〔意大利〕吉奥乔·阿甘本:《关于〈景观社会评注〉的旁注》//《无目的的手段：政治学笔记》，赵文译，河南大学出版社，2015年版，第100页。

[2] 〔美〕理查德·桑内特:《肉体与石头：西方文明中的身体与城市》，黄煜文译，上海译文出版社，2016年版，第8页。

"围困"着人。这既构成了现代物质社会的基本特征,也构成了"人类自然环境中的一种根本变化"[1]。1990年之后,中国城市也明显从政治性变成商业性场所,特别是城市的广场,也从政治集会之地变成了商业区:"而溽热多雨的广州,经济植被疯长/这个曾经貌似庄严的词/所命名的只不过是一件挺大的商厦/多层建筑",出入广场者,从政治参与者转变为被自我的主观欲念引领而来的市民,是些"慵散平和的人/没大出息的人"(杨克《天河城广场》)。在当代发达城市,人们走在街道上,便是处于物(商品)与人的层层包围中。商品、模特与商店柜员,无时无刻不对我们展示出热情的微笑与欢迎,将我们驱入看似掌握着主动权,实则是被动的、被诱导的地位:"二环路上,桃花匆匆谢去/雨后的阜成门亮出/奥帕丽斯亮泽的肌肤/商业的青春女神!"(西渡《阜成门的春天》)在消费时代,广告牌上的女主角成为新的部落女神,琳琅满目的商品成为城市主体性的存在,在闪耀灯光的加持下,灌注着城市以及我们的灵魂与属性:"物质的光辉和美/在城市的前胸和脊背昼夜燃烧"(杨克《1992年的广州交响乐之夜》)……

公共空间的变化带来日常生活的沉默和私人话语的衰落,就像乔治·斯坦纳分析的:"我们睡眠之外的大部分时间都在喧嚣的旋涡中度过。……大量鲜艳夺目、即刻展示影像的手段,如照片、海报、电影、漫画,让我们变懒,使我们逐渐成为观众,而不是听众。"[2]不

---

[1] 〔法〕鲍德里亚:《消费社会》,刘成富、全志钢译,南京大学出版社,2000年版,第1—2页。

[2] 〔美〕乔治·斯坦纳:《语言与沉默》,李小均译,上海人民出版社,2013年版,第308页。

断完善的科技更使人们即使全程沉默而只需睁开眼睛就可以完成出行、购物等行为。

李建春在诗歌《百货大楼》中使用罗列铺排物象的方式将商品存在的样态摹写了出来：T恤衫、精品屋、时髦的花伞、香水、Lee牌、Billy牌、Tex-wood、苹果牌……令人目不暇接，难以招架。杨克的诗歌《在商品中散步》直接将商品的世界形容为"现代伊甸园"："现代伊甸园　拜物的/神殿　我愿望的安慰之所/聆听福音　感谢生活的赐予/我的道路是必由的道路/我由此返回物质　回到人类的根"（杨克《在商品中散步》）。在消费主义时代，商品成为新的上帝，建构了当代人的伊甸园，为人们的灵魂普施福音和祝福。已有越来越多的发达城市出现了这种现代奇观。杨克的诗歌对此进行了历史学和社会学的批判，他悲观地讽喻人类的返祖归根：在经历了对精神的追求之后，重新回到了原始时代对必需品的追逐和膜拜。

> 众多商城仍是一些人的朝圣之地。
> 褐色玻璃后面，拜物教的神端坐
> 在收银机的屏幕上，不过它有自己
> 的圣经，把肉体当作生命的天堂，
> 把短暂的口腹之乐夸耀成革命事业
> 的最高境界。……
> ——孙文波《夏天的热浪》

城市将人们生活的主要激情转移到商场中，将追逐肉体的快乐和物质欲望的满足，当作奋斗的事业。高架桥、汽车、美人广告等杂多而混乱的器物，围剿着诗人的眼睛和神经，使诗人的新居以及隐喻的生存环境沦为"一座孤岛"（汗漫《移居上海》）。这种商品的泛滥与拜物教氛围，使不愿随波逐流的诗人成为一个不合时宜的"梦游者"，加剧了诗人不容于此间的漂泊感："他成了一个／梦游者。商业社会的浮华绚丽，／金钱像狼犬似的凶猛追击，使他／在这座城市又越来越远离这座城市。"（孙文波《祖国之书·或其他》）城市以其大大小小的招牌和杂乱的商业符号，表现出物质的推崇和对精神生活（书籍）的"拒绝"（孙文波《博尔赫斯和我》），诗人感受到被逐出家园的失落感（孙文波《骑车穿过市区》《冬日，与友人坐茶馆，隔窗观望阴雨笼罩，有感而作》）。

四、诗意栖居者与动人风景

相对于大陆诗人，香港诗人在城市书写方面表现得较为特殊和出色，这与香港较早进入成熟的城市化社会的发展进程有关，更与诗人的诗歌观念转向有关。在诗歌《香江拾缀》中，诗人舒明将自我走进喧闹街市的感受形容为"融入一种鱼与江湖的相忘"，为我们展示了一种罕见的城—我相融性；黄灿然的诗集《奇迹集》（广东人民出版社，2012年）和梁秉钧的诗集《雷声与蝉鸣》（四川文艺出版社，2018年），均有大量诗歌捕捉到日常生活中的诗意，描摹了香港的社会风情与城市风景："有一天我发现了你，我的小街，／在我去新办公室上班的途中，／遗憾我在这一带住这么久／竟没有早点认识你"（黄灿然《小街》）。

诗人在一开篇所用到的"发现"一词和自责心情，再次佐证了我们对城市的审美如何落后于生活经验。诗人对待"小街"的眼光不仅是艺术家的审美，更包含着一个居民对自身所处环境的了解渴望。"我的小街"，这四个字反映了一个主体对拥有某物的相信和肯定。接下来，诗人历数了小街前后左右以及上方天空的风景：既有"公园里沉默的热带树木""微微发光的大海"等传统的自然风景，也有小资意味的"小咖啡馆"，还有更具日常性和生活性的景观："废纸厂""修车厂""一些工具""一身脏衣服""干脆赤膊的搬运工"和"巴士站排长队的下班者"……最后，诗人总结性地感叹说："有多少人未涉足你，不知道你，/或走过你像走过自己家门，/但愿全世界只有我懂你！"诗人以一种欢喜的心态感谢小街提供的丰富风景。对小街的发现，需要诗人关注并深入到城市生活的内部，像一个人细味自己的收藏，像一个居民满意地清点着环境的馈赠。

在《高楼吟》等诗作中，黄灿然将一贯被斥为冰冷的高楼大厦赋予了温情与人性，并在自我与城市器物之间建立了惺惺相惜的交融关系："那些高楼大厦，我爱它们，/它们像人一样忍辱负重，/而且把千万个忍辱负重的人藏在心窝里，/它们比人更接近人，比人更接近天，/比人更接近大自然，但它们像人，/……/它们像人一样，像人一样，/互相挨着互相拥抱互相凝视"。黄灿然为我们如何超越城乡和城市与自然的二元对立提供了一种范式：通过理解之同情，通过"爱的力量"，他愉快地将城市的器物、树木和人都变成了风景：

> 你身外的大千世界也是这样，一片风景，
> 一块招牌，一棵树，一个公园，甚至一个个人，
> 也像一行行、一段段死文字，只有当你充满生机，
> 充满感觉，尤其是当你充满爱的力量，
> 你才会领悟，并相信我，并像我一样
> 为一块石头或一个不认识的人落泪。
>
> ——黄灿然《相信我》

  本职为建筑师的诗人曲青春看待城市也饱含温情的积极想象，在一首诗中他将城市的高楼喻为"灯笼石"，将高楼林立的城市图景想象为"远古巨人的桌凳"——气氛的神秘感、时间的悠远感，如氤氲的灯光笼罩了一座城与一首诗。到了夜晚，"当灯光从内部亮起／这些在虚空中挖出的洞窟／一下子获得了生命　一身的眼睛／替我们认出／纵横交错的歧途"。最后，在城市的深夜和灯光中，一对缠绵的肉身，与灯光和楼厦的亲密关系形成了互文和互喻，夜晚的城市也拥有了颤动的呼吸："我看见我们／缠绕着　无论白天夜晚／在深处的黑暗中　互为／灯芯"（曲青春《灯笼石》）。不仅城市器物成了现代风景，古老的情欲主题的修辞方式也焕然一新。

  艺术史家马克斯·J. 弗里德伦德尔在评论印象派画家时说过一句话："无论汝看见何物，每当万物与汝相遇，都变得出奇美丽。"[1]

---

1 〔德〕马克斯·J. 弗里德伦德尔：《论艺术与鉴赏》，邵宏译，商务印书馆，2016年版，第9页。

诗人与城市中的人与物相遇，后者被其美化、生机化和艺术化，并为诗人提供营养和安慰。"我在大街上，人群中，同事中，朋友中，家人中，／我凌晨走路回家，在黑暗中，在霓虹灯下，／……／人们正甜睡着，我感到他们的呼吸，／夜空美丽，我感到自己被垂爱着。"（黄灿然《我的世界》）在城市中，拥有这一堪称卓越的生存技能，能使人感受朗月繁星垂照般的幸福和满足。从另一个方面说，一个诗人，只有发现城市的独特性和隐秘所在，才可能在写作中展现不同于大众文本的崭新、丰富和复杂。

对于现代城市，诗人比小说家表现出更多的拒绝和批判态度。一个可能的原因是两种文体的特性和历史渊源不同。中国古典诗歌以自然为原型，以抒情为旨归，受传统文化浸润日深的现当代诗人无论是情感还是审美意识方面都难以对现代城市青眼相加；古代小说则发轫于市民阶层繁兴之时，侧重对世俗生活的描写和叙事。现代城市生产快速变幻、混乱丛生的图像，生产噪音、贫富差距和生态问题，为小说创作提供了源源不断的故事和素材，对诗人而言，却意味着从混乱中求秩序，在噪音中抒情，在碎片中拼贴完整。

人对自我经验的反身性理解受到历史和现代文明的塑造，人的身份认同也反过来建构着现代文明。比如在较早进入发达城市行列的香港，诗人对待城市的态度明显更温和、热情和开放；而在内地，在较早转变审美观念的诗人那里，现代城市也获得了更丰富的呈现。

第三节　作为城市风景的人们

城市不仅包括外在建筑和器物，更包含生活在其中的人们以及他们创造的独特文化和生活方式。在《说文解字》中，"城"的意思是"以盛民也"，段玉裁注曰："言盛者，如黍稷之在器中也。"[1]所强调的正是人之于城市的构成性和重要性。城市化（urbanization）的进程象征的是器物层面的更新，"城市性"（urbanism）则侧重人们建构的生活方式和文化样态[2]，更应引起写作者的关注和表现。城市的内容不仅包括建筑和器物，更包括了人，并在人的身上——人的心智、教养、情感、传统、习性、成长等方面——进行体现和表达。城市的自然生态、文明样态和人文风景，就包含在陌生人在擦肩而过和匆匆一瞥的瞬间所产生的温情和沟通之中。

在欧洲，大众作为城市风景肇始于爱伦·坡的小说和波德莱尔的诗歌。在波德莱尔那里，城市（巴黎）和人群第一次成为抒情诗的主题，这成就了波德莱尔"第一位现代诗人"的地位和权威。[3]信

---

[1] ［东汉］许慎撰，［清］段玉裁注：《说文解字》，中国戏剧出版社，2008年版，第1921页。

[2] 城市化（urbanization）和城市性（urbanism）的细微差别，参见〔美〕丹尼尔·约瑟夫·蒙蒂等著，杨春丽译：《城市的人和地方》，江苏凤凰教育出版社，2017年版，第2页。在该书中，作者指出，"我们用城市化这个术语来讲述城市、市郊和城镇在悠久的历史、各种文化背景里发展变化的故事，用城市性指代市民构建的生活方式或文化。"

[3] 波德莱尔作为现代主义诗歌的首席地位被文学史家和批评家视作公论，持此论者不胜枚举。如彼得·盖伊认为，波德莱尔是现代主义的"唯一创始人"的"最合适人选"。参见〔美〕彼得·盖伊：《现代主义：从波德莱尔到贝克特之后》，骆守怡、杜冬译，译林出版社，2017年版，第39页。

奉"享受人群是一种艺术"[1]的波德莱尔,展现了一种与"所有家园赞歌相反"的景物诗,也捕捉到人群如何将城市变成风景:"对于闲逛者来说,人群是一层面纱,熟悉的城市在它的遮掩下化为一种幻境。城市时而幻化成风景,时而幻化成房屋。"[2]查尔斯·泰勒也曾指出,在世俗时代,城市能够更好地为"孤独的群众"提供"相互展示的空间",使诸多"悬在孤单和传播之间"的个体"在互相匿名的情况下摩肩接踵",融化其间。[3]"80后"诗人周鱼就在上海的人群中体会到了自由隐匿和随意消失的快乐:

> 这样我可以
> 混迹在那些穿清凉吊带的姑娘
> 和戴礼帽的洋人之间,他们
> 看不出我满身坚硬锐利的鳞片,那么
> 自由,从商场的正门进入,又从偏门
> 出来,从偏门进入,从正门出去。
> 我若是一条鱼,这座城对我来说,
> 就是一片海,也可以救赎我。
>
> ——周鱼《在上海》

---

[1] 〔法〕波德莱尔:《人群》,转引自刘波:《波德莱尔:从城市经验到诗歌经验》,北京大学出版社,2016年版,第292页。

[2] 〔德〕瓦尔特·本雅明:《巴黎,19世纪的首都》,刘北成译,商务印书馆,2015年版,第48页。

[3] 〔加〕查尔斯·泰勒:《世俗时代》,张容南等译,上海三联书店,2016年版,第821页。

在"一切坚固的东西都烟消云散了"的现代社会,人们变得比以往任何时代都更容易感受孤独和寂寞。马歇尔·伯曼由此断言:"沟通与对话既成为一种亟需,也成为快乐的一个首要源泉","现代生活之所以值得过下去的原因之一便是它提供给我们的在一起交谈并相互理解的大量机会——有时候那甚至是加在我们身上的压力。我们需要更好地利用这些可能性,它们将塑造我们组织我们的城市与自己的生活的方式。"[1]这种经验,用一位中国诗人的语言说:"当我情绪有点低落,／又不知道该做什么的时候,／我的灵魂说:'咱们上街逛逛吧。'"(黄灿然《散步》)

现代城市对初级社会关系的冲击,给人们的自我身份认同提出了很大挑战,但同时创造了一种特殊的机遇和氛围:城市生活有助于在人们之间形成新的道德氛围,比如礼貌、克制、节制、尊重隐私等等。然而这种优越性往往被诗人有意无意地忽略了。大多数诗人愿意关注和书写的首先是家人与朋友。当诗人将目光投射于完全陌生的他者时,因了解的匮乏、交往经验的缺失等原因,描述难免呈现为碎片化、符号化等特征。也有诗人着力克服这一缺陷,在城市这片反诗意的废墟上重建诗意的风景。20世纪90年代以来,当代诗人对城市他者这一独特风景的发现、认识和观察,经历了不断的变化,并已取得复杂性的深化和丰富的表达。

就当代诗歌创作和研究领域而言,城市中的他者是一个甚少为

---

[1] 〔美〕马歇尔·伯曼:《一切坚固的东西都烟消云散了》,徐大建、张辑译,商务印书馆,2013年版,第6页。

人关注的内容。对陌生他者的观看和欣赏，不仅显示了当代性的人文关系和社会生态，也隐隐折射了诗人对自我与自然的关系的理解：比如雷平阳以及黄灿然的某些诗歌，对他者的关注和表达呈现为古典化的抒情，在某种程度上说明了他们内心对自然世界的深刻眷恋；于贵锋、凌越、汗漫、刘洁岷等诗人对他者的描述，呈现出碎片化和视觉化的诗学特征，契合了现代性经验的显现方式；黄灿然的大多数诗歌，以及沈苇的某些诗歌，对他者的描述显现为克服碎片化和表征化的努力，从而表现为艺术化和浪漫化倾向，也使自我与他者的联结更为生动与深刻。

一、亲熟化与古典化

所谓"亲熟化"，指的是诗人关注的他者首先且常常是亲熟之人；"古典化"则包含两个层面，一是文本所涉主题的古典性，二是写作方式和抒情策略的古典化。

现代城市生活使人的存在趋于原子化和零散状态。对熟人的惦念、与亲朋的相聚，往往作为人们寻求归属感、存在感的首选途径。这种心理，可用诗人于坚挽歌体和格言体的话语概述为"朋友是最后的故乡"[1]。比如出现在《尚义街六号》中的老吴、老卡、李勃、费嘉等人，都是诗人的朋友。潘洗尘的诗歌《客居大理》主要表现的也是老友之间的情意，并涉及丧葬这一农耕文明和古典文化的核心主题："埋骨何须桑梓地，大理是归处／正如老哥们野夫说：／'不

---

1 于坚：《朋友是最后的故乡》，复旦大学出版社，2015年版，第47页。

管我们哪个先死了，／哥几个就唱着歌／把他抬上苍山！'"

诗人于贵锋在一首诗中敏锐地指出：一个城市的"风景"不是它的地理特征，不是流传甚广的故事和传说，也不是特色风俗和知名刊物，而是"生存在其中"的人，以及他们在平常日子里的喜怒哀乐：

但我说的兰州，尤其在外地，说的往往不是这个黄河
码头
它的风景，而是生存在其中的一些人，他们平常日子
无法替换的喜怒哀乐
——于贵锋《兰州的异乡人》

对于一座城市，观光客会罗列典型的地理、气候、建筑、风俗等内容来证明对一个地方的了解程度（即诗人讽刺的"简单地摆了几个听来的词语"），诗人想到的"风景"，首先是几位老友（也是诗友）："如果你愿意，我还会给你／顺带着说起一些诗人的近况，现在，他们正一天天变老／酒喝得越来越少。"之后，诗人提到的是与自我身份较亲近的一些人："而摇滚歌手，和一帮被海子与哲学灌醉的大学生／往往会在星期六的下午，在黑睛中见证地下艺术的诞生"。严格地说，"摇滚歌手"和"被海子与哲学灌醉的大学生"并不能算作完全意义上的"他者"。于"诗人"而言，二者皆为身份上的近亲。就像"清真寺的大门"和"教堂的尖顶"这些建筑意象并不能代表兰州的市容市貌和内在风格，"摇滚歌手"和"大学生"

也与诗人所讽刺的"黄河、羊皮筏子、铁桥、沙尘暴、污染"这些辨识度极高的地域性符号和地理学坐标一样,是历史感和诗意辨识度极高的人文符号罢了。对类似意象和群体的选择及把握,不必诉诸诗人的具体所见,而只需综合知识化的所知和概念化的印象即可。自然,此番描述亦不能体现城市经验的独特性和现代性所在。毕竟在日常经验中,我们随时遇见和擦身而过的,与我们同乘一部电梯和在地铁车厢比邻而坐的,绝大多数都是陌生的他者。

除了朋友,孤独的诗人还有可能想退到另一个"故乡"——自然世界——的围绕:"我偶然抬头,看见／附近一座小山沉浸在阳光中,／要是上山看看日落,多美啊!"(黄灿然《走在下午的大街上》)在遭遇了一系列的冷漠对待之后,诗人登上了城市附近的一座小山,视野瞬间疏阔开朗,一如诗人的心境由阴郁转为清亮。诗人最后的肯定("我能!我能")有着充分的理由:一座小山,就在那儿,亘古不变地在那儿。这种稳定的时空秩序感,对于失落的城市人来说不啻为永恒的邀请、承诺、守护,以及弥补——弥补他在城市这座"失乐园"里遭遇的匮乏和不足。

在另一首诗中,黄灿然延续了城市—自然的二元论,将"爱"区分为匮乏和满溢两种状态,前者在"闹市里,人群中",不管是婴儿、女人、男孩,还是小狗和老人,包括广告里的模特,都在发出爱的呼声:"我需要爱";而另一种是"在郊外,在山上","在阳光下,在泉水边,在微风中",诗人铺陈了一系列与城市相对应的自然物象,不论是鹰和人,都在这样的自然世界里快意舒适、轻松自在。然而,诗人听见人们说:"我爱。"(黄灿然《两种爱》)在二元论观念的影响下，自然世界被颂为优美、幸福、圆满显现之所在，而城市中人处于相反的荒漠。这首诗隐蔽的视角定位也印证着诗人的观念和立场：城市人的目光被各种建筑物所阻隔、打断，山上的人却拥有广阔的空间和俯瞰的视角——这也是发端于古典绘画中意欲览括一切的视角，是现代城市发展一直追求的全景视点（所以城市大厦越建越高）。一套被精心挑选的装置被放置在"郊外和山上"：一个诗意的时间——黄昏，一个象征永恒的空间和睥睨一切的视角——小山上，一堆令人引起文化联想的符号——阳光、泉水、微风、日出日落、鹰在上空盘旋、绿山坡、峰顶、波光粼粼的大海……这些如画场景频频出现在古典主义和浪漫主义的艺术作品中，一再印证着帕斯所说的"某些思维、观察与感觉方式的持久性"[1]。这种复归传统的喜好，也构成了所有人类世界共有的意识形态之一。可以说，诗人的描述，一方面源于城市交往的失意，一方面来自古典诗词的浸润。

然而，不可忽略的重要转变在于，在前现代时期，"桃花依旧笑春风"和"燕子飞时，绿水人家绕"构成了诗人所生活的客观环境，这些自然物形成了传统的归属感来源，因此可以扮演着"兴"的功能，与诗人的心境同一化。换句话说，崔护和苏轼时代的诗歌语言有着众所周知的意象惯例和确定的意义结构。当这种惯例和意义结构随着传统社会的衰落而式微，当代诗人若再想复现彼时的自然秩

---

[1] 〔墨〕奥克塔维奥·帕斯：《泥淖之子：现代诗歌从浪漫主义到先锋派》，陈东飚译，广西人民出版社，2018年版，第13页。

序观,已然困难重重。今天的诗人虽仍然能够对古典性的有灵世界如"小山""泉水"和"日出日落"产生欣赏和愉悦之情,这种欣悦却更多是出于对自身匮乏境地的确认,以及补偿性的需求本能。就像现代的城市人比以往任何时候都热衷于到别的地方(特别是自然美景中)旅游,其本质却如卡尔维诺所说:"旅行者能够看到他自己所拥有的是何等的少,而他所未曾拥有和永远不会拥有的是何等的多。"[1]

对照波德莱尔的一首山巅观景诗可以更加明了这种差异:"我满心欢喜,登上了山巅,/整个城市在那儿尽收眼底,/医院、妓院、炼狱、地狱、牢监。//所有的恶都盛开如花,/撒旦啊,我哀伤的主宰,/你知道我不会去徒劳泪洒。"相比来说,波德莱尔是为了将"整个城市"尽收眼底而"满心欢喜"地登上了山巅。这首诗所采取的形式——响亮的三行诗——也与这种心情紧密契合。而"整个"一词,强调了诗人对城市的全部——尤其是阴暗面,是完全地、欣然地接受的。他敢于宣称爱这样的城市:"我爱你,污秽的城市!/娼妓、强盗,/你们如此地带来世俗的民众所不懂的欢喜。"[2]对于《两种爱》

---

[1] 〔意〕卡尔维诺:《看不见的城市》,张密译,译林出版社,2012年版,第271页。
[2] 〔法〕波德莱尔:《巴黎的忧郁·跋》//《巴黎的忧郁》,胡小跃译,江西人民出版社,2017年版,第176—177页。值得说明的是,此跋诗是波德莱尔为《恶之花》第二版所写的两篇草稿之一,也是波德莱尔关于巴黎所写下的最后的韵体诗作品。阿斯里诺和邦维尔在筹备出版波德莱尔遗作而整理手稿时发现了用三行诗形式写成的这篇《跋诗》。或许是考虑到题材有关巴黎,就把它放到了《巴黎的忧郁》的末尾。不过,罗伯特·柯普认为这样的安排是错误的,其真正的位置应该是《恶之花》的末尾,那样也正好与序诗《致读者》形成呼应。参见Robert Kopp, *Petits Poèmes en prose*;转引自刘波:《波德莱尔:从城市经验到诗歌经验》,北京大学出版社,2016年版,第174页。

的作者以及更多的城市人来说,山巅所望见的自然美景是作为城市的对立物和缺席物被呼唤和出场的,是作为匮乏境遇的弥补物而复现的。这种匮乏—补偿模式,也在某种程度上决定了现代人对自然的欣赏中隐秘地夹杂着消费性的享受。用波德里亚的话说,"通过联络、关系的增加,通过对符号、物品的着重使用,通过对一切潜在的享受进行系统的开发来实现存在之最大化。"[1]将自身视作处于幸福、爱情、诱惑／被诱惑、赞颂／被赞颂、欢欣、活力等之前的状态的消费者,必然会积极投身各种娱乐活动和享乐体验中;将自我视作远离自然世界的城市人,必然比一个靠天吃饭的农夫更加喜欢赞美阳光、泉水和微风。

现代化和城市化抹平了世界的差异,稀释了崇高、灵晕、神秘和魅力,但这不必将我们送回到古典世界和自然信仰中去。对于貌似贫乏的城市生活来说,对自然的书写虽颇有返魅之效,却也因取代了驳杂的此刻经验而难以发生实际的诗意动力和活力。就现代性写作来说,"泉水""日出日落""绿山"这些优美和风格化的词,必须被包含于一种能够对此时此刻的感受力有着清晰表达的语言中,才能与"物"之间建立摩擦性的切合与关联。

除了将视觉挪移至亲人和自然环境等题材,诗人还习惯对题材进行古典化处理。《清明》一诗中,胡弦观察到清明时节有人在楼下点火烧纸祭祀亲人,天亮时只留下"淡淡的粉笔圈","像个临时搭

---

[1]〔法〕让·鲍德里亚:《消费社会》,刘成富、全志刚译,南京大学出版社,2014年版,第62页。

建的违章建筑"。诗人联想到自我的存在,以及城市中的房子都会从街道上消失,就像祭祀之后的灰烬随风吹散。"只留下晨光/像蛮横的火车/从街道上轰隆隆驶过"(胡弦《清明》)。诗人在这首诗中出现的意象既是现实而具象的,同时又具有象征寓意:被风吹散的灰烬,既是一场古典仪式的剩余物,也隐约象征着祭祀者,以及观看到祭祀仪式的诗人。他们也如同城市的剩余物,被某些像晨光一样轰隆前行永不停歇的力量所追逐驱赶,终将退场和无影无踪。

在《翠湖三帖·三》中,雷平阳也注意到一场古典性的祝祷仪式。某日诗人和儿子在翠湖晨跑,儿子看到鸭子想起骆宾王的诗,他大声诵诗的声音吵醒了一位在石凳上睡觉的老人:"老人没有抱怨,打个哈欠,把破棉絮/叠好,放到石凳下。接着,打开/一个塑料袋,从里面拿出了/一捧面包屑,抛向水面的鸭子/边抛,边念念有词——吃吧/孩子们,今天我养你们,我死时/请戴孝帕,穿孝衣,多烧几叠纸钱……"在《基诺山上的祷辞》《为一个拉祜老人守灵》《舞蹈》等诗中,雷平阳经常写到祭礼、祝祷、念咒、布道、巫术、鬼神、还魂、灵魂出窍等神秘活动和原始仪式:"渴死者的衣服不可穿/渴死者的血液不可饮"(《饮水辞》)——那些挖出来的白骨/没人收拾,还请流水,把它们/洗干净,葬之于天涯"(《春风咒》)……如此种种,皆表现出对旧时代和农业社会的古典仪式的推崇和怀念。令我们意外的是,这种古典仪式、超验的祷辞性的语言,竟然出现在一首描写城市的诗歌中,出现在一位流浪于公园石凳上的老人口中。这种时间的错落和环境的异质性,引起了诗人和我们的震惊。

诗人用描述农耕文明的挽歌体方式来描写城市风景，其中的古典情怀溢于言表。雷平阳《翠湖三帖》的其他两帖描述的也是底层人，其一为两个盲人技师，一个年老得"头发雪白"，一直稚嫩得"嘴上还没长胡须"。他们无论是在健康、年龄还是在身份上，都处于社会的底层，也可谓是弱势群体的缩影。他们甚至说得上是命运悲惨的二人，却在开心地玩着翻动眼皮数数的游戏——用他们看不到光的盲眼。诗人通过展现物质穷苦和精神富足的对立，获得了一种震动人心的效果。

　　雷平阳善于通过表现强烈的张力来召唤诗意，就像在《翠湖三帖》中，他选择了三种城市中最"卑贱"的人，越发凸显出那些被混乱的现代性生活所磨损的人性闪光。在另一首城市诗《妄想症》中，诗人在某个下午坐在城市"第一高楼"的旋转餐厅环视自己生活了二十余年的城市，他希望在"所谓的高处"宣读一份"判决书"，将"这座失忆的城市"判为"集中营或牢狱"；一朵飘过的云朵暂时柔化了诗人的仇恨，也使其"灵机一动"，"突然想在上面建一座庙／让自己有一个下跪的地方"。虽然诗人最后表明不知道如何才能实现这一理想，在云朵上安放"怒目金光抑或地藏菩萨的宝座"，我们却从中获悉了诗人对城市和现代性经验的严格拒斥，以及对古典意象和神秘经验的迷恋。

　　可以发现，城市风景的独特和现代性，并非在于诗人将写作背景和题材从乡野转换到了城市，而在于这种转换是否能提供一种新的审美感受和抒情策略、一种只有现代性城市才能提供的经验和感觉。

二、碎片化和视觉化

在景观社会和图像社会，不仅生活细节成为破碎而不断流逝的视觉影像，陌生他者的出场也往往是碎片性和视觉性的。我们依靠短暂的视觉，而非触觉、听觉等感官与他者建立脆弱的联系。这就造成了他者描写的碎片化和视觉化倾向。

在《兰州的异乡人》中，诗人于贵锋的笔触从诗友和艺术爱好者转向陌生人，其描述呈现为若干视觉片断的游离、组合和拼接：

> 牛肉面，我一定会领你去吃，哪一家都比外地的好吃
> 入夜，开锅羊肉旁，来自五湖四海的方言，以及午夜
> 之后
> 马路边摆开的桌子、烤肉串、酒，光之外的黑
> 会让天上的星星陷入疯狂。看见两个说话的人
> 其中一个突然泪流不已，也不要奇怪。
> ——于贵锋《兰州的异乡人》

对夜市上"两个说话的人"，诗人是看见而非听见了他们。这种表现暗合了现代社会作为主体的"次级"关系的随意性、偶发性和瞬间性特征。对这种转瞬即逝的关系的捕捉，主要依赖于视觉印象而非其他感官。

在诗歌《坠落》中，诗人沈苇使用蒙太奇的手法，将碎片化的视觉印象串联了起来：

> 一个厌世者,在九层住电的楼顶选择了坠落——
> 第九层,一个老头被牙痛折磨得死去活来
> 第八层,烟雾缭绕,一桌人昏天黑地搓麻将
> ……
> 第三层,主人不在,小猫饿得喵喵乱叫
> 第二层,摇篮曲,满月的婴儿睡着了
> 第一层,书房里,诗人苦思冥想着"生"……
>
> ——沈苇《坠落》

在一种特殊的情况下,邻居家的窗户成为一个个取景框,通过它们,坠落者顷刻窥见多位"熟悉的陌生人"的生活场景。通过这种特殊、决绝、难以复制的方式,"邻居"这类人群,才露出了私人生活的一角。坠落者的观察中虽然夹杂着听觉、味觉和其他知觉形式,但莫不赖于视觉所见与想象。这些连续崩逝的瞬间画面,如这些邻里关系一样,彼此无干,只是机缘巧合被连缀并置于一个镜头之中。坠落者作为窥见者,他的目光丝毫不能参与和影响到被观看者的生活。无关他人、孤立流动,构成了现代人的基本生活样态。坠落的过程象征了这一样态的极端化。就像波德莱尔所描述的那个"富有想象力的孤独者,穿越巨大的人性荒漠的孤独者"[1],他用坠落的过程实践了一种可以被称为"现代性"的东西。这一过程构成了

---

[1] 〔法〕波德莱尔:《现代生活的画家》//《波德莱尔美学论文选》,郭宏安译,人民文学出版社,2008年版,第439页。

一种象征意义：一个人的坠亡除了在地面上盛开"一朵鲜花"并短暂地惊动"几只觅食的鸽子"，在喧嚣的都市几乎不能溅起一丝细微的波澜。一首诗的写作与坠落者的轨迹是平行的，当坠落者的眼睛闭上，一首诗随之终结。

刘洁岷的《街头隐喻》一诗同样对城市经验的现代性特征进行戏剧性和拼贴画式地表现：人们彼此孤立无关、相遇偶然、彼此沉默而视觉优先……总之，曾经稳定的时空感在今天的城市相遇中丧失了，"生活"无处可寻，浮现的只有瞬间的印象和动作。影影绰绰的人面相继流逝，我们的记忆难以捕捉到一鳞半爪。何况看得越多，我们能记住得越少。今人之相逢纯粹是偶然性的路遇，是人们从一个地点奔赴另一个地点的行走过程中发生的无数微小的、可复制的情况之一。邂逅的两个人，都处于缺乏地点的流逝变动状态。只有诗人愿意停下脚步，与包裹他的城市和身旁川流不息的人群"和解"，就像诗人凌越所写的："母亲和孩子终有和解的一天"，诗人才能摆脱对"人群"的宏观性俯视，并集中于对具体的他者的观察，面目模糊的城市人才开始获得肉身化的形象和个人性的身份信息，城市主题的抒情更富有细节的魅力，诗人也开始体会为"生命的丰盈"，其自我形象也同时明晰起来："我忽然发现角落里衣衫褴褛的拾垃圾者／并不像我先前想象的那样愁苦，／——他们表情轻松，相互说笑着。／……／那些路人，戴着眼镜的学生／持着拐杖步履维艰的老者，还有穿着入时的女人们，／他们从我身边经过，用眼神问候我。"（凌越《一天，我在城市里驻足》）

城市地点的缺乏带来了观察者立足点的漂移和丧失。那些运动的画面,需要一颗"敏感友善的心"将其按下暂停键,静止几秒,以慢慢体察个中细味。

三、艺术化与浪漫化

波德莱尔对现代性的定义广受推崇:"从流行的东西中提取出它可能包含着的在历史中富有诗意的东西"以及"从过渡中抽出永恒"[1]。诗人和审美知觉离不开作为艺术家的警觉和快速捕捉的能力,也与他能否艺术性地表现对象大有干系。有思想家曾说:"艺术表达大众化是使城市产生新美感的必要条件。"[2]部分诗人遵循了这种方法论,对短暂邂逅的他者进行了艺术化与浪漫化的表达,为当代诗歌贡献了特殊的美和诗意。

虽然在中国现当代诗歌史上,他者的独特魅力以及他们所能产生的温情和慰藉经常被人们所忽视,也有越来越多的诗人发现,相对于人群带来的不适和他人带来的冷漠,一座"无人的城市"将会更加使人紧张和害怕,就像置身一座危机四伏的丛林,却嗅不到同类的气息:"越过高墙,我揣摩对面两栋并排的楼房/能派什么用场。因为无人,显得/有些恐怖。"(聂广友《1994年初春来信1》)当夜幕垂落,怡人的景物开始升腾起"神秘阴暗的气息",恐怖程度不亚于城里无人建筑产生的阴森。随后,诗人"只顾将自己密闭

---

[1] 〔法〕波德莱尔:《现代生活的画家》//《波德莱尔美学论文选》,郭宏安译,人民文学出版社,2008年版,第439页。

[2] 〔法〕歇尔·德·塞托、吕斯·贾尔、皮埃尔·梅约尔:《日常生活实践:2.居住与烹饪》,冷碧莹译,南京大学出版社,2014年版,180页。

的身体／迎向扑面而至的尘土"，这在体验和象征两方面都意味着一个人通过切近由人群（车流）相联结的相互关系之中而寻找归属感的尝试。

诗人张翔武对此也有切身体会。在某个凌晨四点多钟，酒醒失眠的他惊奇地发现"窗外时时有车疾驰而过，／真叫人心安，至少这时候／这世上并非我一人没法睡觉"（张翔武《酒醒后打开一本小说集》）。汽车噪音成为一种神奇的安慰剂，提供了温暖的归属感，这是一种蒂博代所言的"只能在大城市里写出来"[1]的现代性体验。诗人张翔武和聂广友的感受与两个世纪前爱伦·坡的经验如出一辙："我从来没有在夜晚这个特殊时分，坐在这样一个位置上；喧嚣如海的人头使我产生了一种妙不可言的新奇的冲动。"[2]

当代汉语诗人中，黄灿然堪称是书写城市最多和最抱热情的诗人之一。其诗集《奇迹集》共有五个篇章，第一篇为《世界的光彩》，在同名诗歌中，诗人相信，"世界的光彩"由一些人"点燃"："他们就是能源／所以不需要太阳"，堪称对城市大众的极致赞颂和致意。第二篇章的标题亦来自同名诗作《现在让我们去爱街上任何一样东西》。如其所示，这部诗集所描绘的对象大都来自"街上"无名无姓的陌生人，他们有老人（《现在让我们去爱一个老人》）、女人和女孩（《这一刻》《现在让我们去爱一个女人》《恋爱中的女

---

[1] 〔法〕蒂博代：《内在世界》，1924年，转引自〔德〕瓦尔特·本雅明，张旭东、魏文生译：《发达资本主义时代的抒情诗人》，生活·读书·新知三联书店，2014年版，第156页。
[2] 〔美〕爱伦·坡：《人群中的人》，1840年，转引自〔德〕瓦尔特·本雅明著，张旭东、魏文生译：《发达资本主义时代的抒情诗人》，生活·读书·新知三联书店，2014年版，第157页。

人》《相遇》《少妇》《哭》《母亲》《唱》等),有菲佣(《来来回回》《菲佣》)和乘车老伯(《缓慢》),有母女(《母女图》)、母子(《母子图》)和爷孙(《爷孙图》),有情侣(《端午节》《情侣》)和问路的老夫妻,也有等巴士和地铁的人(《他我》《微光》)和街头露宿者(《在风中摇摆》《一罐啤酒,一包烟,一个晚上》)……马歇尔·伯曼说过,现代主义就是现代的男男女女"试图成为现代化的客体与主体、试图掌握现代世界并把它改造为自己的家的一切尝试"。[1]对联结的渴求在《休憩处》一诗中也得到了淋漓尽致的表现:"而我总是想——很想很想／几步拐进去,坐下来,摊开双腿,／哪怕坐一下就立即起来。"(黄灿然《休憩处》)诗人也从不吝于对陌生他者的赞赏和赞美,如凌晨两点在地铁站附近的两个年轻人,就被诗人视作"上帝那幽暗的人类地图上"的"两点微光"(黄灿然《微光》)。

与崔护和苏轼时代相比,当代诗人破除了邂逅对象的身份局限——不仅有年少美妙的姑娘或志趣相投的知己,还有"退休者、失业者、肌肉松弛者"(黄灿然《即景》),扩宽了与陌生人相逢的时空场景——不再仅仅是桃花树下、花褪残红时,不再集中于"绿水人家绕"的自然世界和乡村空间,而主要是城市街道、公园和车站。

当然,将陌生人作为风景,需要解决的难题不仅包括诗人的意识,还有技艺的完成,譬如,如何将普通的日常转换为诗意的瞬间?

---

[1] 〔美〕马歇尔·伯曼:《一切坚固的东西都烟消云散了》,徐大建、张辑译,商务印书馆,2013年版,第1页。

如何将匆匆交错的谋面进行艺术化的表达？

在某个星期天，诗人去图书馆途中经过维多利亚公园，看见了一处城市景观：

> 公园里，马路边
> 和任何一块小空地，都被菲佣占满了。
> 她们是那么热闹，那么神采奕奕，
> 把我这颗平静也爱平静的灵魂
> 深深吸引住了。
>
> ——黄灿然《来来回回》

为了更充分地欣赏风景，诗人就像标题所说，在她们之间"来来回回"。他所使用的一系列形容词闪闪发光，让我们深切体味到，这些一直代表着中年、贫苦的劳动者，已然成为新的诗意来源，提供着现代性的光辉和安慰、意义和美。

除了将既有经验进行美化和艺术化提炼，诗人还通过想象力，将观看的粗略印象融合进复杂的人性之中：

> 当你在譬如这个巴士站遇见譬如这位少妇，
> 她并不特别漂亮却有非凡的吸引力，
> 你想爱她你想认识她你希望待会儿能跟她
> 同乘一辆巴士坐在她身边然后跟着她下车哪怕是
> 仅仅远远望着她的背影看她进入哪一幢大厦

打开哪一扇幸福的家门；或譬如这位老伯，

他脸色安详好像已看见了天堂的树冠

——黄灿然《日常的奇迹》

城市的街道欢迎和容纳各种人，给他们提供相互看见和随意消失的机遇，也为诗人的感知生发设立了一定障碍。在《日常的奇迹》中，黄灿然通过想象，为少妇和老伯各自编织了一套社会关系和充斥着各种家庭矛盾的俗世故事，丰富了他们的日常化形象，同时深化了诗人感知的复杂性。

在《相遇》《少妇》等诗中，黄灿然对自我与观看对象之间循序深入的视觉交往过程，表现得细微动人。在充满善意和目光对视中，诗人将无言的偶遇升华为灵魂的交往和沟通。在此过程中，诗人和路遇的"少妇"一起将某些"负面的东西"转化为了"正面的东西"。他们为我们共同奉献了一场美妙的城市景观。

敏锐的观察力和善意，让黄灿然成为城市中为数不多的幸福和富足的人。他激越地体味着陌生人所散发的温情，又一如既往地表现得内敛而含蓄。这种习惯可以通过他所关切的内容——多是对方的微表情和小幅度举动——得以印证；并且，对方的面容多为祥和沉静，动作多是柔缓内敛。或许这类人更契合诗人心性从而引起诗人注目，也或许是诗人相信，所谓"日常的奇迹"，关键在于"日常"的平淡之处。那些构成了城市风景的人，正是我们平时忽视的普通路人。

在另一座距离海洋最远、距离沙漠最近的城市——乌鲁木齐，

一个男诗人同样路遇了一个陌生少妇。不同于黄灿然的轻描素写,这次我们见识到的是一位印象画般浓色重彩的美丽女人:

> 在干旱的阳台上,她种了几盆沙漠植物
> 她的美可能是有毒的,如同一株罂粟
> 但没有长出刺,更不会伤害一个路人
> 有几秒钟,我爱上了她
> 包括她脸上的倦容,她身后可能的男人和孩子
> 并不比一个浪子或酒鬼爱得热烈、持久
>
> ——沈苇《阳台上的女人》

"干旱"和"几盆沙漠植物"布置了阳台的环境,更深远一点说,它们也昭示了该阳台所处城市的气候特征和地理特征:这是一座毗邻沙漠而距离海洋最远的边地城市。同时,女人的形象也由这座阳台的特性所提示。"阳台",集开放性和封闭性为一身。它是从隐秘的卧室伸出的一个触角,同时向路人和大众无限敞开,从而使诗人得以欣赏这道美丽的城市风景。相对于无数人经过并瞬间流逝的街道,阳台这一特殊空间,令女人私人性的生活痕迹得到了更多保存和暴露,也提请着观看者的特别留意和想象。因此,诗人不仅看见了敞开的部分:干旱的阳台、几盆沙漠植物,更想象到了隐秘的内容:她身后可能的男人和孩子。这种关注引发(或者说印证)了一种欲望:"她的美可能是有毒的,如同一株罂粟"。这也是一种被控制在安全范围的欲望:"但没有长出刺,更不会伤害一个路人"。

安全感源于观看者和女人的距离，这同样为"阳台"的位置所决定：一个路人与"阳台上的女人"相距不可能太近，需要目光适度遥递才能抵达。同样，因为距离，诗人可以放肆地观看女人而不必担心被她发现。而人的目光必须克服的距离越远，从凝望中放射出的欲望就会越强烈："有几秒钟，我爱上了她／包括她脸上的倦容"；就像她"罂粟"一般的美，越具有危险性的事物，越散发着强劲的诱惑力：

> 这个无名无姓的女人，被阳台虚构着
> 因为抽象，她属于看到她的任何一个人
> 她分送自己：一个眼神，一个拢发的动作
> 弯腰提起丝袜的姿势，迅速被空气蒸发
> 似乎发生在现实之外，与此情此景无关
> 只要我的手指能触抚到她内心的一点疼痛
> 我就轰响着全力向她推进
>
> ——沈苇《阳台上的女人》

身体的发现和遮蔽总是一种文化现象和政治现象。在漫长的历史中，身体（特别是女人的身体）在绝大多数时间里一直承受着来自道德的要求和规训，在展示方面受制于阶级、文化、地位、出身、职业等多方面的制度和习俗。崔护和苏轼时代的"人面桃花"是一种（文学）形象，诗人的观看并不涉及对方的身体性征。伴随着工业时代和消费文化的出现，身体开始在生活交往领域、时尚产业

和文学影视作品中大规模出场。在消费世界中，身体，尤其是女人的身体，成为最美丽、时尚、宝贵、复杂的物品。服装业和美容业的大规模兴盛莫不滥觞于此。吊诡之处在于，大众传媒时代的消费活动所依照的是一套"模拟范式"，日常生活中每个角落都出现了"大规模的模拟过程"，令人无论身居何处，都无法避免"有完全产自编码规则要素组合的一种'新现实'的替代品"。此情形最终发展成波德里亚所说的"政治的非政治化、文化的非文化化、身体的非性征化"。[1]被编码的美丽程序输入到城市各个街道、橱窗、广告牌、影视屏幕的人面之上，制造出桃花朵朵开的现代景观效果，而真正身体的形象、性征和力量，却被无声地取消和替代了。

就在这天，一个诗人走在广告牌琳琅满目的大街上，不经意间看见了一个现实中的女人。这个罂粟般的女人，裹挟着内室的隐秘气味，振奋了疲乏的观赏者。他知道怎么"看见"女人的魅力："她身后可能的男人和孩子"，她的"眼神"和"拢发的动作"，她"弯腰提起丝袜的姿势"……这些描述无不暧昧地指向女人的身体性征，而拥有如此身体，并肆意展示这副身体的行为，只可能出现在现代性的城市中。这番描述同时又像一面镜子，折现出一个行走在城市中的诗人形象：炙热的目光，因冲动和欲望而加速跳动的脉息和微微颤动的身体。

这一切又被控制在主体的幻觉和想象之中："因为抽象，她属于

---

[1] 〔法〕让·鲍德里亚：《消费社会》，刘成富、全志刚译，南京大学出版社，2014年版，第117页。

看到她的任何一个人。"与其说这是诗人看见的女人，毋宁说是由他创造的女人。他精细地描述女人的每个身体动作，然而他最为关心的却是女人的内心和灵魂："只要我的手指能触抚到她内心的一点疼痛／我就轰响着全力向她推进"。女人诱发了诗人的英雄气概和浪漫豪情。这种诱发与其说因为女人的性感和魅力，不如说源于诗人甘心被诱导的愿望。孤寂，正是潜存于心的孤寂，令诗人面对一个性感的陌生女人时油然生出炙热的情欲和丰富的想象力，同样是密闭于另一个人体内的孤寂，让观看者的目光遭遇了"一座坚不可摧的城堡"。

诗人对女人的观看既发生于一个具体的瞬间和地方，这个女人同时又能够脱离日常性，超越真伪，进入现代感知的普遍化领域。黄灿然在《日常的奇迹》中开篇的两个"譬如"（"当你在譬如这个巴士站遇见譬如这位少妇"）也同样暗示了这场邂逅可能真实，也可能仅出自诗人的移情和想象。这既是一种生活态度，更是一种诗学态度。它表明现代性的交往可以仅在主体内部自足性和封闭性地完成："姑娘，别在我身边徘徊不去，／……／但请不要再走近一步，否则我会惊逃，／请一定不要开口对我说话，否则／我们立即就会变成陌生人——／真正的陌生人。"（黄灿然《陌生人》）

诗人再次暗示合宜的距离之于城市人的重要性。人与人的联结无须凭仗切近的具体，而在于心灵感受和语言表达。我们甚至可以设想，作为风景的他者仅仅是诗人心中的一个闪念。（黄灿然《我心中的闪念——实现》）

在描写他者的诗歌中，大部分作品是以男性视角观赏女性，相比而言，女性作为审美主体观看男性路人的经验在当代诗歌中十分罕见。这种情况当然有着复杂的历史和社会原因。周鱼的《感官世界》为我们贡献了一幅难得的男性风景，虽然是略显程式化的青春少年形象："因为一位陌生的少年，我又回到／感官的世界里"。诗人和少年同乘一辆巴士，因他坐在前排，颇利于诗人大胆观看他的衣着与面容："穿一身竖领运动衣，却像是活力在裹着／与自身相同又相反之物。侧脸的／眼睫毛长而浓密，它造出阴影。／……／……在细雨降落的／大街上，他贡献这含蓄的感官艺术。"

中肯地说，城市拥有诸多动人风景，也有更多阴暗面，只不过，当代人对其风景缺乏应有的认识和发现，而对其负面经验着墨甚多，以致进一步削弱了自我发现城市风景的能力。这种审美惯性不仅不能缓解人们单身的孤独，反而可能使其错失邂逅的机遇和心情。波德莱尔说："旁观者是一个无所不在的微服私访的君主。"[1]今日的诗人如果还拥有波德莱尔所说的"君主"性的特权，那或许指的是他拥有比普通人更敏锐的感受力和更纵深的想象力。近年来的一些诗人，如黄灿然、沈苇、汗漫等，借助敏锐的感受力和现代性意识，为我们展示了不同于乡村生活和古典诗歌的审美体验，也为城市这座"地狱"和迷宫找到了几条可资借鉴的"出路"。可以想见，通过观看、辨认城市景观并赋予它们合宜的显现方式，诗人在愉悦中对位性地完成了自我身份的建构。

---

[1] 〔法〕波德莱尔：《作品集》，第2卷；转引自〔德〕瓦尔特·本雅明：《巴黎，19世纪的首都》，刘北成译，商务印书馆，2015年版，第105页。

总体来说，多数当代诗人在最初面对城市时，仍显示出一种深刻的隔膜和拒绝，甚至是蔑视和不屑。这种态度妨碍我们成为一个真正的城市人，也导致我们的写作难以发掘到城市生活的本质性特征、灵魂和精髓。事实上，城市经验对于人们对本性的深刻认识提供了更多机会。当我们的生活经验和伦理观念全面城市化之后，如果不能在写作观念、意识、语言等方面做到"城市性"，写作的有效性必是大打折扣的。"城市性"的写作要求我们不再将城市作为"乡村"的对立物和自我的他者去审视和批判，而是进入城市的内部，体味城市的细节和质感，丰富与矛盾，以及在快速流动中发现永恒性的美和神秘。

结语——后山水时代的风景、审美与想象

在古典时代，源于"道法自然"和"天人合一"的理念，自然世界和以农事活动为基础的生活领域渗透着不朽的象征内涵和神圣秩序，诗人与自然风景（以"山水"为代表）的关系表现为同一性的亲和与顺从性的贴近，诗文追求借助超越实相和语言的意境（"此中有真意，欲辩已忘言"）映现自我心性和情趣。

随着现代化的进程和工业资本主义不可遏止的步伐，我们进入了工业时代，或曰"后山水时代"和"后田园时代"，自然风景被裹挟进工业开发、商品生产与消费环节，成为物态化的符号和操控对象。在物质和经济领域，后山水时代遵从的是线性的、前进的、不可重复和逆转的时间观，是历史进化论——发展等于进步，未来代表拯救。但在审美感知和情感认同方面，多数人因袭着古典社会提供的自然观念和文化范式——过去是"黄金时代"，今天是倒退，发展

是破坏。因此，从古代山水田园抒情范式转向现代性的风景诗写作，诗人在观念、修辞和抒情等方面并未表现出泾渭分明的新旧更替，而是融杂着复杂暧昧的观念冲突和心理矛盾。

简要而言，后山水时代的风景审美和文化想象，显示着波德里亚断言的"现代性从来都不是彻底决裂"[1]的混杂景观，其表现主要有三种形式：

第一，诗人沿用浪漫主义的"绿色语言"和美好心情，欣赏与品味自然风景。这类赏心悦目的风景在范畴上符合古今中外的通行标准：它们优美、崇高而神秘，属于与城市、工业、人工、技术相对立的自然和乡村世界。

当代诗歌再次证明，无论古今中外，风景文化都意味着人们站在此岸的现实世界，遥望和想象诗意乌托邦的审美本能。其中，那些显现为原生态的和可感觉的自然图景，在审美感受领域成为稀缺而珍贵的诗意资源：远山、松林、月夜、星空、旷野、高山、大漠、雪景……与此同时，当代诗人依旧沉醉于陶潜式不假言辞的自得和满足，以及以自然为准则来轻嘲技术和技巧的古老自信："现在，我彻底置身于自然／当我在无人之境，面对山川朗诵一首诗／我深深感到，我们的技巧多么拙劣／远不如星光下吹来的那一阵小风"（韩文戈《我吃惊于燕山拂晓时的天光》）。

回望历史也可发现，中国古代山水诗和西方风景画自出现伊始

---

[1]〔法〕让·波德里亚：《象征交往与死亡》，车槿山译，译林出版社，2012年版，第119页。

就彰显着人们试图缩减室内空间（人造物）和外部世界（自然）之间距离的努力。将一幅山水请进室内以望之"卧游"，或在餐厅悬挂一幅优美的风景画，都是为了将心仪的风景搬至眼前。现代风景艺术更是代表着"现代损失的征兆"，是对被自然隔绝的生活体验的填补和替代性补偿。在人类仍"属于"自然的时候，"没有人需要画一幅风景画"。[1]正因为处于现代社会，人们才更加需要借助自然风景获取情感满足并对抗世俗生活的工具理性、计算主义、贫乏、平庸、焦虑和脆弱。从这个意义上说，现代性的风景诗写作是诗人基于生存环境感知和思考而做出的主观解读和重塑自然的实践。自然风景愈显重要和珍贵，诗人对风景的建构越容易受制于渴求理想栖息地的原始冲动。换言之，当人们不能或不愿赋予现代经验世界（由技术、工业化的物象和细节所构成）以魅力和审美价值时，对作为补偿品的诗意乌托邦寄予的理想和信念就越发丰厚。

　　诗人的观看方亦反映着古今之变。通过正文的分析可以发现，当代诗人对广阔风景的整体性表现仍然保持着某种古老的仪式感和象征内涵；近距离的聚焦式观看已更多偏重现代哲思；流动的破碎风景纯粹是工业社会的产物，已经无法对接古典文化理念和审美模型，就连当代诗歌所依赖的叙事技巧也难以适用。面对快速流逝的碎片，诗人的情感表达遭遇极难逾越的鸿沟，思绪也被冲击得散碎杂乱。

---

[1] Christopher Wood, *Albrecht Altdorfer*（London: Reaktion Books, 1993），转引自〔英〕马尔科姆·安德鲁斯：《风景与西方艺术》，张翔译，上海人民出版社，2016年版，第64页。

第二，诗人在空间和时间等方面展开了风景的文化想象和构造，印证着人们对风景的观看与生产既是被历史文化塑造的结果，也是解构和建构新的文化形式的过程。在全球化时代，人们前赴后继奔赴边地，寻求具有异质性的风景和生活景观，或回望古典山水思想的接续，在传统文化的沉浸中表达反对现代性和全球化的心志和努力。

　　正如一切反现代性同时也是现代性的成果一样，当代诗人对边地风景的向往，对模山范水的赞颂和崇敬，也是在释放着对世俗领域的不满，以及借独特性和传统性文化构型以续身的愿望。出于情感和认知惯性，人们抗拒当下现实和物质结构，渴望重新贴近自然，甚至赋予其神秘性、古典性意蕴和象征内涵，令自我退回（也是上升）到古老的审美结构和情感关系中，获得精神满足："到处都是魔幻现实主义，／我宁愿隐逸于空想，／……／凤凰山上，电塔林立，／尽管如此，它还是我的贝雅特丽齐；／尽管东西南北，几乎所有／山水都戴上了镣铐，它们也都／还是我的贝雅特丽齐。"（飞廉《山水》）

　　第三，风景，特别是日常风景的范畴，已逐渐扩溢于传统的自然世界和乡野，这给诗人的审美感知和发现带来巨大挑战，也不啻为一种特殊机遇。

　　一种具有反叛性和先锋性的观念认为："一个人必须取消艺术，才能以其本来面目来看待它。"[1]那些怀疑传统思想的当代流袭，并挣

1　〔法〕西尔韦尔·洛特兰热：《艺术的盗掠》//〔法〕让·波德里亚《艺术的共谋》，引言，张新木等译，南京大学出版社，2015年版，第10页。

脱既有观念的个性化声音,提醒着我们、要求着我们,去思考我们的当代身份与属性,理解自我与自然、世界的现代性关系。这种反观念的观念,加深着我们对风景的理解,造成了"风景"概念的不断扩展和增殖。

置身当代语境可以发现,与理想的审美经验和文化想象相比,存在于人们现代经济生活中的大部分事实经验是自然理念和文化想象所不能降解的异质性材料,是情感和价值的废弃物。这种材料主要汇聚在三个场域:一是被技术统治和破坏的自然世界,二是面目全非的乡村,三是当代人主要居住的城市。面目全非的故乡、钢筋水泥等,构成了对传统风景的理想构型的无限挑战、扩充,或者说降阶和失准,成为无法被理想、秩序和文化想象收纳的剩余物、废弃物。

现实经验的失范造成当代风景诗视域的重要转向,也造成了意义感的匮乏和诗人身份认同的危机。在无可遏止的坠落趋势中,诗人的"自我"无可安放,成为时代的"孤儿"和"遗民"。在自然领域,诗人或可与受创自然建立同感共情的联系——这或许可以理解为"天人合一"理念的现代性变异,在生活领域,诗人的情感认同与身份危机殊难化解:诗人或成为失乡者,或自命为都市异乡人和流浪者……通过关注残山剩水并建构一种"同情"关系,关注日常生活中的他者(特别是城市生活中的陌生人)以形成某种联结感,部分当代诗人做出了他们的诗学努力,这也是他们对现代性发展造成的主客二元结构的纠正和弥合尝试。

总之,面对传统观念、个人感受性和社会语境之间的张力和对峙，现代生活的日常景观成为需要时刻保持观看与阐释的媒介性风景。风景成为关联了各种讯息、知识、文化、政治、社会实践和意识形态的集合体。在总体上，新旧思想的相融混杂使当代诗人的审美感发与文化想象显得复杂、混乱、偶然、多变。我们能够在同一个诗人那里看到他对古典山水思想的迷恋与执着，看到他面对残山剩水表达的痛惜与哀叹，也看到他既享受现代城市的便利又念念不忘原始化的自然风景和生活模式。这些矛盾和复杂说明，自然风景仍然充当着大部分当代人的审美乌托邦，其优美、崇高和神秘，依然令人魂牵梦萦、念兹在兹。这种观念和理想深深影响着人们的审美感知和抒情路径，同时也限制着诗人对人性、时代性经验的认知。残山剩水、凋敝乡村，现代化城市，因超越了人们传统的内心认同和抒情模式而作为意义资源的匮乏被体验和鄙夷，令很多诗人除了漠视和给予批判而无能其他。

在各种风景诗写作中，本书对诗人的文化想象是否遮蔽现实经验一直保持着警惕。这种观察并非指向古典思想和文化，而是忧虑于传统观念和风景表征是否通过现代经验的中介与观照。在古典山水诗中，自我与自然"神遇"并被"迹化"是常见的心志表达和抒情策略，多数当代风景诗同样涉及诗人认识的成长和自我生命意识的深化过程。对美的欲求，以及对精神成长的追求，古今诗人无甚差别，这需要我们对当代诗歌出现的相关表达进行甄别与辨析：置于现代社会，诗人的美好愿望是否能够降解现代性经验和生命体验的芜杂和混乱。很多情况下，诗人追求所谓的古典化的淡泊、逍遥、超然，不过是令人怀疑的过于精致的风格效果，以及过于体面的漂亮话。

在景观时代，不仅风景作为景观进入生产销售环节，诗人的语言亦复如是。经济运行规律告诉我们，艺术生产与公众的需求密切相关。作为审美化的商品，风景区符合人类的感受需求，折射着人类永恒的心理渴望，但是在写作中将风景简单化、纯净化、崇高化、风格化、景观化，却需要警惕。风景的掩盖性不仅作用于地方文化想象和传统文化构想中，还存在于我们生活的方方面面。这是人的特性和时代共同决定的。现代文学不再局限于自娱自乐和友人间的唱和互答，而更多是面对社会与广泛的传播对象。当代诗人看似个人化的抒情与语言练习，也因纳入了市场流通与文化传播渠道而具有广告性和公共性。作为风景和语言的阅读者，我们需要辨识这种文化生产机制与环节的复杂性。

吉奥乔·阿甘本曾评述道："所有生物都生存于开放坦白之中：它们通过自己的外表坦白自身并发出光彩。但唯有人，力图盗用这种开放坦白，控制自己的外表和他们自身的公开呈现。语言就是这种盗用，它将自然本性改造成面孔。"[1]被人力左右、展示的各种风景样态，折射着个人、地方和时代的政治经济生态、文化建构形态等因素。风景面对摄影机，如同一首诗面对传播媒介。当然，这也是另一种曲折的展示与泄露自身。我们需要穿越风景的表象直达自然，穿透语言的矫饰抵达诗人，从而实现真正的本真性交谈。当代风景

---

[1] 〔意〕吉奥乔·阿甘本：《面孔》//《无目的的手段：政治学笔记》，赵文译，河南大学出版社，2015年版，第123页。

诗，或者更进一步地说，当代风景诗学，也随之成为跨越政治、经济、生态、艺术、文学等多学科领域的跨学科学问和场域。

　　生态批评的开拓者之一格伦·A.洛夫提醒我们说："'社会复杂，自然简单'的观点的确是人类中心主义思维的最大观念之一，可谓宇宙的讽刺。"看似敬畏、崇拜自然的态度——将自然和乡村誉为简朴自然并附有德性的绿色世界，事实上却反映着人类中心主义设想的延续和作用。"田园牧歌似的绿色世界成了作家及其读者人文主义观念的一种高度风格化和简单化的创造。"[1]后山水时代虽然对传统关系构成了巨大挑战，从另一方面而言，也提供了特殊的机遇——它提醒我们如何真正跳出以人类为中心的价值观陷阱，认知风景本真性的存在样态与当代意义。

---

[1] 〔美〕格伦·A.洛夫:《实用生态批评：文学、生物学及环境》，胡志红等译，北京大学出版社，2010年版，第24、75页。

参考文献

·中国古代典籍与古代文学研究·

［春秋］老子著，陈鼓应注译．老子今注今译［M］．北京：商务印书馆，2003．
［春秋］墨子撰，徐翠兰、王涛译注．墨子［M］．太原：山西古籍出版社，2003．
［西汉］刘安编，陈惟直译注．淮南子［M］．重庆：重庆出版社，2007．
［东汉］许慎撰，［清］段玉裁注．说文解字［M］．北京：中国戏剧出版社，2008．
［东汉］班固．汉书［M］．上海：上海古籍出版社，2003．
［东汉］郑玄，［清］张尔岐句读，朗文行校点．仪礼［M］．上海：上海古籍出版社，2016．
［魏］王弼，［晋］韩康伯注．周易注疏［M］．北京：中央编译出版社，2013．
［西晋］陈寿．三国志·蜀书六（卷36）［M］．上海：上海古籍出版社，2002．
［南朝宋］宗炳，王微著，陈传席译解．画山水序 叙画［M］．北京：人民美术出版社，1985．
［南朝宋］刘义庆．世说新语［M］．上海：上海古籍出版社，2012．
［南朝齐］谢赫，［南朝陈］姚最，王伯敏标点注译．古画品录 续画品录［M］．北京：人民美术出版社，1959．
［南朝梁］沈约．宋书（26）［M］．北京：商务印书馆，1944．
［南朝梁］钟嵘，［唐］司空图．白话诗品 二十四诗品［M］．长沙：岳麓书社，1997．
［南朝梁］刘勰著，王运熙、周锋译注．文心雕龙译注［M］．上海：上海古籍出版

社，2010.

［唐］房玄龄著，黄公渚选注. 晋书［M］. 北京：商务印书馆，1934.

［唐］房玄龄等撰. 晋书［M］. 长春：吉林人民出版社，1995.

［唐］王昌龄著，胡问涛、罗琴校注. 王昌龄集编年校注［M］. 成都：巴蜀书社，2000.

［唐］王维，王森然标点注译. 山水诀　山水论［M］. 北京：人民美术出版社，2016.

［唐］张彦远. 历代名画记［M］. 沈阳：辽宁教育出版社，2001.

［唐］柳宗元著，杨慧文选注. 柳宗元散文选集［M］. 天津：百花文艺出版社，2005.

［唐］柳宗元著，景宏业解评. 柳宗元集［M］. 太原：山西古籍出版社，2006.

［五代］荆浩. 笔法记［M］. 北京：人民美术出版社，1963.

［宋］苏轼著，孙育华评注. 苏轼文学散文选［M］. 太原：山西高校联合出版社，1991.

［宋］朱熹. 论语集注［M］. 济南：齐鲁书社，1992.

［宋］郭熙. 林泉高致［M］. 南京：江苏凤凰文艺出版社，2015.

［宋］邓椿［元］庄肃，黄苗子点校. 画继　画继补遗［M］. 北京：人民美术出版社，2016.

［明］袁中道. 珂雪斋集［M］. 上海：上海古籍出版社，2007.

［清］王士祯（渔洋山人）著，张宗楠纂集. 带经堂诗话（卷五）［M］. 同治癸酉年.

［清］石涛. 苦瓜和尚画语录［M］. 济南：山东画报出版社，2007.

［清］邹一桂. 小山画谱［M］. 济南：山东画报出版社，2009.

［清］唐岱. 绘事发微［M］. 济南：山东画报出版社，2012.

［清］王先慎集解，姜俊俊校点. 韩非子［M］. 上海：上海古籍出版社，2015.

君宝编著. 中国山水田园诗词选［M］. 上海：上海书局有限公司，1977.

钱钟书. 管锥篇［M］. 北京：中华书局，1979年.

朱安群，郭纪金选注. 历代山水诗选［M］. 南昌：江西人民出版社，1981.

袁行霈编，张相儒注释. 中国山水诗选［M］. 郑州：中州书画社，1983.

吴绍礼，张镇编著. 古代风景诗译释［M］. 哈尔滨：黑龙江人民出版社，1984.

马积高. 赋史 [M]. 上海：上海古籍出版社，1987.
李昌宗，黄蓉选编. 中国古代山水诗选读 [M]. 成都：四川少年儿童出版社，1989.
李文初等. 中国山水诗史 [M]. 广州：广东高等教育出版社，1991.
张葆全主编. 中国古代诗话词话辞典 [M]. 桂林：广西师范大学出版社，1992.
臧维熙主编. 中国山水的艺术精神 [M]. 上海：学林出版社，1994.
丁成泉. 中国山水诗史 [M]. 北京：文津出版社，1995.
崔高维校点. 周礼·仪礼 [M]. 沈阳：辽宁教育出版社，1997.
吴功正. 山水诗注析 [M]. 太原：山西教育出版社，2004.
朱晓江. 山水清音：晋宋山水诗的艺术世界 [M]. 杭州：浙江古籍出版社2004.
李福顺编著. 苏轼与书画文献集 [M]. 北京：荣宝斋出版社，2008.
方勇译注. 庄子 [M]. 北京：中华书局，2010.
刘梦芙评注. 山水诗百首 [M]. 合肥：安徽文艺出版社，2010.
严明编著.《诗经》精读 [M]. 上海：上海古籍出版社，2012.
萧驰. 诗与它的山河：中古山水美感的生长 [M]. 北京：生活·读书·新知三联书店，2018.

·理论与作品研究·

〔日〕小尾郊一. 中国文学中所表现的自然与自然观 [M]. 邵毅平译. 上海：上海古籍出版社，1989.
〔日〕东山魁夷. 与风景对话 [M]. 唐月梅译. 桂林：漓江出版社，1999.
〔日〕柄谷行人. 日本现代文学的起源 [M]. 赵京华译. 北京：生活·读书·新知三联书店，2003.
〔日〕小川环树. 风与云：中国诗文论集 [M]. 周先民译. 北京：中华书局，2005.
〔日〕和辻哲郎. 风土 [M]. 陈力卫译. 北京：商务印书馆，2006.
〔日〕小野泽精一等编. 气的思想：中国自然观与人的观念的发展 [M]. 李庆译. 上海：上海人民出版社，2007.

参考文献

〔日〕家井真.《诗经》原意研究［M］. 陆越译. 南京：江苏人民出版社，2012.

〔日〕三谷彻. 风景阅读之旅：二十世纪美国景观［M］. 杨希译. 北京：清华大学出版社，2015.

〔日〕松冈正刚. 山水思想："负"的想象力［M］. 韩立东译. 北京：中国友谊出版公司，2017.

〔英〕本尼迪克特·安德森. 想象的共同体［M］. 吴叡人译. 上海：上海人民出版社，2005.

〔英〕约翰·伯格. 观看之道［M］. 戴行钺译. 桂林：广西师范大学出版社，2005.

〔英〕约翰·伯格. 看［M］. 刘惠媛译. 桂林：广西师范大学出版社，2007.

〔英〕彼得·沃森. 20世纪思想史［M］. 朱进东等译. 上海：上海译文出版社，2006.

〔英〕以赛亚·伯林. 浪漫主义的根源［M］. 吕梁等译. 南京：译林出版社，2008.

〔英〕阿尔弗雷德·诺思·怀特海. 自然的概念［M］. 张桂权译. 南京：译林出版社，2011.

〔英〕西蒙·沙玛. 风景与记忆［M］. 胡淑陈，冯樨译. 南京：译林出版社，2013.

〔英〕雷蒙·威廉斯. 乡村与城市［M］. 韩子满等译. 北京：商务印书馆，2013.

〔英〕马尔科姆·安德鲁斯. 风景与西方艺术［M］. 张翔译. 上海：上海人民出版社，2014.

〔英〕马尔科姆·安德鲁斯. 寻找如画美：英国的风景美学与旅游，1760—1800［M］. 张箭飞，韦照周译. 南京：译林出版社，2014.

〔英〕E. H.贡布里希. 艺术的故事［M］. 范景中译. 南宁：广西美术出版社，2015.

〔英〕恩斯特·贡布里希〔美〕朱利安·霍赫伯格〔美〕麦克斯·布莱克. 艺术、知觉与现实［M］. 钱丽娟译. 重庆：西南师范大学出版社，2015.

〔英〕W. G.霍斯金斯. 英格兰景观的形成［M］. 梅雪芹，刘梦霏译. 北京：商务印书馆，2018.

〔美〕R.卡逊. 寂静的春天［M］. 吕瑞兰译. 北京：科学出版社，1979.

〔美〕蕾切尔·卡森. 寂静的春天［M］. 吕瑞兰，李长生译. 上海：上海译文出版社，2008.

〔美〕乔治·H.米德. 心灵、自我与社会［M］. 赵月瑟译. 上海：上海译文出版社，1997.

〔美〕奥尔多·利奥波德. 沙乡年鉴［M］. 侯文蕙译. 长春：吉林人民出版社，1997.
〔美〕段义孚. 经验透视中的空间和地方［M］. 潘桂成译. 台湾编译馆，1998.
〔美〕段义孚. 恋地情结［M］. 志丞，刘苏译. 商务印书馆，2018.
〔美〕卡洛琳·麦茜特. 自然之死［M］. 吴国盛等译. 长春：吉林人民出版社，1999.
〔美〕比尔·麦克基本. 自然的终结［M］. 孙晓春，马树林译. 长春：吉林人民出版社，2000.
〔美〕克利福特·吉尔兹. 地方性知识：阐释人类学论文集［M］. 王海龙，张家瑄译. 北京：中央编译出版社，2000.
〔美〕安东尼·J.卡斯卡迪. 启蒙的结果［M］. 严忠志译. 北京：商务印书馆，2006.
〔美〕斯蒂芬·埃里克·布隆纳. 重申启蒙：论一种积极参与的政治［M］. 殷杲译. 南京：江苏人民出版社，2006.
〔美〕余英时. 余英时文集（9）［M］. 桂林：广西师范大学出版社，2006.
〔美〕张英进. 中国现代文学与电影中的城市：空间、时间与性别构成［M］. 秦立彦译. 南京：江苏人民出版社，2007.
〔美〕劳伦斯·E.卡洪. 现代性的困境：哲学、文化和反文化［M］. 王志宏译. 北京：商务印书馆，2008.
〔美〕乔治娅·沃恩克. 伽达默尔：诠释学、传统和理性［M］. 洪汉鼎译. 北京：商务印书馆，2009.
〔美〕格伦·A.洛夫. 实用生态批评：文学、生物学及环境［M］. 胡志红等译. 北京：北京大学出版社，2010.
〔美〕劳伦斯·布伊尔. 环境批评的未来：环境危机与文学想象［M］. 刘蓓译. 北京：北京大学出版社，2010年.
〔美〕温迪·J.达比. 风景与认同［M］. 张箭飞，赵红英译. 南京：译林出版社，2011.
〔美〕乔治·斯坦纳. 语言与沉默［M］. 李小均译. 上海：上海人民出版社，2013.
〔美〕马歇尔·伯曼. 一切坚固的东西都烟消云散了［M］. 徐大建，张辑译. 北京：商务印书馆，2013.
〔美〕W.J.T.米切尔编. 风景与权力［M］. 杨丽，万信琼译. 南京：译林出版社，2014.
〔美〕克利福德·格尔茨. 地方知识［M］. 杨德睿译. 北京：商务印书馆，2014.
〔美〕杜威. 经验与自然［M］. 傅统先译. 北京：商务印书馆，2014.

〔美〕高居翰. 图说中国绘画史［M］. 李渝译. 北京：生活·读书·新知三联书店，2014.

〔美〕宇文所安. 中国早期古典诗歌的生成［M］. 胡秋蕾等译. 北京：生活·读书·新知三联书店，2014.

〔美〕M.H.艾布拉姆斯　杰弗里·高尔特·哈珀姆. 欧美文学术语辞典（第10版）［M］. 吴松江，路雁等编译. 北京：北京大学出版社，2014.

〔美〕M.H.艾布拉姆斯. 镜与灯：浪漫主义文论及批评传统［M］. 郦稚牛等译. 北京：北京大学出版社，2015.

〔美〕吴欣编，柯律格等著. 山水之境：中国文化中的风景园林［M］. 傅凡等译. 北京：生活·读书·新知三联书店，2015.

〔美〕戴维·哈维. 正义、自然和差异地理学［M］. 胡大平译. 上海：上海人民出版社，2015.

〔美〕朱迪斯·巴特勒. 脆弱不安的生命：哀悼与暴力的力量［M］. 何磊，赵英男译. 开封：河南大学出版社，2016.

〔美〕欧文·戈夫曼. 日常生活中的自我呈现［M］. 周怡译. 北京：北京大学出版社，2016.

〔美〕约翰·布林克霍夫. 发现乡土景观［M］. 俞孔坚等译. 北京：商务印书馆，2016.

〔美〕凡勃伦. 有闲阶级论：有关制度的经济研究［M］. 蔡受百译. 北京：商务印书馆，2016.

〔美〕罗伯特·E.帕克. 城市：有关城市环境中人类行为研究的建议［M］. 杭苏红译. 北京：商务印书馆，2016.

〔美〕理查德·桑内特. 肉体与石头：西方文明中的身体与城市［M］. 黄煜文译. 上海：上海译文出版社，2016.

〔美〕克里斯平·萨特韦尔. 美的六种命名［M］. 郑从容译. 南京：南京大学出版社，2017.

〔美〕玛丽·路易斯·普拉特. 帝国之眼：旅行书写与文化互化［M］. 方杰，方宸译. 南京：译林出版社，2017.

〔美〕彼得·盖伊. 现代主义：从波德莱尔到贝克特之后［M］. 骆守怡，杜冬译. 南京：译林出版社，2017.

〔美〕卜寿姗. 中国文人画五百年［M］. 皮佳佳译. 北京：北京大学出版社，2018.

〔法〕让·波德里亚. 消费社会［M］. 刘成富，全志钢译. 南京：南京大学出版社，2000.

〔法〕让·波德里亚. 象征交换与死亡［M］. 车槿山译. 南京：译林出版社，2012.

〔法〕让·波德里亚. 艺术的共谋［M］. 张新木等译. 南京：南京大学出版社，2015.

〔法〕瓦莱里. 文艺杂谈［M］. 段映红译. 天津：百花文艺出版社，2002.

〔法〕米歇尔·福柯. 主体解释学［M］. 佘碧平译. 上海：上海人民出版社，2005.

〔法〕莫里斯·梅洛-庞蒂. 可见的与不可见的［M］. 罗国祥译. 北京：商务印书馆，2008.

〔法〕加斯东·巴什拉. 水与梦：论物质的想象［M］. 顾嘉琛译. 长沙：岳麓书社，2005.

〔法〕加斯东·巴什拉. 空间的诗学［M］. 张逸婧译. 上海：上海译文出版社，2009.

〔法〕加斯东·巴什拉. 梦想的权利［M］. 顾嘉琛，杜小真译. 上海：华东师范大学，2013.

〔法〕加斯东·巴什拉. 梦想的诗学［M］. 刘自强译. 北京：生活·读书·新知三联书店，2017.

〔法〕居伊·德波. 景观社会评论［M］. 梁虹译. 桂林：广西师范大学出版社，2007.

〔法〕居伊·德波. 景观社会［M］. 张新木译. 南京：南京大学出版社，2017.

〔法〕波德莱尔. 波德莱尔美学论文选［M］. 郭宏安译. 北京：人民文学出版社，2008.

〔法〕马塞尔·雷蒙. 从波德莱尔到超现实主义［M］. 邓丽丹译. 开封：河南大学出版社，2008.

〔法〕约翰·雷华德编. 塞尚书信集［M］. 刘芳菲译. 上海：华东师范大学出版社，2010.

〔法〕吉尔·德勒兹. 批评与临床［M］. 刘云虹，曹丹红译. 南京：南京大学出版社，2012.

〔法〕卡特琳·古特. 重返风景：当代艺术的地景再现［M］. 黄金菊译. 上海：华东师范大学出版社，2014.

〔法〕米歇尔·德·塞托等. 日常生活实践：2.居住与烹饪［M］. 冷碧莹译. 南京：南京大学出版社，2014.

参考文献

〔法〕米歇尔·德·塞托. 日常生活实践：1.实践的艺术［M］. 方琳琳，黄春柳译. 南京：南京大学出版社，2015.

〔法〕皮埃尔·阿多. 伊西斯的面纱：自然的观念史随笔［M］. 张卜天译. 上海：华东师范大出版社，2015.

〔法〕边留久. 风景文化［M］. 胡莲译. 南京：江苏凤凰科学技术出版社，2017.

〔法〕朱利安. 山水之间：生活与理性的未思［M］. 卓立译. 上海：华东师范大学出版社，2017.

〔德〕马克思，恩格斯. 马克思恩格斯全集（第二卷）［M］. 中共中央马克思恩格斯列宁斯大林著作编译局译. 北京：人民出版社，1957.

〔德〕E·胡塞尔. 现象学与哲学的危机［M］. 吕祥译. 北京：国际文化出版公司，1988.

〔德〕顾彬. 中国文人的自然观［M］. 马树德译. 上海：上海人民出版社，1990.

〔德〕齐美尔.桥与门：齐美尔随笔集［M］. 涯鸿等译. 上海：上海三联书店，1991.

〔德〕阿多诺. 美学理论［M］. 王柯平译. 成都：四川人民出版社，1998.

〔德〕瓦尔特·本雅明. 机械复制时代的艺术作品［M］. 王才勇译. 北京：中国城市出版社，2002.

〔德〕瓦尔特·本雅明. 启迪［M］. 张旭东，王斑译. 北京：生活·读书·新知三联书店，2008.

〔德〕瓦尔特·本雅明. 巴黎，19世纪的首都［M］. 刘北成译. 北京：商务印书馆，2015.

〔德〕舍勒. 舍勒选集［M］. 朱雁冰译，上海：上海三联书店，1999.

〔德〕康德. 康德著作全集（第2卷）［M］. 李秋零等译，北京：中国人民大学出版社，2013.

〔德〕汉斯-格奥尔格·伽达默尔. 诠释学的实施［M］. 吴建广译. 北京：北京大学出版社，2013.

〔德〕吕迪格尔·萨弗兰斯基. 荣耀与丑闻——反思德国浪漫主义［M］. 卫茂平译. 上海：上海人民出版社，2014.

〔德〕马克斯·J.弗里德伦德尔. 论艺术与鉴赏［M］. 邵宏译. 北京：商务印书馆，2016.

［韩］金禹昌. 风景与心［M］. 白玉陈译. 成都：四川教育出版社，2015.
［墨］奥克塔维奥·帕斯. 批评的激情——奥·帕斯谈创作［M］. 赵振江译. 昆明：云南人民出版社，1995.
［墨］奥克塔维奥·帕斯. 泥淖之子：现代诗歌从浪漫主义到先锋派［M］. 陈东飚译. 南宁：广西人民出版社，2018.
［斯洛文尼亚］阿莱斯·艾尔雅维茨. 图像时代［M］. 胡菊兰　张云鹏译. 沈阳：吉林人民出版社，2003.
［意］卡尔维诺. 看不见的城市［M］. 张密译. 南京：译林出版社，2012.
［意］吉奥乔·阿甘本. 无目的的手段：政治学笔记［M］. 赵文译. 开封：河南大学出版社，2015.
［加］查尔斯·泰勒. 自我的根源［M］. 韩震等译. 南京：译林出版社，2012.
［加］查尔斯·泰勒. 本真性的伦理［M］. 程炼译. 上海：上海三联书店，2012.
［挪威］费雷德里克·巴斯. 族群与边界·文化差异下的社会组织［M］. 李丽琴译. 北京：商务印书馆，2014.
〔古希腊〕柏拉图. 理想国［M］. 郭斌和，张竹明译. 北京：商务印书馆，2017.
［丹麦］勃兰兑斯. 十九世纪文学主流（第四分册）：英国的自然主义［M］. 徐式谷等译. 北京：人民文学出版社，2018.
中国社会科学院哲学研究所美学研究室编. 美学译文（2）［M］. 王至元，朱狄等译北京：中国社会科学出版社，1982.
孙克恒选编. 中国当代西部新诗选［M］. 兰州：甘肃人民出版社，1986.
雷茂奎. 西部文学散论［M］. 乌鲁木齐：新疆人民出版社，1986.
李震. 中国当代西部诗潮论［M］. 西宁：青海人民出版社，1993.
耿占春. 隐喻［M］. 北京：东方出版社，1993.
耿占春. 失去象征的世界［M］. 北京：北京大学出版社，2008.
陈寅恪著，刘桂生、张步洲编. 陈寅恪学术文化随笔［M］. 北京：中国青年出版社，1996.
西川. 让蒙面人说话［M］. 上海：东方出版中心，1997.
钟鸣. 旁观者［M］海口：海南出版社，1998年.
栗宪庭. 重要的不是艺术［M］. 南京：江苏美术出版社，2000.

莫小也. 17—18世纪传教士与西画东渐 [M]. 北京：中国美术学院出版社, 2001.
程光炜编著. 中国当代诗歌史 [M]. 北京：中国人民大学出版社, 2003.
丁帆主编. 中国西部现代文学史 [M]. 北京：人民文学出版社, 2004.
杨念群. 何处是"江南" [M]. 北京：生活·读书·新知三联书店, 2017.
李森. 美学的谎言 [M]. 北京：新星出版社, 2012.
李森. 法蕴漂移：《心经》的哲学、艺术与文学 [M]. 北京：商务印书馆, 2018.
一行. 词的伦理 [M]. 上海：上海书店出版社, 2006.
一行. 论诗教 [M]. 北京：北京师范大学出版社, 2010.
吕澎. 20世纪中国艺术史 [M]. 北京：北京大学出版社, 2009.
程虹. 寻归荒野 [M]. 北京：生活·读书·新知三联书店, 2011.
林风眠著, 朱朴编. 林风眠艺术随笔 [M]. 上海：上海文艺出版社, 2012.
西渡著. 壮烈风景 [M]. 北京：中国社会出版社, 2012.
张枣著, 颜炼军编选. 张枣随笔选 [M]. 北京：人民文学出版社, 2012.
张文瑜. 殖民旅行研究：跨域旅行书写的文化政治 [M]. 广州：暨南大学出版社, 2016.
刘波. 波德莱尔：从城市经验到诗歌经验 [M]. 北京：北京大学出版社, 2016.
殷双喜主编. 20世纪中国美术批评文选 [M]. 石家庄：河北美术出版社, 2017.
敬文东. 皈依天下：读《剩山》记 [M]. 成都：天地出版社, 2017.

·作品类·

〔美〕惠特曼. 草叶集 [M]. 楚图南, 李野光译. 北京：人民文学出版社, 1988.
〔英〕威廉·华兹华斯. 华兹华斯诗选 [M]. 北京：外语教学与研究出版社, 2012.
〔德〕歌德. 浮士德 [M]. 钱春绮译. 上海：上海译文出版社, 2013.
〔葡〕佩索阿. 坐在你身边看云 [M]. 程一身译. 北京：人民文学出版社, 2017.
郭沫若. 郭沫若全集（第15卷）[M]. 北京：人民文学出版社, 1990.
万夏、潇潇主编. 后朦胧诗全集 [M]. 成都：四川教育出版社, 1993.

江水选编. 中国现代山水诗100首［M］. 上海：上海文艺出版社，1997.
臧棣编选. 1998中国最佳诗歌［M］. 沈阳：辽宁人民出版社，1999.
谭五昌主编. 中国新诗白皮书（1999—2002）［M］. 北京：昆仑出版社，2004.
王光明编选，中国诗歌研究中心主编. 2006中国诗歌年选［M］. 广州：花城出版社，2006.
夏冠洲等主编. 新疆当代多民族文学史·诗歌卷［M］. 乌鲁木齐：新疆人民出版社，2006.
柏桦主编. 夜航船：江南七家诗选［M］. 上海：上海文艺出版社，2007.
谢冕主编. 中国新诗总系［M］. 北京：人民文学出版社，2009.
昌耀著，燎原、班果增编. 昌耀诗文总集［M］. 北京：作家出版社，2010.
韩子勇、沈苇主编. 新诗写新疆·阿克苏诗篇［M］. 北京：文化艺术出版社，2010.
韩子勇、沈苇主编. 新诗写新疆·喀纳斯诗篇［M］. 北京：科技出版社，2013.
王韵华主编. 中国当代风景诗选［M］. 银川：阳光出版社，2011.
刘春、王晓主编. 落在纸上的雪：当代诗人十二家［M］. 南宁：广西师范大学出版社，2013.
杨梓主编. 宁夏诗歌选（下）［M］. 银川：阳光出版社，2015.
张清华主编. 中国当代民间诗歌地理［M］. 北京：东方出版社，2015.
《诗刊》社编. 风景动了一下［M］. 北京：中国青年出版社，2017.
李强主编. 21世纪两岸诗歌鉴藏（戊戌卷）［M］. 上海：东方出版中心，2019.
宋琳、张小波、孙晓刚、李彬勇. 城市人［M］. 上海：学林出版社，1987.
伊甸、柯平、宫辉、力虹. 城市四重奏［M］. 浙江：浙江文艺出版社，1988.
王家新. 王家新的诗［M］. 北京：人民文学出版社，2001.
王家新. 塔可夫斯基的树［M］. 北京：作家出版社，2013.
杨键. 暮晚［M］. 石家庄：河北教育出版社，2003.
杨键. 古桥头［M］. 上海：上海文化出版社，2007.
杨键. 杨键诗选［M］. 武汉：长江文艺出版社，2015.
邹昆凌. 人鱼同体［M］. 昆明：云南民族出版社，2004.
雷平阳. 雷平阳诗选［M］. 武汉：长江文艺出版社，2006.
雷平阳. 云南记［M］. 武汉：长江文艺出版社，2009.

参考文献

雷平阳. 出云南记［M］. 太原：北岳文艺出版社，2014.
雷平阳. 雨林叙事［M］. 北京：作家出版社，2014.
雷平阳. 山水课：雷平阳集1996—2014［M］. 北京：作家出版社，2015.
雷平阳. 基诺山［M］. 武汉：长江文艺出版社，2015.
陈先发. 前世［M］. 上海：复旦大学出版社，2005.
陈先发. 写碑之心［M］. 武汉：长江文艺出版社，2011.
泉子. 杂事诗［M］. 杭州：浙江文艺出版社，2012.
泉子. 湖山集［M］. 武汉：长江文艺出版社，2014.
泉子. 空无的蜜［M］. 武汉：长江文艺出版社，2017.
胡弦. 阵雨［M］. 武汉：长江文艺出版社，2010.
胡弦. 沙漏［M］. 武汉：长江文艺出版社，2016.
胡弦. 空楼梯［M］. 北京：中国青年出版社，2017.
沈苇. 新疆诗章［M］. 乌鲁木齐：新疆人民出版社，2009.
沈苇. 沈苇诗选［M］. 武汉：长江文艺出版社，2014.
古马. 西风古马［M］. 兰州：敦煌文艺出版社，2003.
古马. 古马的诗［M］. 兰州：甘肃人民美术出版社，2007.
古马. 落日谣［M］. 兰州：甘肃人民美术出版社，2010.
阳飏. 风起兮［M］. 兰州：甘肃人民美术出版社，2006.
叶舟. 边疆诗［M］. 兰州：甘肃人民美术出版社，2007.
叶舟. 敦煌诗经［M］. 兰州：甘肃文化出版社，2015.
娜夜. 娜夜的诗［M］. 兰州：敦煌文艺出版社，2013.
娜夜. 娜夜的诗［M］. 兰州：甘肃文化出版社，2014.
娜夜. 个人简历［M］. 北京：中国青年出版社，2016.
林染. 斑头雁向敦煌飞来［M］. 兰州：甘肃文化出版社，2015.
阿信. 那些年，在桑多河边［M］. 兰州：甘肃文化出版社，2017.
肖川. 肖川诗选［M］. 银川：阳光出版社，2014.
孙文波. 孙文波的诗［M］. 北京：人民文学出版社，2001.
孙文波. 与无关有关［M］. 重庆：重庆大学出版社，2011.
孙文波. 新山水诗［M］. 北京：人民文学出版社，2012.

桑克. 桑克诗选［M］. 武汉：长江文艺出版社，2007.
桑克. 转台游戏［M］. 重庆：重庆大学出版社，2010.
桑克. 风景诗［M］. 哈尔滨剃须刀丛书，2011.
桑克. 冬天的早班飞机［M］. 北京：人民文学出版社，2012.
朱永良. 风景与诗章［M］. 哈尔滨剃须刀丛书，2011.
黄灿然. 我的灵魂［M］. 重庆：重庆大学出版社，2011.
黄灿然. 奇迹集［M］. 广州：广东人民出版社，2012.
张曙光. 张曙光诗选［M］.《诗歌与人》总第18期，2008.
汗漫. 水之书［M］. 上海：上海文艺出版社，2009.
李森. 李森诗选［M］. 广州：花城出版社，2009.
李森. 屋宇［M］. 北京：新星出版社，2012.
张永伟. 在树枝上睡觉［M］. 郑州：河南文艺出版社，2010.
森子. 平顶山［M］. 郑州：河南文艺出版社，2010.
森子. 森子诗选［M］. 武汉：长江文艺出版社，2016.
高春林. 夜的狐步舞［M］. 郑州：河南文艺出版社，2010.
高春林. 漫游者［M］. 武汉：长江文艺出版社，2016.
高春林. 神农山诗篇［M］. 武汉：长江文艺出版社，2017.
柏桦. 山水手记［M］. 重庆：重庆大学出版社，2011.
萧开愚. 联动的风景［M］. 重庆：重庆大学出版社，2011.
凌越. 尘世之歌［M］. 上海：上海文艺出版社，2012.
田雪封，简单，张永伟. 低飞［M］. 武汉：长江文艺出版社，2012.
田雪封. 与镜中人交谈［M］. 银川：阳光出版社，2013.
郁颜. 山水诗［M］. 桂林：漓江出版社，2013.
于坚. 我述说你所见：于坚集1982—2012［M］. 北京：作家出版社，2013.
于坚. 彼何人斯：诗集2007—2011［M］. 重庆：重庆大学出版社，2013.
于坚. 朋友是最后的故乡［M］. 上海：复旦大学出版社，2015
翟永明. 行间距：诗集2008—2012［M］. 重庆：重庆大学出版社，2013.
草树. 长寿碑：草树诗集［M］. 上海：华东师范大学出版社，2014.
陈超. 无端泪涌［M］. 北京：中国青年出版社，2015.

寒寒．唯物主义者的山水［M］．宁波：宁波出版社，2015．
杨炼．周年之雪　杨炼集1982—2014［M］．北京：作家出版社，2015．
柏桦．为你消得万古愁：柏桦诗集2009—2012［M］．太原：北岳文艺出版社，2015．
雷武铃．赞颂［M］．南宁：广西人民出版社，2015．
王志军．时光之踵［M］．南宁：广西人民出版社，2015．
简明．山水经［M］．石家庄：河北美术出版社，2016．
西川．山水无名［M］．合肥：黄山书社，2016．
宋琳．口信［M］．南京：江苏凤凰文艺出版社，2016．
吕德安．顽石［M］．北京：中国工人出版社，2000．
吕德安．适得其所［M］．重庆：重庆大学出版社，2011．
吕德安．两块颜色不同的泥土：吕德安诗选［M］．武汉：长江文艺出版社，2017．
李少君．在自然的庙堂里［M］．西安：西北大学出版社，2010．
李少君．李少君自选集［M］．武汉：长江文艺出版社，2011．
李少君．神降临的小站［M］．北京：作家出版社，2016．
李少君．我是有背景的人［M］．武汉：武汉大学出版社，2017．
李少君编．五人诗选［M］．上海：华东师范大学出版社，2017．
臧棣、张执浩等．新五人诗选［M］．广州：花城出版社，2017．
韩文戈．晴空下［M］．石家庄：河北教育出版社，2015．
韩文戈．万物生［M］．石家庄：花山文艺出版社，2017．
津渡．穿过沼泽地［M］．武汉：长江文艺出版社，2016．
津渡．湖山里［M］．武汉：长江文艺出版社，2019．
一行．黑眸转动［M］．昆明：云南大学出版社，2017．
张翔武．乌鱼最易上钩的季节［M］．昆明：云南美术出版社，2017．
张翔武．寻洲记［M］．北京：中国青年出版社，2019．
梁秉钧．雷声与蝉鸣［M］．成都：四川文艺出版社，2018．
廖伟棠．后觉书［M］．成都：四川文艺出版社，2018．
刘洁岷．在蚂蚁的阴影下［M］．上海：上海文艺出版社，2019．
张伟锋．山水引［M］．北京：中国青年出版社，2019．
耿占春．我发现自己竟如此脆弱［M］．太原：北岳文艺出版社，2019．

·论文·

Georg Simmel. The Philosophy of Landscape [J]. *Theory Culture & Society* (SAGE, Los Angeles, London, New Delhi, and Singapore), translated by Josef Bleicher, 2007.24 (7-8): 20-29.

周政保. 大漠风度, 天山气魄——读《百家诗会》中三位新疆诗人的诗 [N]. 文学报, 1981-11-26.

周涛. 对形成"新边塞诗"的设想 [N]. 新疆日报, 1982-2-2 (7).

余开伟. 试谈"新边塞诗"的形成及其特征 [J]. 当代文艺思潮, 1983 (1): 90-91.

谢冕. 新边塞诗的时空观念 [J]. 阳关, 1984 (4).

林染. 西部中国的另一种开拓 [J]. 诗探索, 1985 (12): 47-50.

陶尔夫, 刘敬圻. 盛唐高峰期的西部诗歌——岑参边塞诗新探 [J]. 文学评论, 1987 (3): 130-140.

陈旭光. "朦胧诗"后: 反动与过渡——论"南方生活流诗歌"[J]. 丽江师专学报, 1989 (3): 31-37, 78。

于坚. 诗歌之舌的硬与软: 关于当代诗歌的两类语言向度 [J]. 诗探索, 1998 (1): 1-18.

肖开愚. 九十年代诗歌: 抱负、特征和资料 [J]. 学术思想评论 (第1辑), 1997 (1): 215-234.

杨志. 论古今山水诗的衰变 [J]. 中国现代文学研究丛刊, 2001 (4): 28-46.

一行. 风景与物语——试论邹昆凌的诗 [J]. 新诗评论, 2008 (1): 157-173.

何言宏. 中国当代诗歌中的南方精神 [J]. 扬子江评论, 2008 (3): 1-4.

张伟栋. 古典的法则与明晰诗意的生成——读李少君《草根集》[J]. 海南师范大学学报, 2011 (6) 147-149.

丁帆. 新世纪中国文学应该如何表现"风景"[J]. 徐州师范大学学报 (哲学社会科学版), 2012 (3): 16-25.

霍俊明. "漂移术"与"新隐士"——关于李少君组诗《疏淡》及一种写作可能 [N]. 中国艺术报, 2013 (1): 7.

敬文东. 山水与风景 [J]. 琼州学院学报, 2014 (1): 119-124.

段似膺. 山水的"气韵"与风景的"张力"[J]. 中国美学研究, 2014 (2): 191-204.

马绍玺. 边地风景体验与西南联大诗歌［J］. 文学评论, 2015（1）: 88-98.

李少君. 李少君诗歌创作谈［J］. 名作欣赏, 2015（13）: 25-27.

曹晓阳. 风景和山水［J］. 美术大观, 2016（2）: 22-29.

李森. 色彩语言诸相的漂移——漂移说层次之一［J］. 南京艺术学院学报（美术与设计）, 2016（2）: 9-21.

杨键. 山水是一条回家的路——二〇一四年在台湾国际诗歌节上的讲演［J］. 学问·中华文艺复兴论6, 2017（10）: 139-150.

赵斐. 近代以来"都市"和"城市"话语地位的变迁［J］. 云南师范大学学报（哲学社会科学版）, 2018（2）: 72-80.

敬文东. 从超验语气到与诗无关——西川与新诗的语气问题［J］. 中国现代文学研究丛刊, 2018（10）: 48-107.

汪民安. 山水之坏和真理之坏［J］. 艺术当代, 2018（10）: 68-71.

刁文慧. 南朝至初唐风景诗艺研究［D］. 北京语言大学, 2008.

尚斌. 当前汉诗的民族品性建构: 杨键诗歌研究［D］. 浙江大学, 2013.

方婷. 中国当代诗歌自然意象研究［D］. 云南大学, 2015.

图书在版编目（CIP）数据

观看与观念：1990年以来的汉语风景诗研究 / 纪梅著. —北京：商务印书馆，2024
ISBN 978−7−100−23217−3

Ⅰ.①观… Ⅱ.①纪… Ⅲ.①诗歌研究—中国—当代 Ⅳ.①I207.22

中国国家版本馆 CIP 数据核字（2023）第220515号

权利保留，侵权必究。

观 看 与 观 念
1990年以来的汉语风景诗研究
纪 梅 著

商 务 印 书 馆 出 版
（北京王府井大街36号 邮政编码100710）
商 务 印 书 馆 发 行
山西人民印刷有限责任公司印刷
ISBN 978−7−100−23217−3

2024年7月第1版 开本 889×1194 1/32
2024年7月第1次印刷 印张 10½
定价：95.00元